話說在前頭

笑聲與叫喊聲是非常相似的

惡女羅曼死

Helter Skelter

岡崎京子

ヘルタースケルター

helter-skelter
contents

1

helter-skelter

想變瘦～
邊講還邊吃～
信守妳的美麗♡
用Oriental來讓妳變漂亮♡
-11.0 kg
B84cm→81cm W72cm→60cm H98cm→89cm
透明感
ofina
Powder
氣噗噗
走啦
啊～頭髮給剪壞了啦～
是嗎？挺好的呀？
不單單好吃而已，
卡路里減少70%，美味至極的巧克力冰棒。

啊，是莉莉子。
STUDIO ALTA
莉莉子好可愛唷～♡
STUDIO ALTA
莉莉子的時裝照好棒唷～
嗯嗯～
勻稱到不行!!
Natu
Eleg
只屬於妳
妳看妳看～我這前髮
是莉莉子風格唷。
…不太像啦。
莉莉子好棒唷～
但又不是很高大～
不過她有上過拉格斐的時裝展耶。
好棒唷～
帥耶。
地中海假期的陽光享受

莉莉子幾歲呀？
她不會講啦。
這樣才有神祕感嗎？
按壓
按
咚
她之前上電視就完全沒進入狀況，整個搞砸了耶。
是喔？滿好玩的，算是天然呆吧。
是說莉莉子這次要出唱片吧？
好像還會去演電影唷。
噗哧
PO
哎唷，那種的就不要接嘛。
欸，
好好唷，那樣細長的雙腿……
啊對了！Dior的Svelte，
在紐約只賣30美元耶！
哇——!!在日本竟然要6千日幣！

噫———!!
這~~~!!
是什麼鬼~~~!!
咚咚咚!!
吉川真亞子的篇幅竟然比我還大!!
啪!
超不爽!!
好啦好啦,小貓咪。
踩踩
妳比她有魅力多啦。
呼呼♡
多謝達令。

那個……
哇，是南部百貨公司的小開南部貴男。
莉莉子，時間到了。
好啦，加油吧小貓咪。
致莉莉子
致莉莉子
謝謝♡
轉頭
白痴!!!
進門前要先敲門啦!!
還有水拿來!!
拿來了~~~

噗——!!
不是礦翠礦泉水，不是!!
我只喝那牌的啦，哎唷羽田~
抱歉。
唉，算了。
咕嚕
用礦泉水把臉充分潑溼，
揉——
再用面紙擦乾，
然後才上妝♡
這是專業化妝師的訣竅唷♡
啊!哈哈哈!
……

好♡
走吧♡
久等了♡
擦拭擦拭
花的微笑
製作發表會場
總之，本電影是公司創立40週年的紀念性作品，請大家給它歡呼！
祥傳映畫 40 週年紀念作
花的微笑
乾杯!!

莉莉子小姐，
初次演電影就飾演要角，有什麼想法？
嗯嗯，我只是追隨優秀的前輩們多多學習而已。
請談談飾演妹妹的吉川真亞子。
嗯嗯，是位十分可愛的好孩子呀～～年紀輕輕卻這麼認真，
剛剛我才在化妝間鼓勵她說大家一起努力唷～～
還真敢說。

再稍微右邊一點。
對對對。
啊，對……
現在幾點？
啊～謝啦。
2點半。
呃啊，早上7點還要載莉莉子去電視台耶。
啊～啊，不想動。
可是美知子是莉莉子的經紀人嘛。
才不是經紀人哩，只是奴僕罷了～～
失業三個月之後總算找到的工作……
莉莉子如何？真的很漂亮嗎？
算是吧。
不過……
CREA

啊～累死我了。
等一下，別這樣啦！
「適度運動有助睡眠安穩」。
討厭啦。
呼呼♡
要回去啦？
嗯。

欸，
絕對絕對要
給我更多
鏡頭唷。
特寫要大。
莉莉子也會
拚命表演的。
很好很好。
那傢伙隨便
講說什麼「不想拍
給小女生看的電影」，
可要是小女生
不來看可就
麻煩嘍。
我會再叮嚀
導演坂口。
那，
代我向你太太
女兒問好。
抱緊
嗶！
啵啪
嗶啵
鈴鈴鈴
噠
媽媽桑？
喂？
濱口製作人
剛剛回去了。
笨蛋。
嗚呼呼。
碰

嗯，是不是應該再多確認一下？
怎麼了？
那傢伙很狡詐呀。
嗯，這傢伙也希望這次不要因為妳賠錢，應該沒問題。
今天就睡覺吧。
辛苦了。
是，媽媽桑～
晚安。

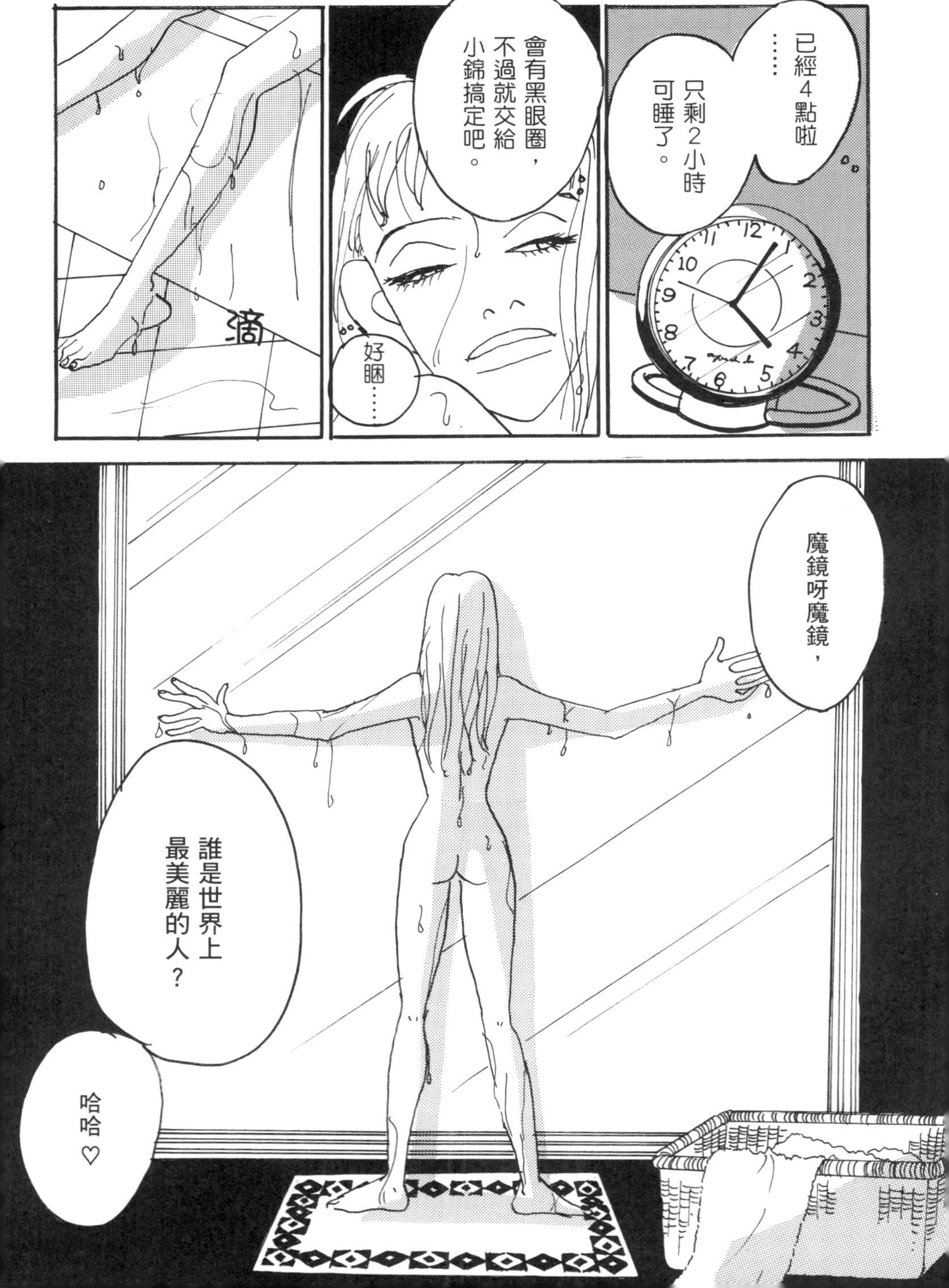
已經4點啦……
只剩2小時可睡了。
會有黑眼圈，不過就交給小錦搞定吧。
好睏……
滴
魔鏡呀魔鏡，
誰是世界上最美麗的人？
哈哈♡

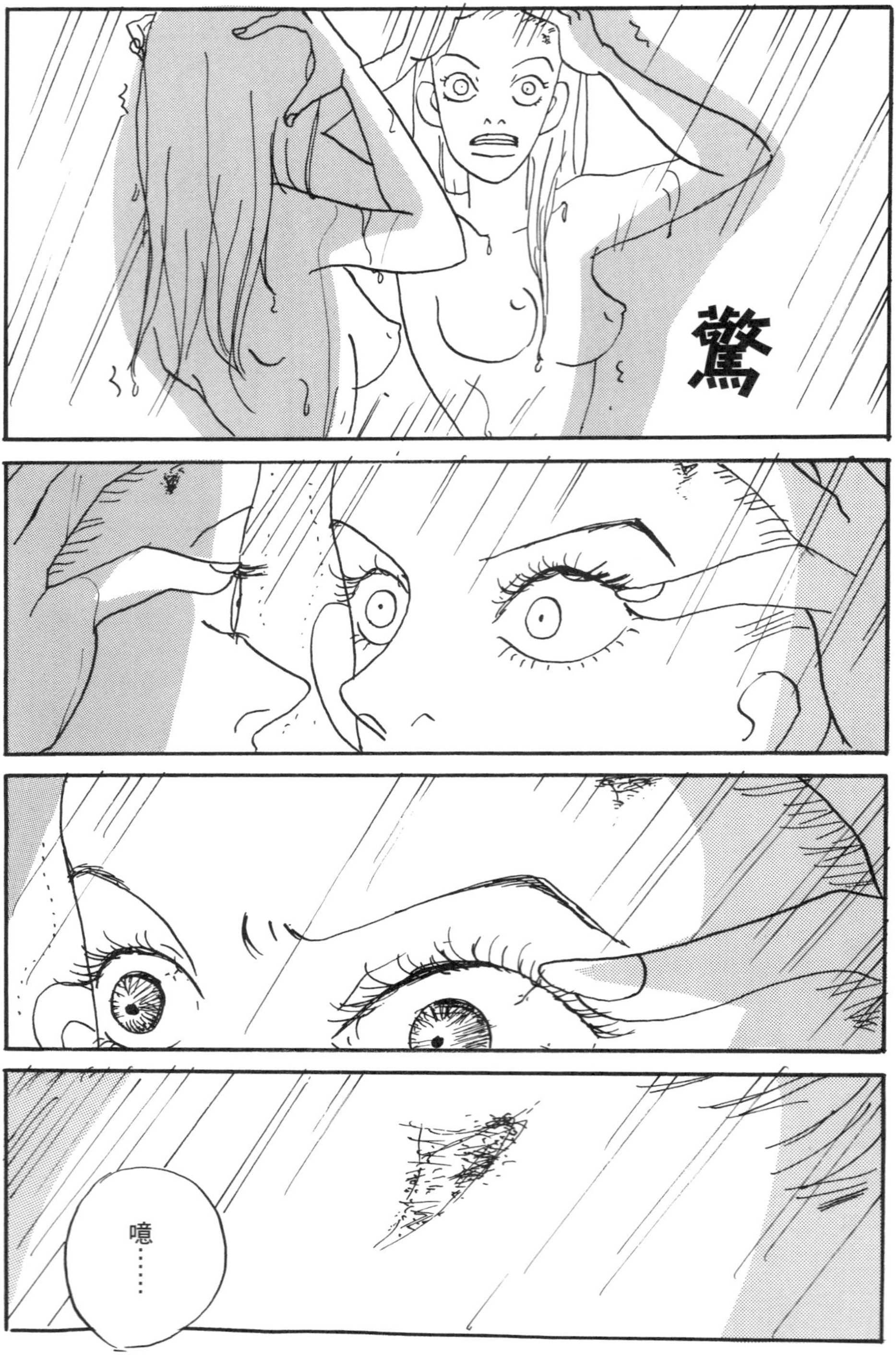
驚
噫……

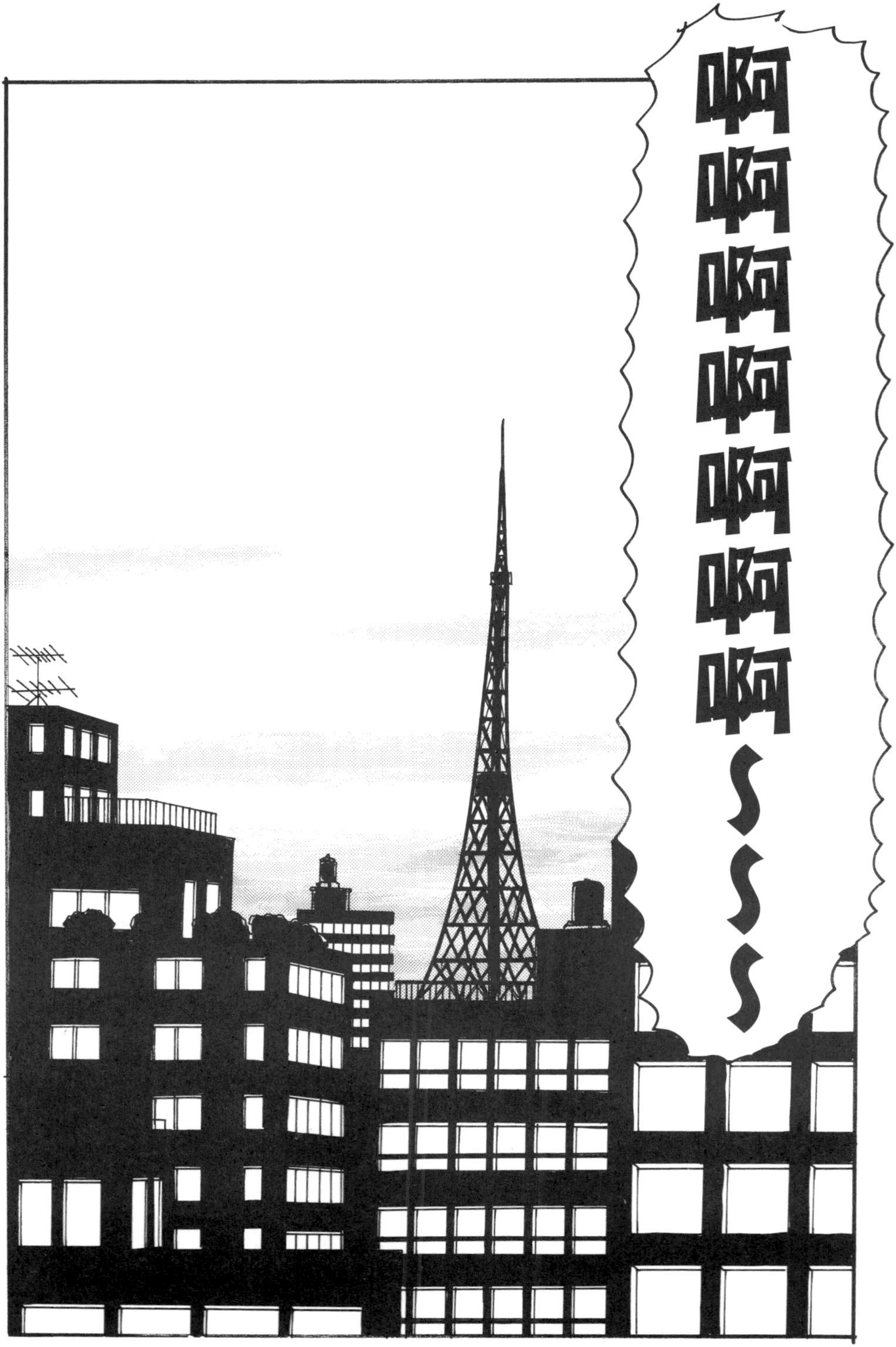
啊啊啊啊啊啊啊～～～

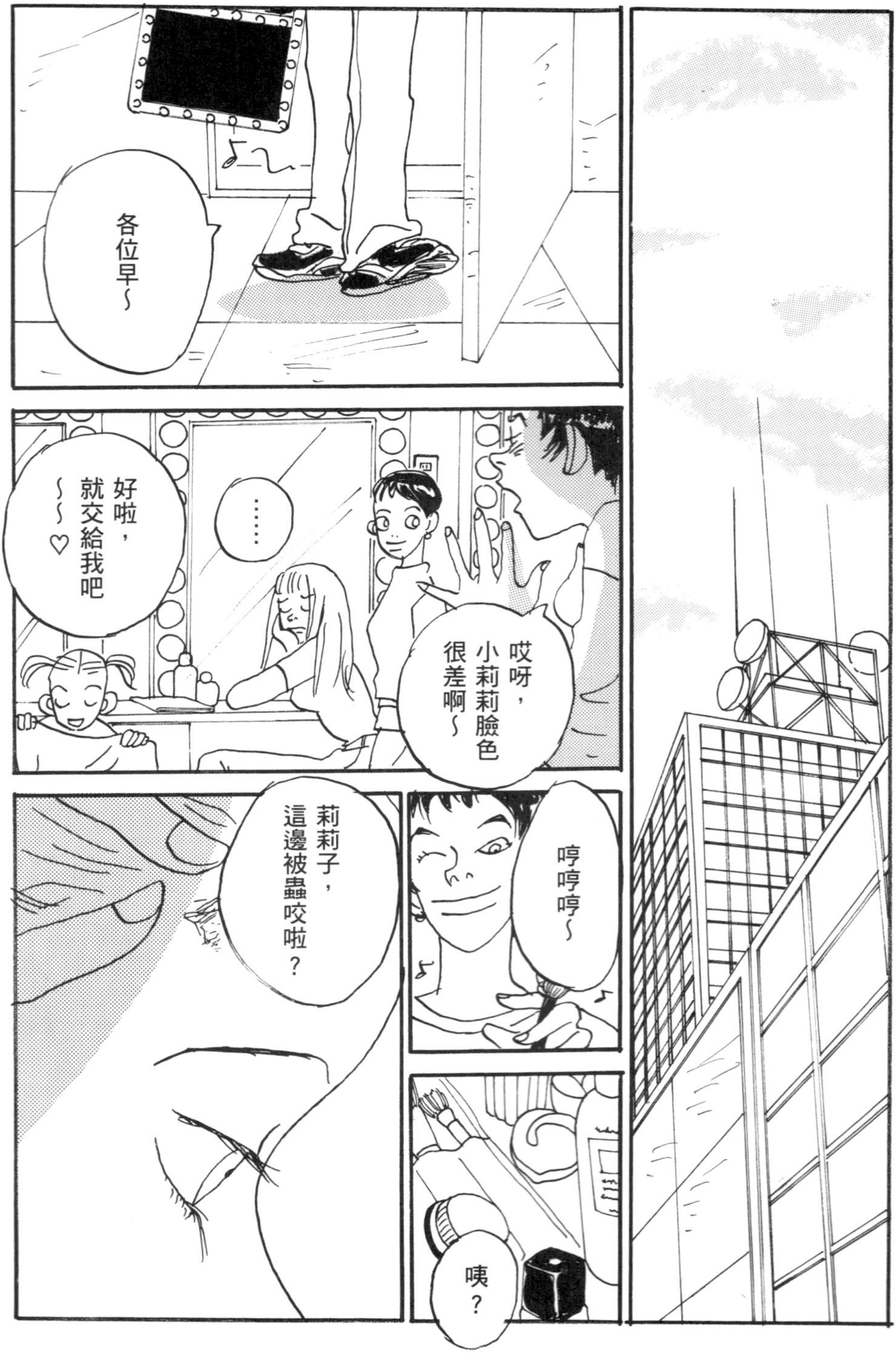
各位早～
……
好啦，就交給我吧～～♡
哎呀，小莉莉臉色很差啊～
哼哼哼～
莉莉子，這邊被蟲咬啦？
咦？

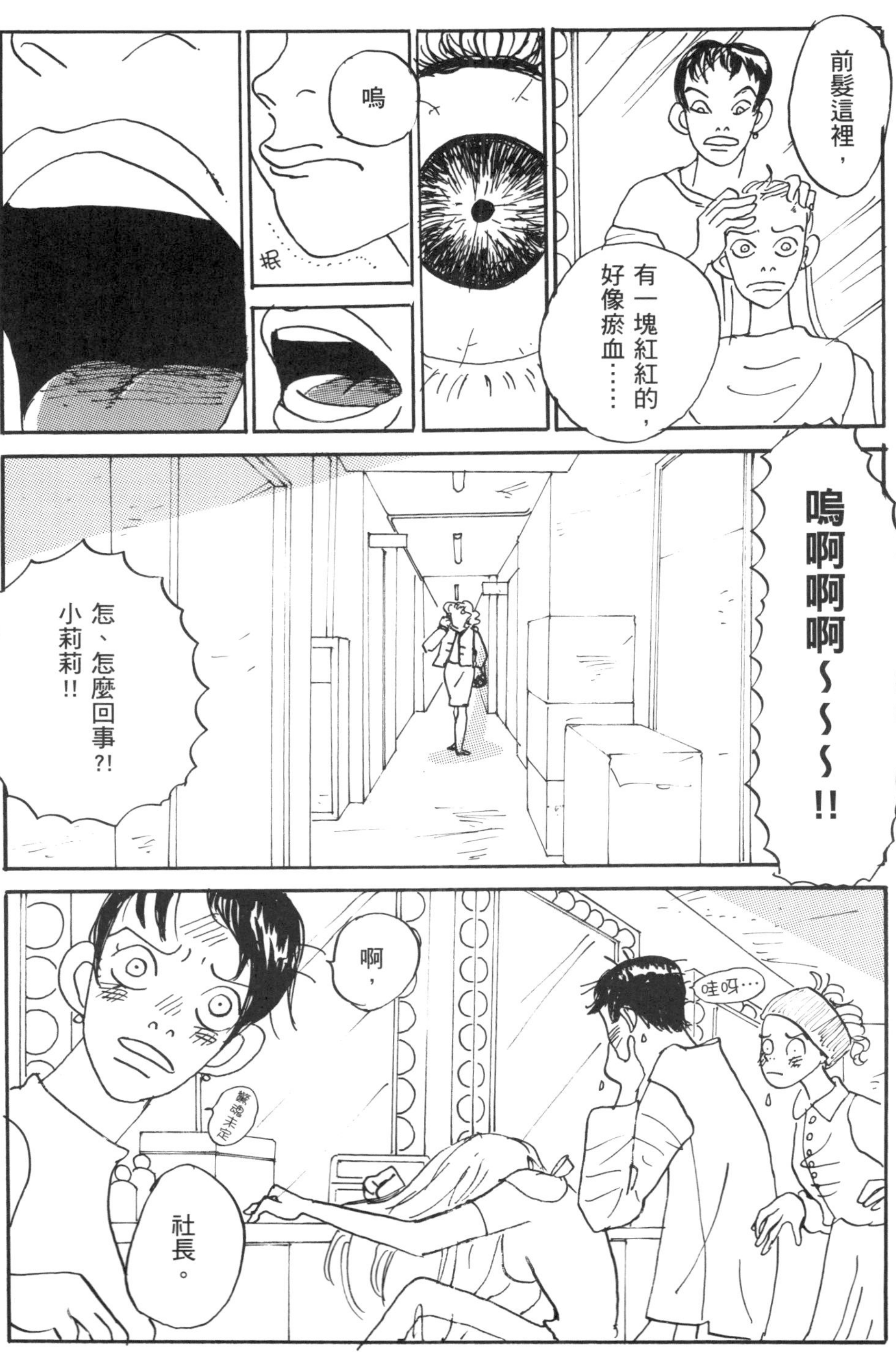
前髮這裡，
有一塊紅紅的，好像瘀血……
嗚
抵
嗚啊啊啊～～～!!
怎、怎麼回事?!小莉莉!!
啊，
驚魂未定
哇呀…
社長。

羽田妳出去!!
小錦你待著。
碰
喀喳
滋
10
9
8
7
6
5
喀喀喀
莉莉子，沒事吧？
振作一點。
莉莉子

麻田檢察官，咖啡。
喔，謝謝。
谷警察署
辛苦了，進展如何？
嗯，只有間接證據而已，還有得忙呢。
早上一杯咖啡真不錯。
彷彿漆黑的夜晚溶進杯子裡一般。
莉莉子妳推薦什麼美食？
晨間趣聞秀
這個嘛～用賀那邊有一家啊～
安全
推廣中
留意火源檢查關好
嗯，這女孩的臉挺有趣的。
好意外呀，你喜歡她嗎？莉莉子。
不，

貼在她骨骼上面的表皮與肌肉，動作都不一致，
這臉實在很有趣。
該怎麼說呢？乍看非常完美，但是卻不太均衡，
給人很不可思議的感覺。
沒事、沒事。
妳做得很好，沒有任何人注意到。
我們去「醫生」那邊吧。
沒事、沒事的。

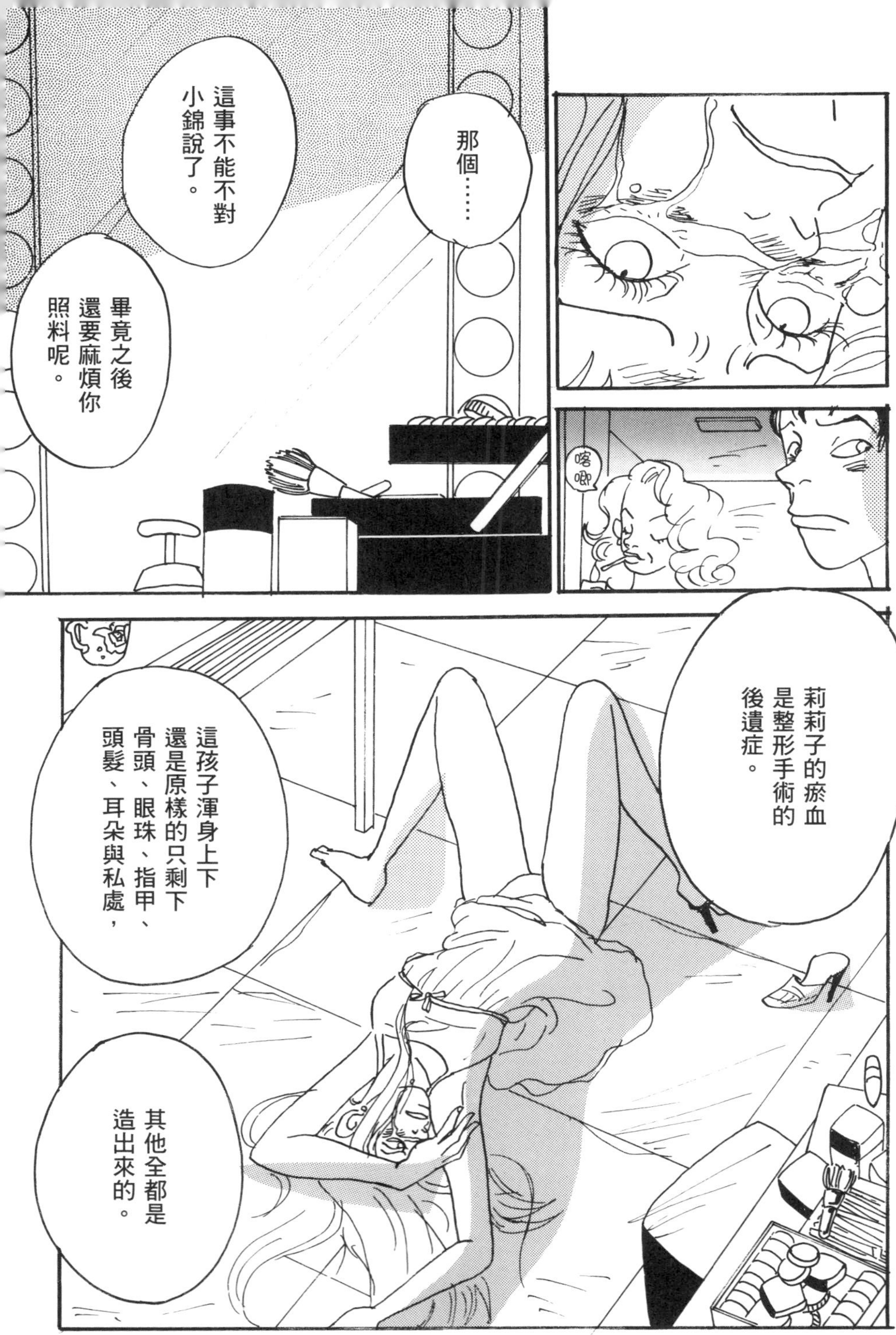
喀啷
那個……
這事不能不對小錦說了。
畢竟之後還要麻煩你照料呢。
莉莉子的瘀血是整形手術的後遺症。
這孩子渾身上下還是原樣的只剩下骨頭、眼珠、指甲、頭髮、耳朵與私處，
其他全都是造出來的。

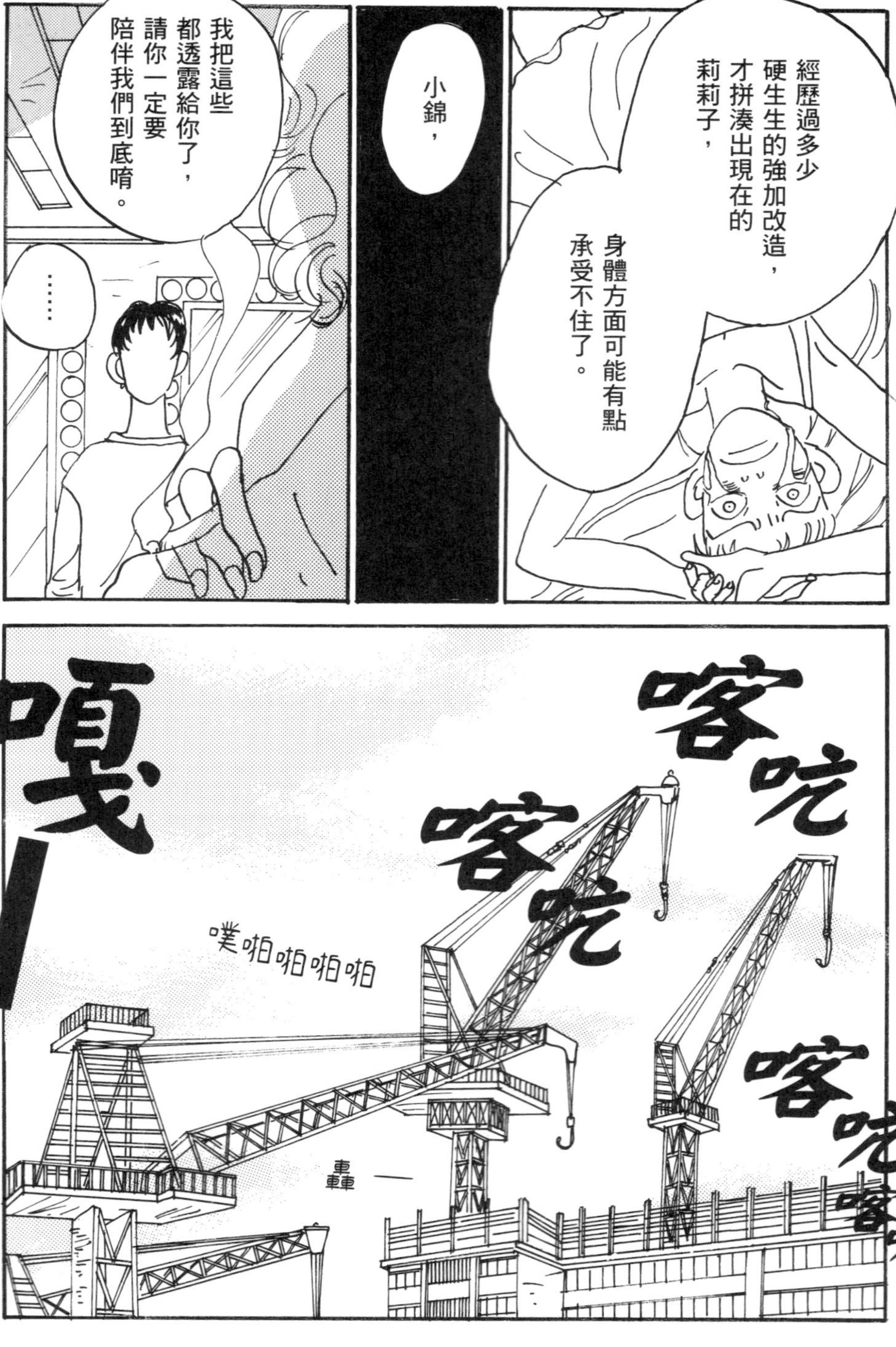
經歷過多少
硬生生的強加改造，
才拼湊出現在的
莉莉子，
身體方面可能有點
承受不住了。
小錦，
我把這些
都透露給你了，
請你一定要
陪伴我們到底唷。
……
喀吃
喀吃
喀吃喀吃
嘎—
噗啪啪啪啪
轟—

別擔心，
沒事的。
動動手術的話……
工作就都……
都得暫停……
怎、怎麼辦啊
媽媽桑……
別擔心，
我會幫妳
處理好的。
再動一次
手術吧。
嗯嗯，
麻煩您了。
嗚
嗚
嗚
多田社長，
來，喝水，
還有藥
她的情緒
非常激動，
這是鎮靜劑
與安眠藥，
請她吞下去吧。
藥效比較強一點。
沒問題。
我太熟悉
怎樣馴養
那隻悍貓了。
妳走開！
噫！

小錦。
這送你。
鑲鑽石與紅寶石的戒指。
光是鑽石就有一克拉。
是我過世的先生留給我的。
要好好保管唷。
它是用命也換不來的。
今後莉莉子的臉也要託你照顧嘍。
啊？
是……
媽媽桑。

莉莉子保持美麗的祕訣是？
嗯對，好好睡覺。
睡覺時要睡到像冬眠的熊一樣呼嚕呼嚕～
~café de prés~
還有最近迷上了芳香療法。
哎唷～～～我什麼都沒做啦～～就好好吃飯～～
薰衣草不錯唷～～
還有玫瑰精油，
可以舒緩情緒。
我還有在游泳，每星期一次兩公里。
嗯～看來自然然的生活就是莉莉子魅力的祕訣吧。
那來拍照吧。
白～痴!!哪有可能是這樣啊!!

來，眼睛看這邊。
好～
我是花了多少決心保持住現在的體重，
不錯唷、不錯唷。
肚子餓到睡不著覺，吞安眠藥也沒用，
我花多少時間與金錢守護這白皙的肌膚，
你們根本就不可能懂!!

辛苦了~~
辛苦~~
呼—
羽田啊，
是！
羽田的肌膚好漂亮喔。
妳多大，23歲嗎？
都怎麼保養的啊？用什麼化妝品？
呃~沒有在用耶。
又沒錢，就是用絲瓜化妝水跟嬰兒乳液，
粉底也是用藥妝店賣的。
那妳用用看這款吧。
蘭蔻的面膜，我自己已經買新的了。
MASQUE N°10

咦——!!
這樣可以嗎？
沒問題、
沒問題。
我沒用到的
化妝品
通通給妳。
我得用效力更強的了。
化妝品就跟毒藥一樣，
愈用就愈需要更猛的藥效，
一步步追求更強力的產品。
謝謝妳，
辛苦了。
辛苦了。
怎麼回事……
莉莉子
今天好溫柔。
之前沒有工作行程的
時候還大半夜叫我去
買櫻桃跟無花果，
跑遍全東京
也找不到，
那時真難過。

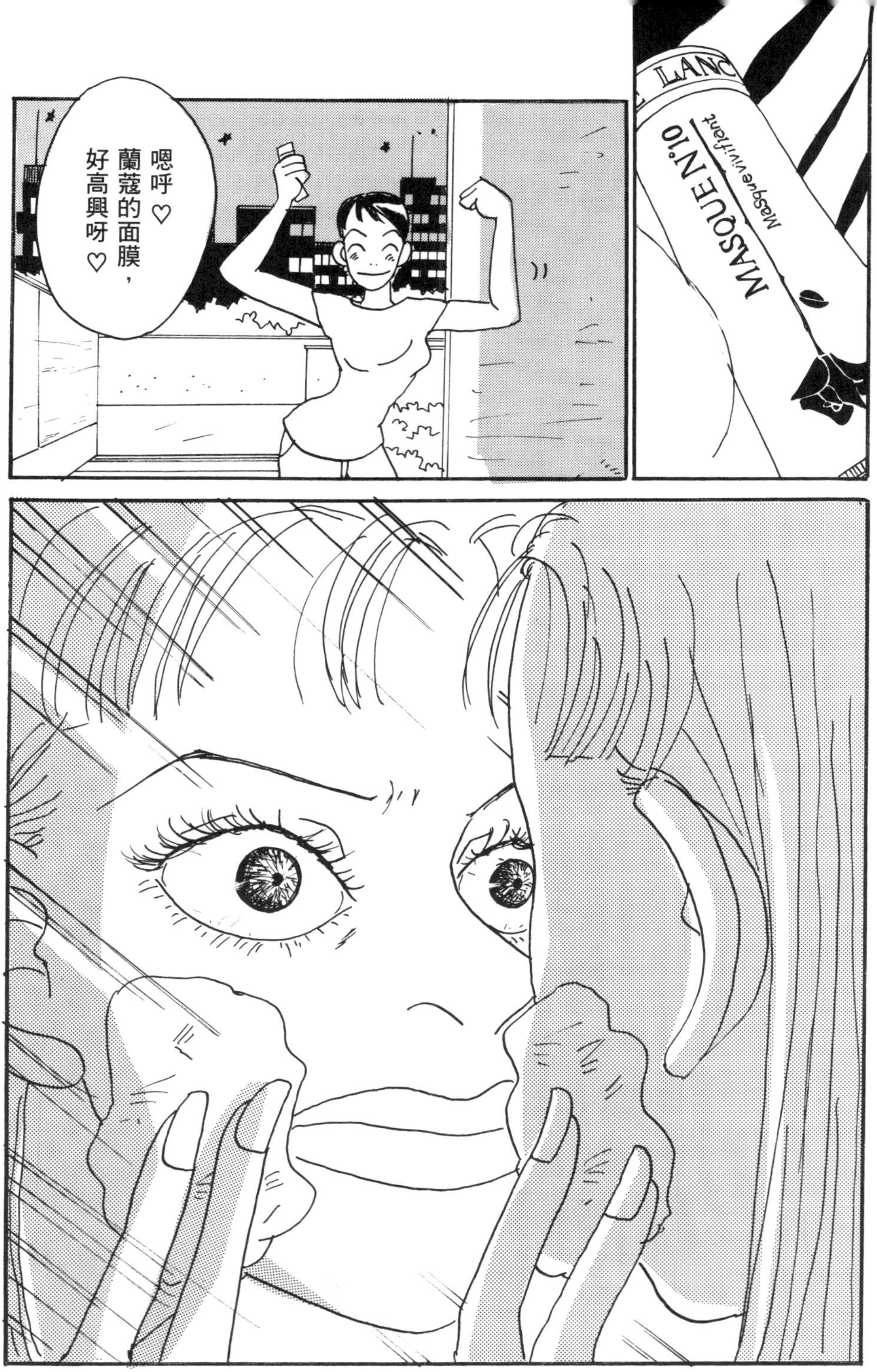
LANC
MASQUE N°10
Masque vivifiant
嗯呼♡
蘭蔻的面膜，
好高興呀♡

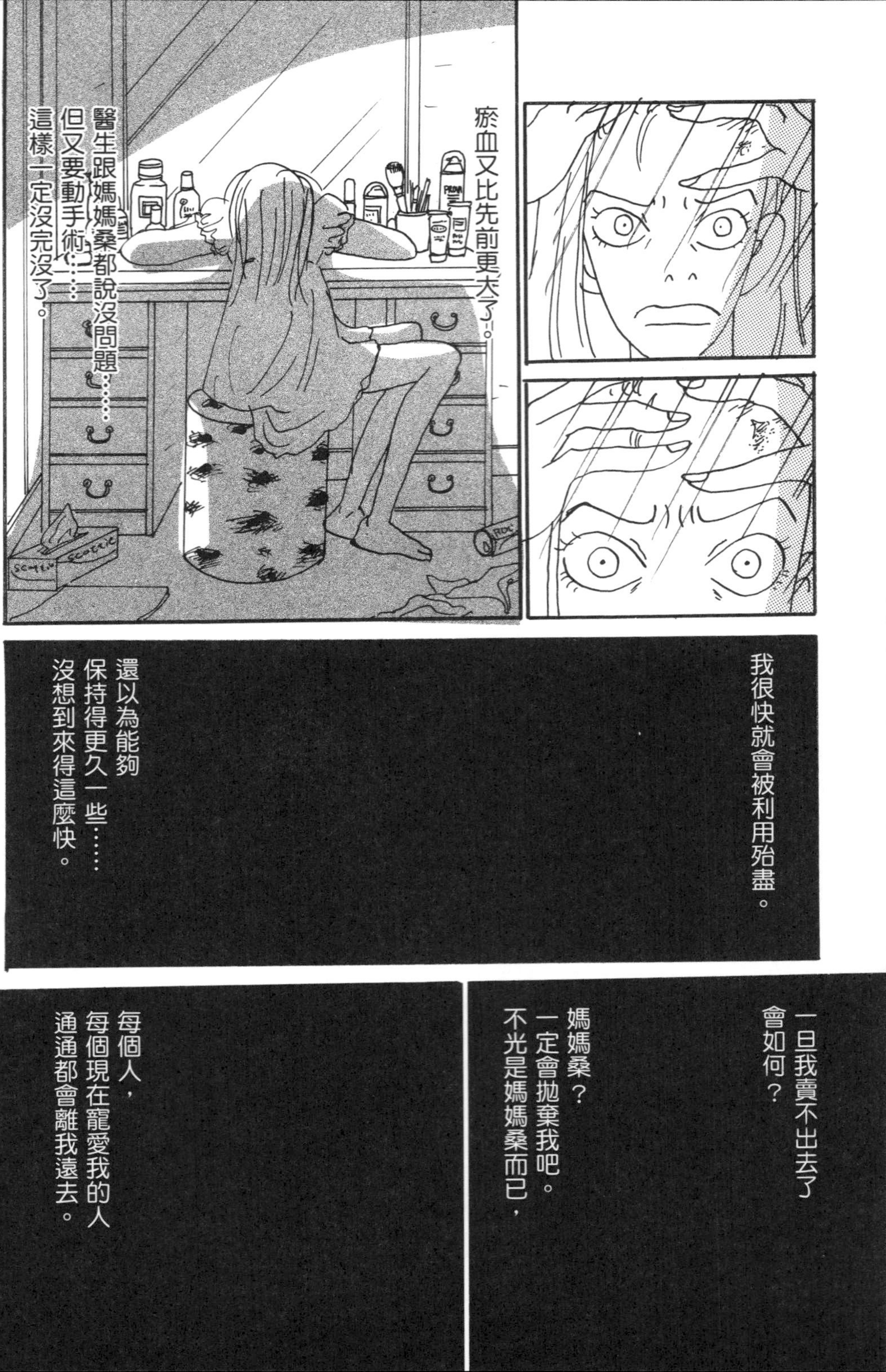
瘀血又比先前更大了!!。
醫生跟媽媽桑都說沒問題……
但又要動手術!!……
這樣一定沒完沒了。
我很快就會被利用殆盡。
還以為能夠
保持得更久一些……
沒想到來得這麼快。
一旦我賣不出去了
會如何?
媽媽桑?
一定會拋棄我吧。
不光是媽媽桑而已,
每個人,
每個現在寵愛我的人
通通都會離我遠去。

這樣一來，如今的生活……
會全部煙消雲散嗎？
嗚
嗚
嗚
嗚
嗚
嗚呵
呵呵
呵哈哈

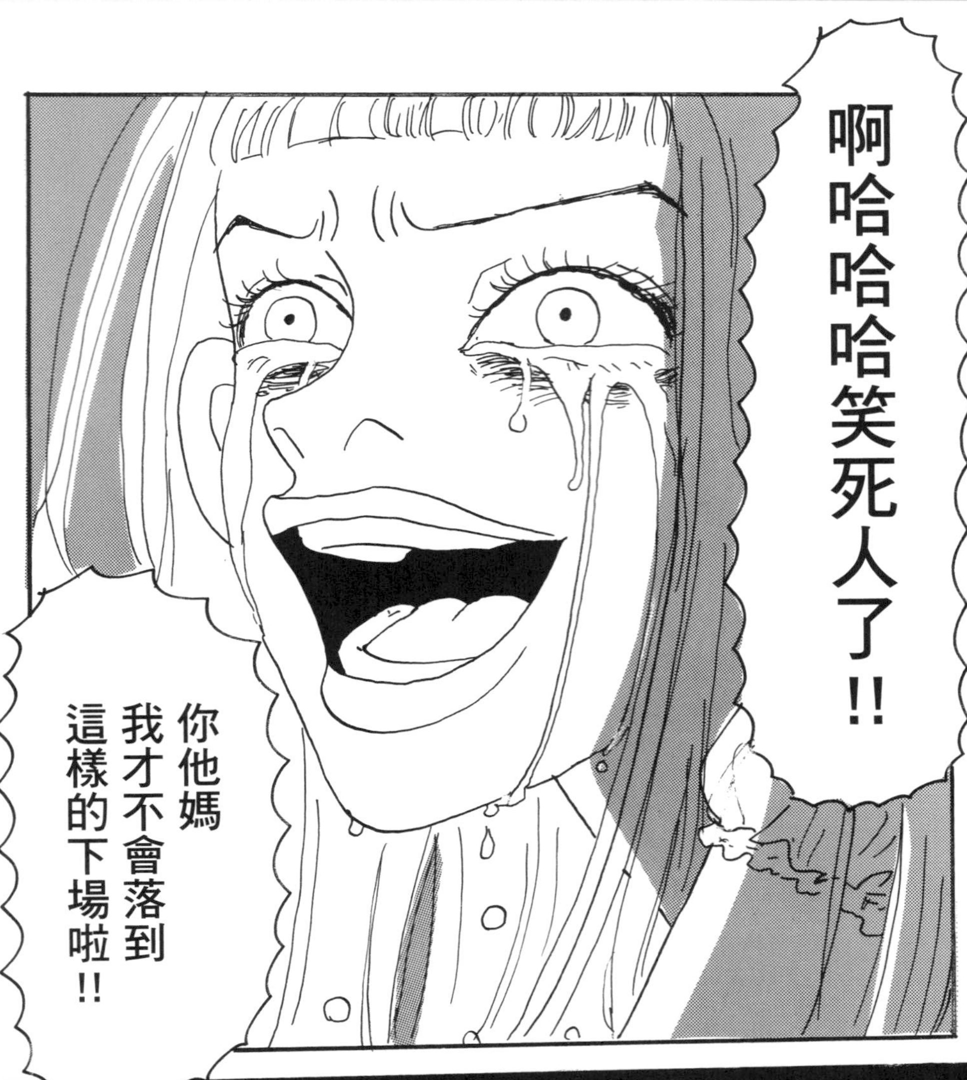

我一定要獲得幸福。

不然就要把所有人一起拖進地獄。

馬的，再不然就像條狗一般去死吧。

2

helter-skelter

莉莉子邀請那位知名的大山田健二擔任製作人
樂曲錄製中!! 天使般的呢喃歌聲
廣告女王排行榜!!
去年還在榜外的莉莉子
竄升至第3名!!
電影《花的微笑》殺青!!
飾演主角吉川真亞子姊姊
「冰山美人」莉莉子
令人意外的一面
舖老屋
莉莉子，再拍一捲底片唷。
表情再淘氣一點。

好，拍完嘍。
辛苦嘍～
辛苦了～

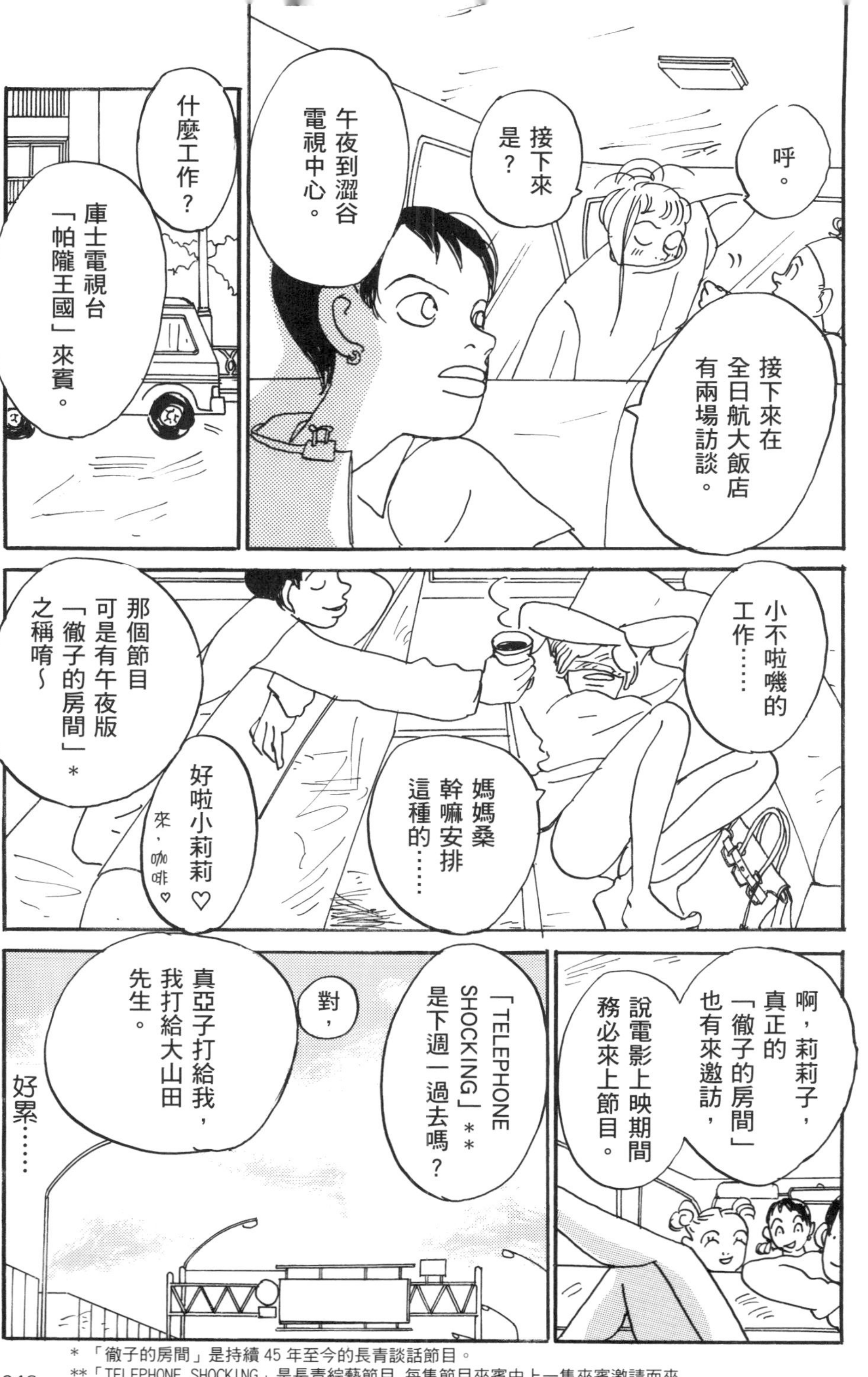

* 「徹子的房間」是持續45年至今的長青談話節目。

**「TELEPHONE SHOCKING」是長青綜藝節目，每集節目來賓由上一集來賓邀請而來，受訪後再由來賓現場打電話邀請下一集的來賓。

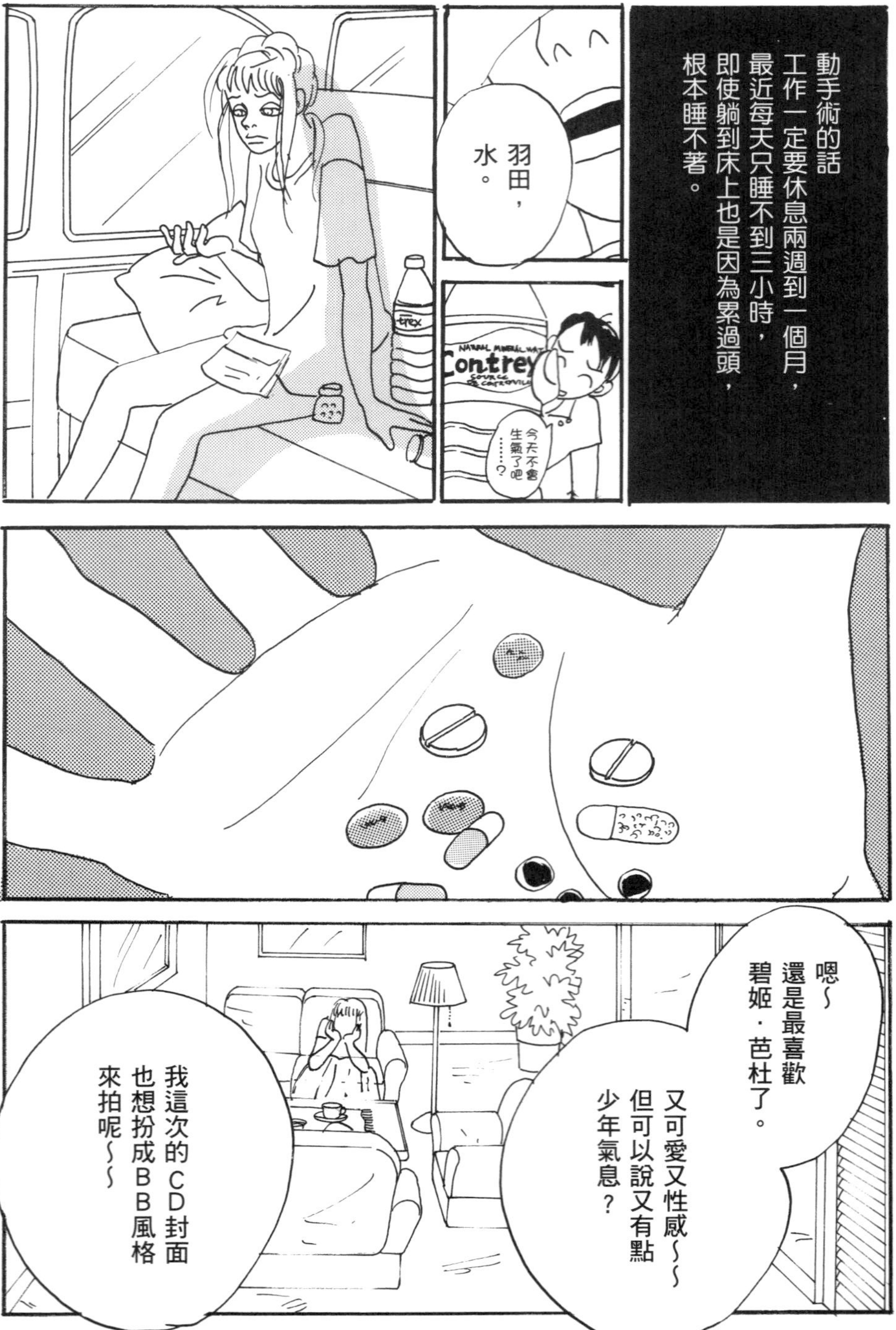
動手術的話
工作一定要休息兩週到一個月，
最近每天只睡不到三小時，
即使躺到床上也是因為累過頭，
根本睡不著。
羽田，水。
Contrex
今天不會生氣了吧……？
嗯～還是最喜歡碧姬．芭杜了。
又可愛又性感～～但可以說又有點少年氣息？
我這次的CD封面也想扮成BB風格來拍呢～～

嗯~的確，當時的ＢＢ非常迷人呢。
不過如今已經變成阿婆了吧，
滿臉皺紋。
妳說這是什麼意思!!
是在嘲諷我嗎?!
喀啷—!!
噫—
真不可思議，
海報、照片、電影當中的ＢＢ至今仍然……
嘿!!
妳是想說我也很快會變成破爛的老太婆的意思嗎!!
是想說我現在的美貌很快就會滿臉皺紋了是嗎?!
怎、怎麼會……
我、我是說……
什麼意思啊妳!!
嗚
緊張害怕

嗚哇啊啊啊啊~~~!!
對不起，她因為太忙碌有點疲累。
等樣稿的階段再來修稿吧。
對不起
呼——
啊，喂，社長嗎？
是，已經處理了。
是，現在正在休息。
咦？
不過這樣21號的行程就……
啊，是。

是這個。
莉莉子。
幹嘛……
抱歉，請伸出妳的手臂。
啊……
……打那個啊
什麼嘛……
我又不是護士……

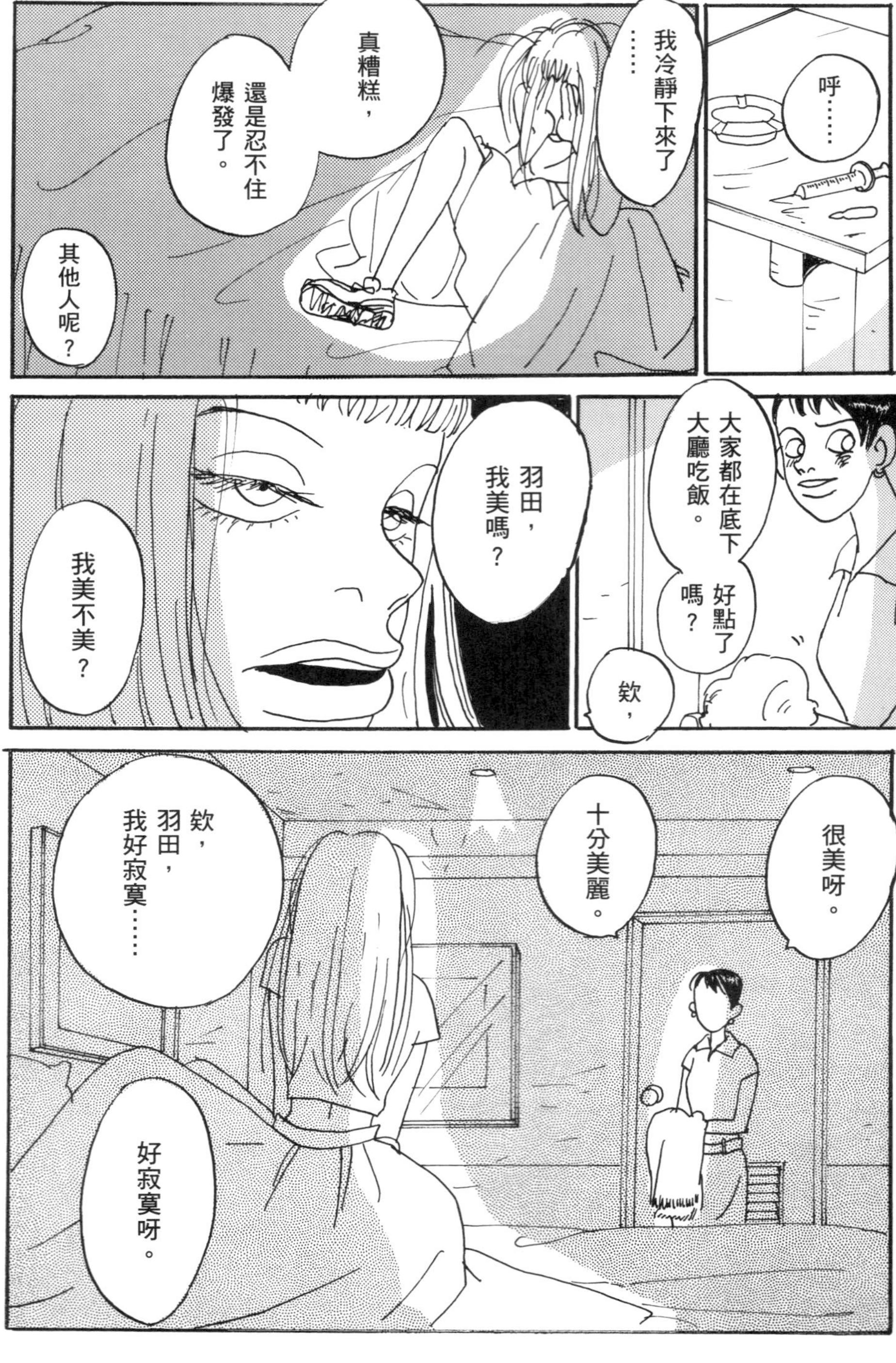
呼……
我冷靜下來了……
真糟糕，還是忍不住爆發了。
其他人呢？
大家都在底下大廳吃飯。
好點了嗎？
欸，
羽田，我美嗎？
我美不美？
很美呀。
十分美麗。
欸，羽田，我好寂寞……
好寂寞呀。

我好想躺到花圃上滾來滾去喔。
好想到大大的森林裡住進一棟小小的白色房子唷。
啊？
然後呀，跟兔子啊松鼠啊熊啊一起圍著木頭桌子喝湯～
來，咖啡。
嘻嘻嘻嘻。
羽田啊～
我好寂寞唷。
不過呀，我的那裡又燙又刺痛唷～～
感覺好色唷～～
欸？
幫我舔一下嘛？

帕嘍帕嘍帕隴～
今天的嘉賓是「真正婧噹噹」的莉莉子——！
莉莉子～～真是大美女！
哎唷～討厭啦!!
這麼漂亮的女生只有人妖才比得上啦！
講啥痟話啦!!
呸隴～
怎麼回事？妳臉好紅唷。
咦？
會、會嗎？
剛剛喝了一點香檳吧。

她第一次受訪發脾氣那時我還真是嚇到不知所措，
啊，好像結束了。
還好第二次以後心情就變好了。
還請大家喝香檳王。
…
辛苦了～
嗯。
啊，羽田，那個包包拿過來。
心跳緊張
多謝。
啊，松田先生～
今天你還有什麼事嗎？
哎唷——!!這麼無聊——!!
那給我你的電話號碼～～♡
工作會議嘍
EXIT

辛苦了~~~
等妳很久嘍。
走開!!
我去洗個澡。
抱歉。
?
唰—

睡不著。
明天10點要到綠山。
NRC
還有5小時可睡……
agnès b.
最近瘀血
好像有變小了。
如果吃藥能讓它
消退就好了……
可是即使
瘀血消失了，
我也老了……

也不可能一直年輕下去……
畢竟現在就已經不年輕了，吉川真亞子才14歲呀！
嗯～不過BB如今也滿臉皺紋了呀。
莉莉子也快嘍～
完蛋嘍～
我會變怎麼樣？
我想做些什麼？

這樁事件，
看來與三年前大森與千住一帶婦產科醫院販賣嬰兒屍體器官的案子有關。
兜售給製藥公司的掮客已經逃亡海外了。
雖然用了假名，這次恐怕也是那傢伙幹的。
不過，
真是難以置信。
竟然能從菲律賓、俄羅斯與印度非法取得墮胎胎兒的部分脊髓當作藥品原料，還能高價賣給有錢人。

妳也會嗎？
畢竟每個人都怕老嘛。
不能恐懼變化與速度啊。
不是在逞強，我真的覺得年歲增長是一件好事。
正因為這樣才會有新的體驗。
當然嘍！
我當然也怕！
回憶、喜悅、攻擊性、欲望與平靜，都需要逐步領會。
遺忘掉年輕時日的舉動，這本身也是新的體驗呀。
看看今早的天空，今天與昨天是完全不一樣的全新天空呢。

1210
H
Enterprise
那個……
請問「莉莉子」在嗎？
？
妳是誰？
如果是粉絲的話請離開。
禮物或信件我可以代為轉交。
那個……
我是「莉莉子」的妹妹。
因為校外教學來到東京……
希望能見姊姊一面。

……
鈴鈴鈴鈴
鈴鈴鈴
請稍等
唷。
嗯？
「莉莉子的妹妹」？
啊，這樣啊。
我懂了。讓她進來吧。
嗯。
對，到我的房間。
呼。
該怎麼辦呢？

早安——
早。
莉莉子小姐
嘿，羽田啊～
是!!
關掉冷氣吧，好冷唷～
還有啊，化妝間要先薰一下薰衣草嘛。妳真不小心，
是！
是！
還有啊……
啊。

小貓咪。
騙人～♡
你怎麼來了！
我好開心♡
瞧妳忙的，
要是我不這樣過來找妳，根本就碰不到面。
達令！
我好寂寞唷。
我也是呀。
瞪!!
驚
退退退
砰

妳這次要到何時才有空？
為什麼？
整天都在忙。
好想霸占妳唷。
壞孩子。
嗯。
不知道。
反正我就是，
啊。
工作都辭掉吧。
不行。
這樣會留下痕跡啦。
就是要懲罰妳，誰叫妳都不來找我。
就說不行啦。
妳只屬於我一個人。
只屬於我……

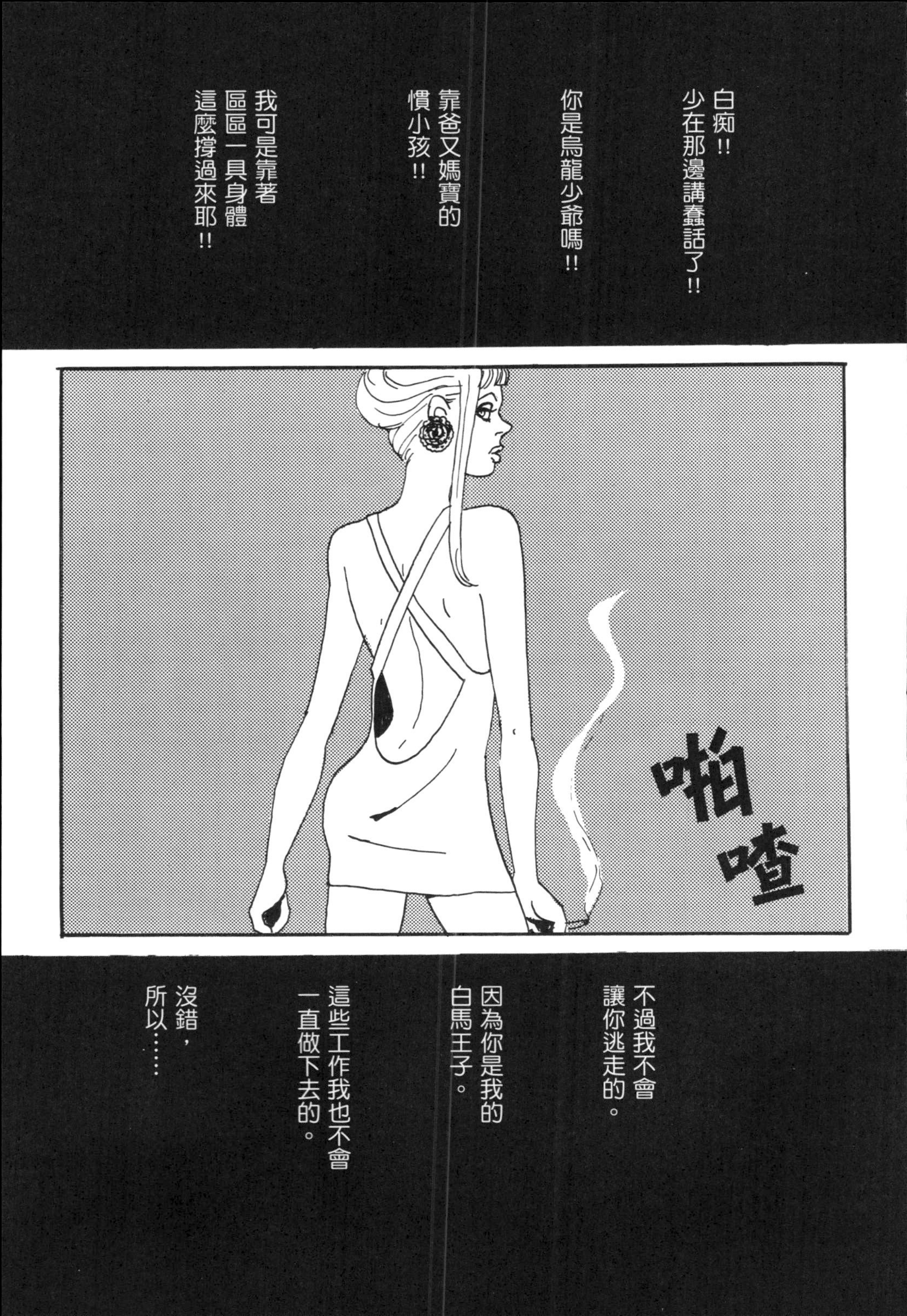

白痴!!
少在那邊講蠢話了!!
你是烏龍少爺嗎!!
靠爸又媽寶的
慣小孩!!
我可是靠著
區區一具身體
這麼撐過來耶!!
啪喳
不過我不會
讓你逃走的。
因為你是我的
白馬王子。
這些工作我也不會
一直做下去的。
沒錯，
所以……

喀喳
小錦，
過來。
呼呼♡
我走啦。
加油。
哎~唷，那傢伙搞什麼嘛~
痕跡都要消除乾淨唷。
OK、OK。
嘿
如何？
什麼如何？

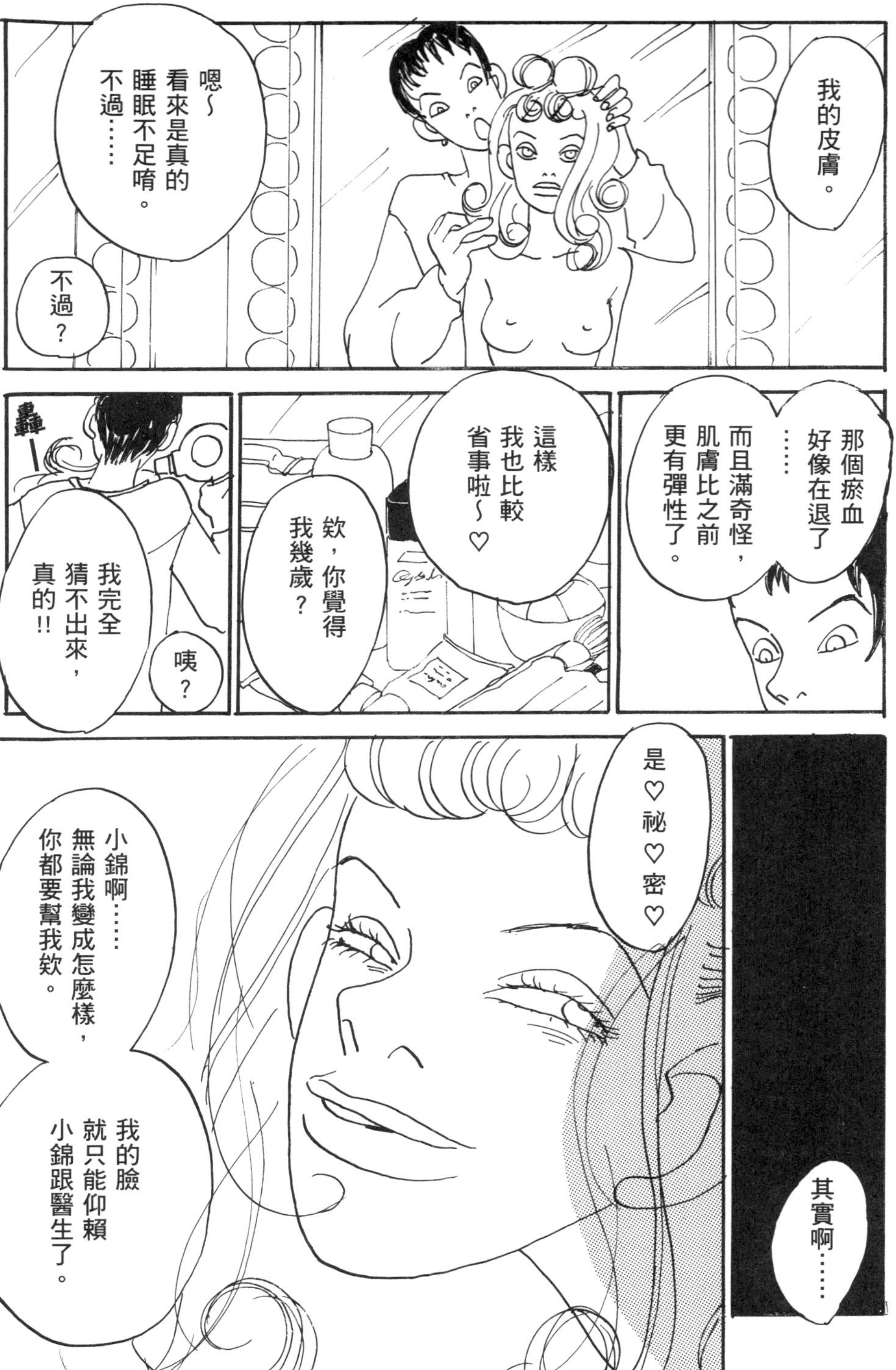
我的皮膚。
嗯～看來是真的睡眠不足唷。不過……
不過？
那個瘀血好像在退了……
而且滿奇怪，肌膚比之前更有彈性了。
這樣我也比較省事啦～♡
欸，你覺得我幾歲？
咦？
我完全猜不出來，真的!!
其實啊……
是♡祕♡密♡
小錦啊……無論我變成怎麼樣，你都要幫我欸。
我的臉就只能仰賴小錦跟醫生了。

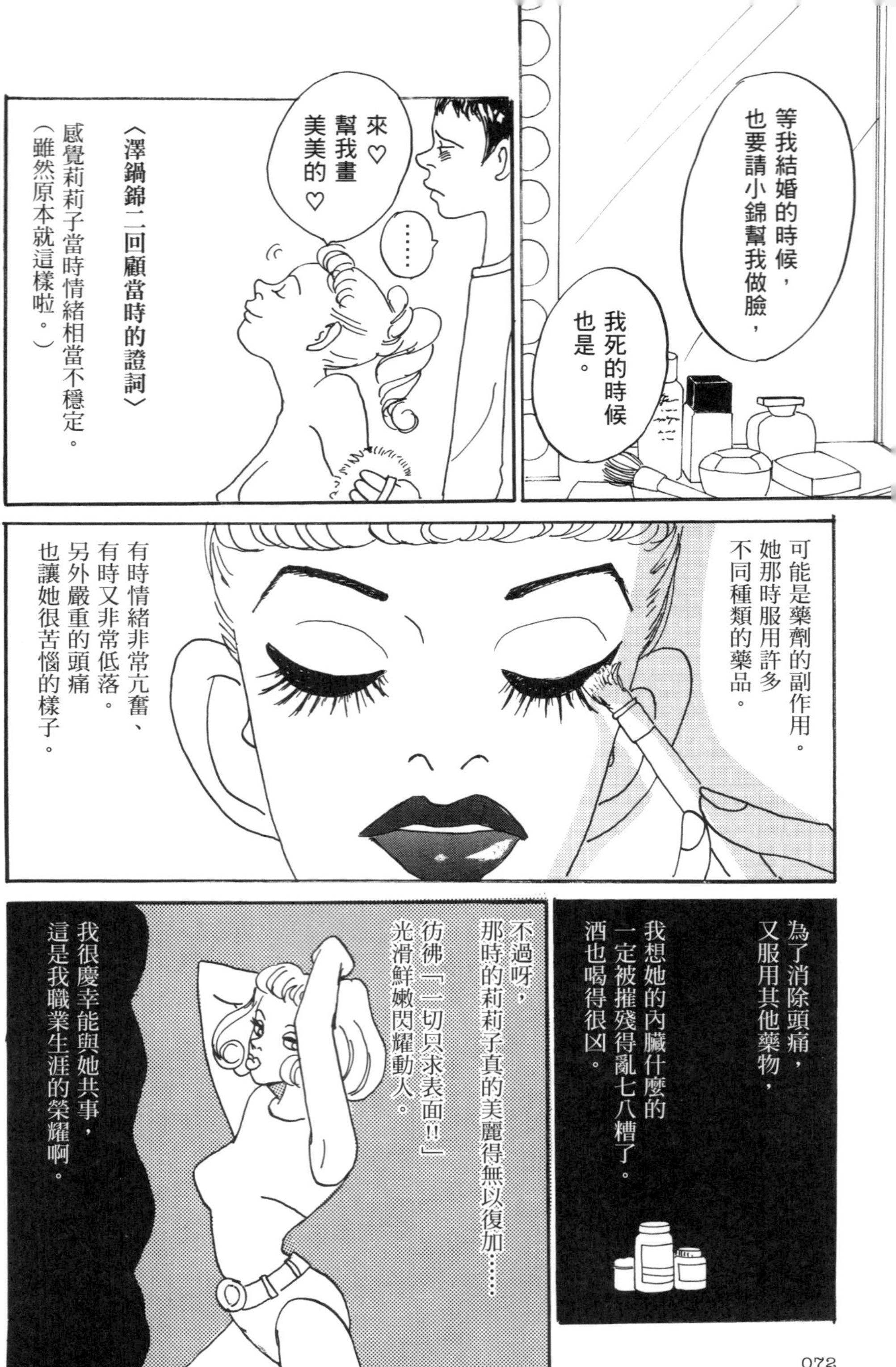
等我結婚的時候，也要請小錦幫我做臉，
我死的時候也是。
來♡幫我畫美美的♡
……
〈澤鍋錦二回顧當時的證詞〉感覺莉莉子當時情緒相當不穩定。（雖然原本就這樣啦。）
可能是藥劑的副作用。她那時服用許多不同種類的藥品。
有時情緒非常亢奮、有時又非常低落。另外嚴重的頭痛也讓她很苦惱的樣子。
為了消除頭痛，又服用其他藥物，
我想她的內臟什麼的一定被摧殘得亂七八糟了。酒也喝得很凶。
不過呀，那時的莉莉子真的美麗得無以復加……彷彿「一切只求表面!!」光滑鮮嫩閃耀動人。
我很慶幸能與她共事，這是我職業生涯的榮耀啊。

我的男友也不簡單

發現了發現了～～♡熱門名模莉莉子與南部百貨公司小開的深夜密會!!

這裡是港區廣尾的高級大樓。×月×日清晨5點左右，一對卿卿我我的情侶走進停車場。這位身材姣好的女生，哎呀!!不正是「超級名模」莉莉子（?歲）嗎?而且對象還是一手創設南部集團南部德二的長子南部貴男（27歲）!!有著一雙美腿與不像日本人的臉蛋及身材的莉莉子，最近除了模特兒之外還跨足演員、歌手、藝人，不但多才多藝，原來戀愛對象也是如此大有來頭!事務所表示：「他們是好朋友。那天是工作人員的生日，所以在家開了很單純的派對。」但是南方也向朋友講過：「她很迷人，是位會激發我很多靈感的美麗女性。」莉莉子本人則是表示：「祕‧密♡」總之，我們對於能夠與如此美女共處一夜只能表示好～羨～慕～呀～

這搞什麼!!
通信
FLES
莉莉子!! 熱戀曝光!!
羽田!! 妳這什麼發言!!
怎麼不跟我說一聲，講這什麼話！
是，真抱歉。
妳以為道歉就沒事了嗎!!
真是的!!
哎~!!
本來一直保持清白沒醜聞的耶!!
是沒有爆出來而已，對吧？媽媽桑♡
我過去成為多少中年大叔的玩物……
比起來這檔事根本超級可愛吧♡
要重組戰線了!!
莉莉子！這陣子妳要低調行事！
啪嚕啵
羽田!! 下不為例知道嗎!!

絕對……
不能再有……第二次!!
唉~呀~呀~惹她生氣了~
……
羽田♡放輕鬆♡放輕鬆♡
妳做得很好。
我很高興♡
這次我會好好報答妳唷♡
呼呼♡
……
將情報洩漏給八卦雜誌是莉莉子的指令。她說「就告訴他們我有男朋友了」。原本莉莉子的私生活是被「媽媽桑的垂簾」牢牢守住，絕對不得洩漏出去。八卦雜誌聽到消息就飛撲過來。我做這事違反業務規定，因為雇用我的不是莉莉子而是社長。我是知道的。但是，我實在無法違抗莉莉子…

嗨～莉莉子，我看到雜誌嘍。
什麼時候開始交往的啊～
啊哈♡
就想說好久沒見到妳說～
他十分迷戀我。
說想把我變成只屬於他的東西。
很難纏的。
這傢伙真讓人火大～
莉莉子應該是屬於大家的嘛。
對嘛!!
「嘿，白雪公主。」
再一起去樹蔭底下玩鬧嘛～～
大家一起。
我出車子。
抱歉嘍～♡

我現在還得低調。
下次再說吧~~

白~痴，我不要再跟你們這些雜碎往來啦!!
那時是滿開心的啦，我也裝扮得漂漂亮亮的開心地受到大家寵愛，幹了一堆蠢事。

只是，遊戲已經結束。
我不再需要七矮人了。
我要的是獨一無二的王子。

對……
能夠充分保障我人生
安康的帥氣王子唷。

我不想再幹這些工作了。

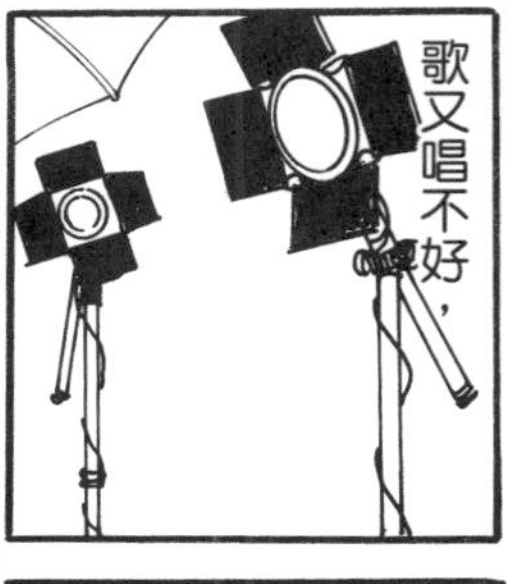
歌又唱不好，

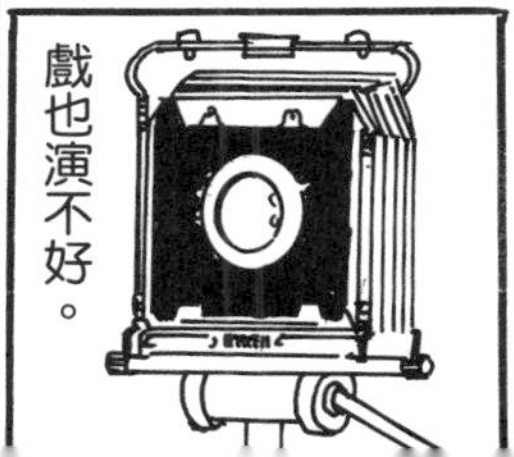
戲也演不好。

我也不適合當藝人，反應時機總是不夠靈敏，
只要一站到電視台的攝影機前面，心臟就怦怦跳。

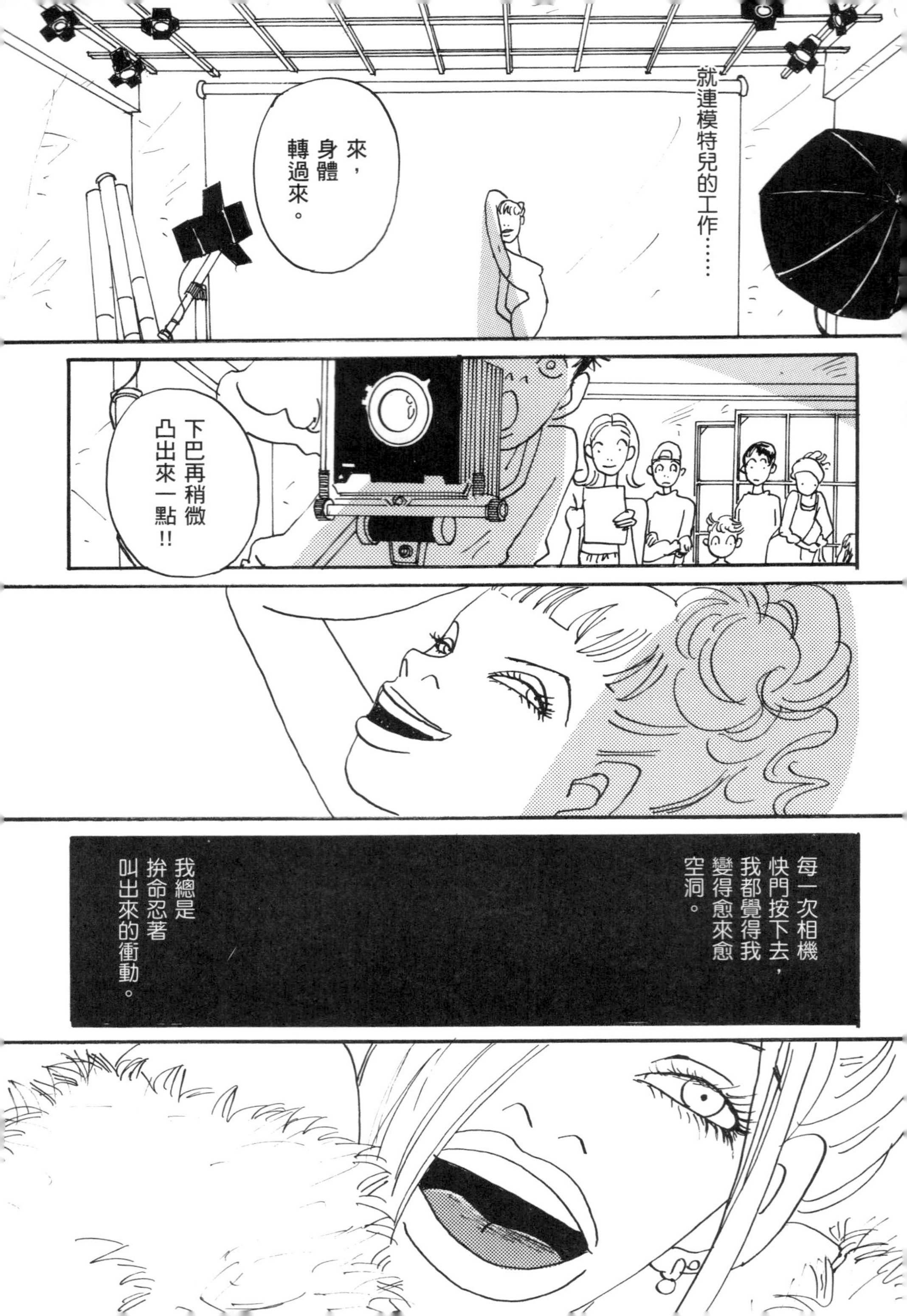
就連模特兒的工作……
來，身體轉過來。
下巴再稍微凸出來一點!!
每一次相機快門按下去，我都覺得我變得愈來愈空洞。
我總是拚命忍著叫出來的衝動。

總有一天我會真的喊出聲吧。

在那之前……啊啊……得想想辦法……

呼呼♡
就是嘛~媽媽桑唸個不停哩~
那報導真是有病耶。
跟群蒼蠅一樣!!
嗯?
EXIT
不行啦，我不會辭掉工作啦。
我可是……
咦?
真的?!
耶——!!
砰!!
達令要買戒指給我!!
當然是戴左手無名指用的!!
說可以挑梵克雅寶、寶格麗或是卡地亞的♡
但我還是酷酷地回說：「只要是你送的禮物，固力果的糖果也可以唷」!!
爽啦!!
冷靜

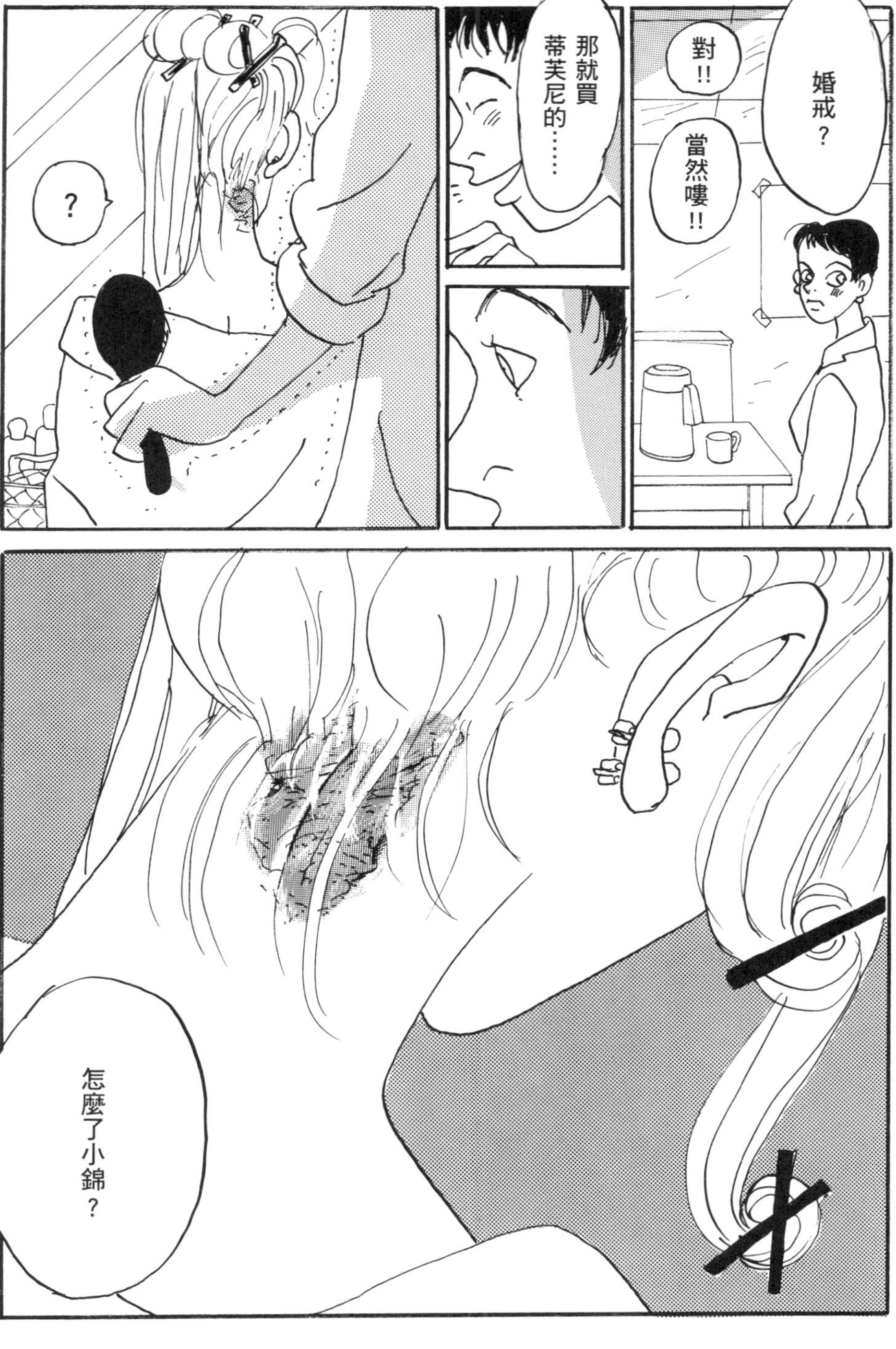
婚戒？
對!!
當然嘍!!
那就買蒂芙尼的……
？
怎麼了小錦？

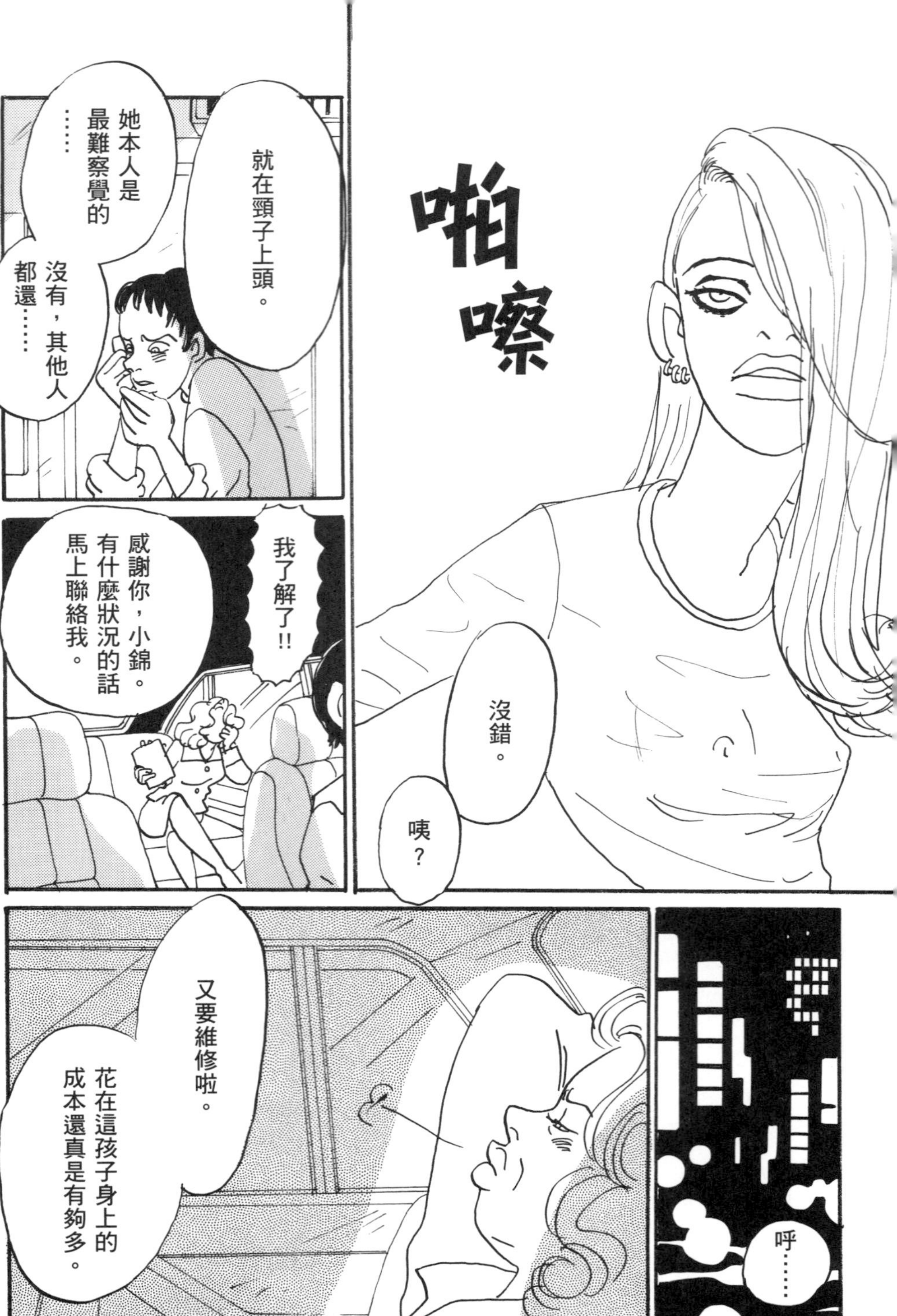
啪嚓
沒錯。
咦？
就在頸子上頭。
她本人是最難察覺的……
沒有，其他人都還……
我了解了!!
感謝你，小錦。有什麼狀況的話馬上聯絡我。
呼……
又要維修啦。
花在這孩子身上的成本還真是有夠多。

到醫生那邊集中治療？
為什麼突然又這麼急？
我最近狀況超好的呀。
討厭治療啦……
動手術還比較好……
兩星期內的行程我都推掉了。
妳也很久沒這樣治療了吧？
現在不做之後就沒有時間了……
騙人——!!
要讓我休息的話不如讓我去哪裡玩～
找男人啦～去海外啦～購物啦～
咧咧咧～～～
莉莉子!!
這也是工作的一環唷!!
妳忘記跟我「最初的約定」了嗎？
不要在那邊鬧脾氣!!
咧～咧～
這左手的戒指是在幹什麼？有夠蠢的。

哎呀？媽媽桑注意到啦？
這是達令買給我的唷。
好啦，別開玩笑了。
為了排出妳的假期我花了多少腦力跟勞力……
媽媽桑……沒有認真看待耶……
OK，我會去。
很好很好，乖孩子。
我可是要逃出媽媽桑的掌心唷。
還不明白嗎？
妳真是我的好孩子。
等到那天來臨就來不及嘍。
還不明白嗎？

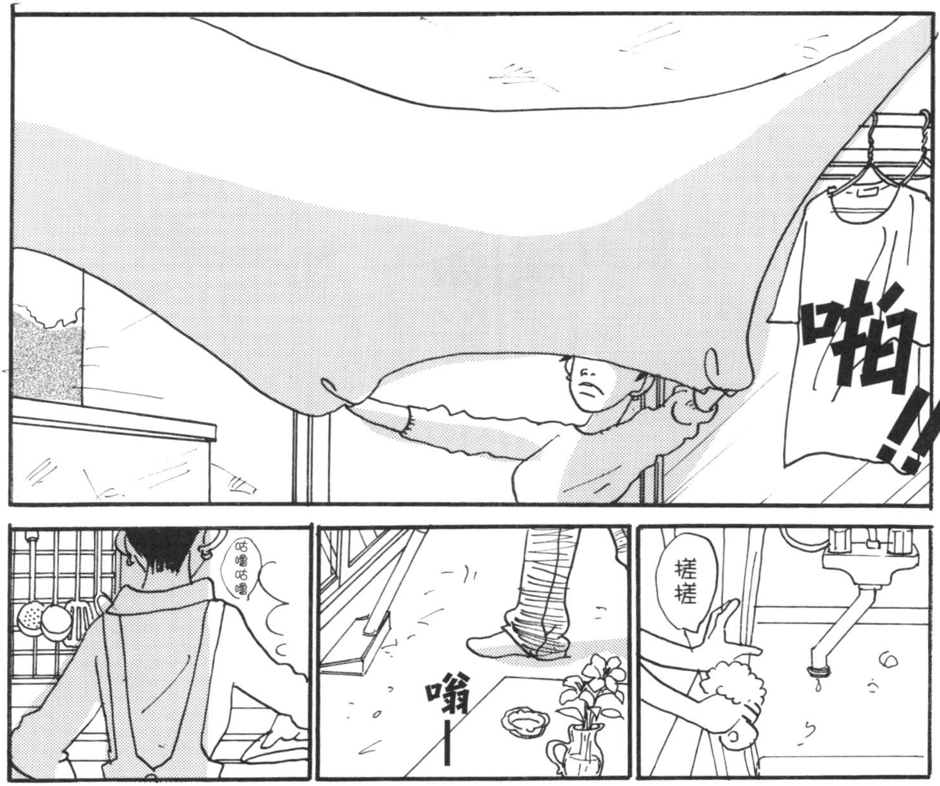
啪!!
搓搓
嗡—
咕嚕咕嚕

莉莉子休假兩週，我也第一次獲得像樣的假期。

休假兩週的名目是到海外拍攝月曆照片，不過這很奇怪，因為應該早在前一次到海外時就拍攝完畢了。

公司沒有告訴我理由。

好久沒有這樣悠閒度日了耶。
嗯。
要不要排個兩、三天去旅行啊？
我工作也請個假。
不行!!

啊
啊……
因為我東京的
辦公室還有工作，
一些有的沒的。
至少休息個
兩、三天
可以吧？
……
可以吧!!
這次……
還是不要啦。
有夠不爽!!
難得妳休假，
我都擬好
計畫了耶!!
搞得我像
白痴一樣！
就是看妳
忙個沒完
我才一直忍耐
到現在耶！
……
對不起。
你要去哪？
還要你管!!
我自己也有
一堆事情啊!!
……

砰!!
l'écume de jours
cutie
休假前
莉莉子對我說……
羽田~
不好意思，休假時，
妳人可以借我一天嗎？
還不確定是哪一天就是。
嗯~
好的！
所以我不能離開東京……

醫生……醫生……
好痛唷……

好痛唷……
腦袋好像要裂開了……
全身都在痛……
忍住。
過去更難受的時刻妳不是都挺過來了？
妳一定能辦到的。
想想妳第一次來這裡的時候吧。
當時的妳已經完全不存在了。
創造出現在的妳的人，就是妳自己唷。
不是我，也不是那位女士的力量，是妳自己的力量使妳重生的唷。

女性Smile
莉莉子結婚?!
齁……
「莉莉子結婚?!」
喔……
「在左手閃閃發亮的估計是700萬日圓的鑽戒?!」
麻田先生，你還真留意莉莉子耶。
我就喜歡這女孩的臉嘛。
因為很怪。
莉莉子的臉很怪？
怪唷。舉世稀有的奇異臉孔。
不知該說是冷徹的機械還是兇猛的野生動物……
？
麻田檢察官。
東中野町澤田醫院的院長自殺了。
是連續二十多年為希望生下小孩的孕婦進行不必要的人工流產，還摘取子宮卵巢的「澤田事件」？
那事件是在平成2年被揭發，官司還在持續當中……
是呀。

……三年前大森與千住一帶那個……
沒錯—
保須田，咱們走吧。
是!!
拜拜「老虎莉莉」，八卦時間結束嘍。

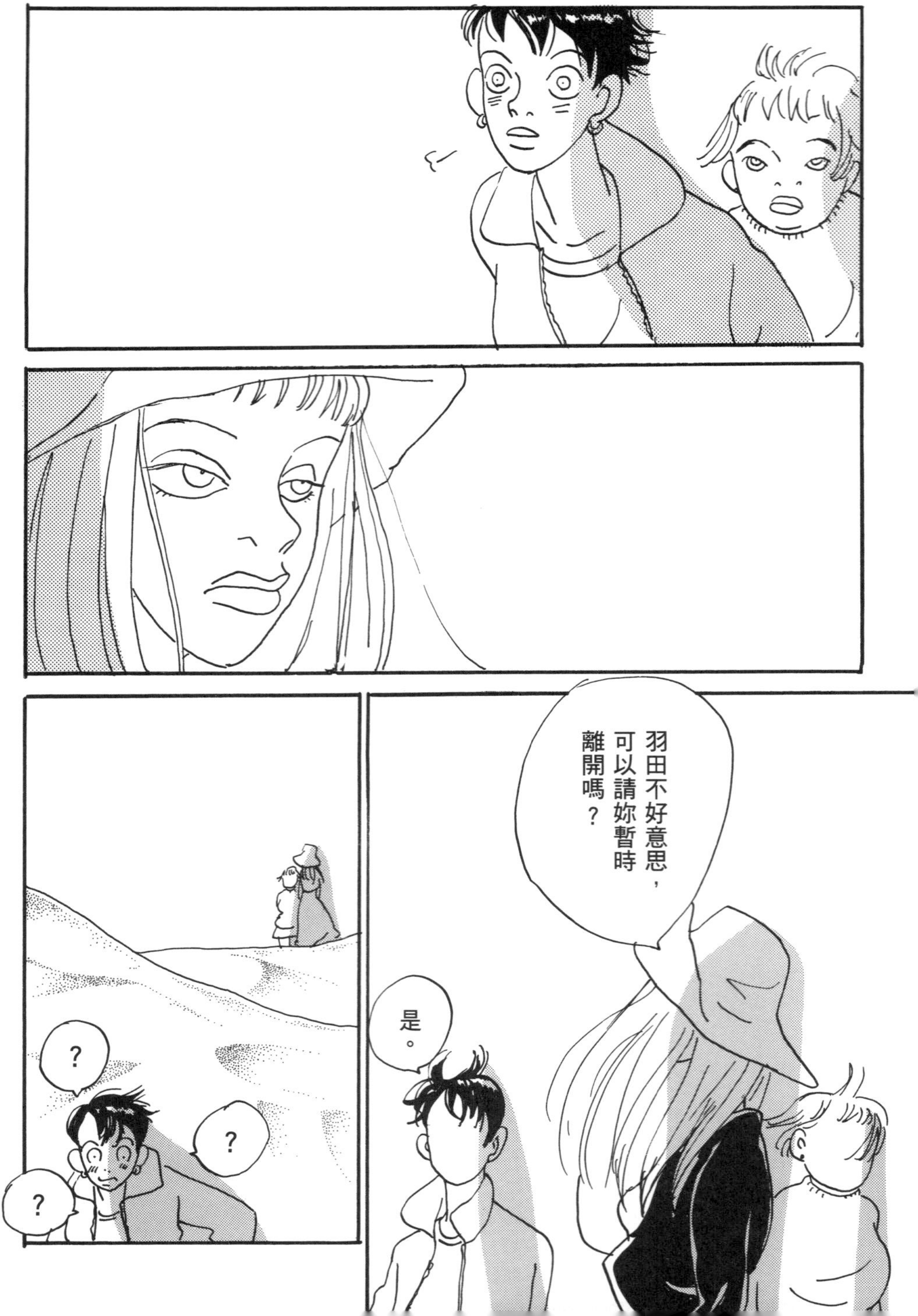
羽田不好意思，可以請妳暫時離開嗎？
是。
？
？
？

怎麼了姊姊？
嗯，難得空出一點時間，我們又一直沒法碰面。
對不起……一直沒跟妳聯絡……
收到妳的來信我很高興，謝謝妳……
我想回信……但也不知寫什麼好，
打電話……又覺得很尷尬。
沒問題啦。
我看電視、看雜誌就能知道姊姊精神很好呀!!
之前那齣3小時連續劇很棒唷~~
啊哈哈，這樣嗎？
其實我拍得很辛苦呀。
台詞也背不起來，其他人都演得很棒，
拍得讓我很低落，又一直被罵。
沙沙
但是拍得很棒呀!!
……媽媽還好嗎？
已經三年沒見面了……
爸還在生氣嗎？

不會啦。
妳跟他們見個面嘛～
他現在很高興唷～
嗯，再過一陣子吧。
不過妳變胖了耶。
嘿嘿。
嗯，比起我那時候還好就是。
去減肥啦——!!
還有稍微割一下雙眼皮。
整個人會變很多唷～
費用的話我可以出。
啊對啦!! 你們有收到我給的錢嗎？
錢？是指什麼？
別擔心啦，爸的病已經轉好了，我也有在打工。

太陽度假村
旅
SUNRESOR
噗
我可是還在工作耶!!
怎麼還真的跑來了!!
搭特快車2個小時咻地就過來啦～
真是莫名其妙!!
因為在電話裡妳語氣超級陰沉嘛～
討厭啦～
「我要接送莉莉子的粉絲，不能去啦～」
笑嘻嘻
「我也不知道這在幹嘛呀～～討厭啦～～」
這樣。
哎唷!!
反正妳晚上就沒事了對吧？
也是啦……
粉絲也送回去了。
不過……那粉絲好醜唷。

長怎樣？
嗯～就～有夠胖的。
那女生不知道是幹嘛的？
粉絲俱樂部的會長嗎？
唉妳管她勒。
來開心一下吧♡
難得我明天也放假。
換個環境就很有感覺嘍。
討～厭～
1212
哎呀呀，你們倆好像滿開心的嘛。

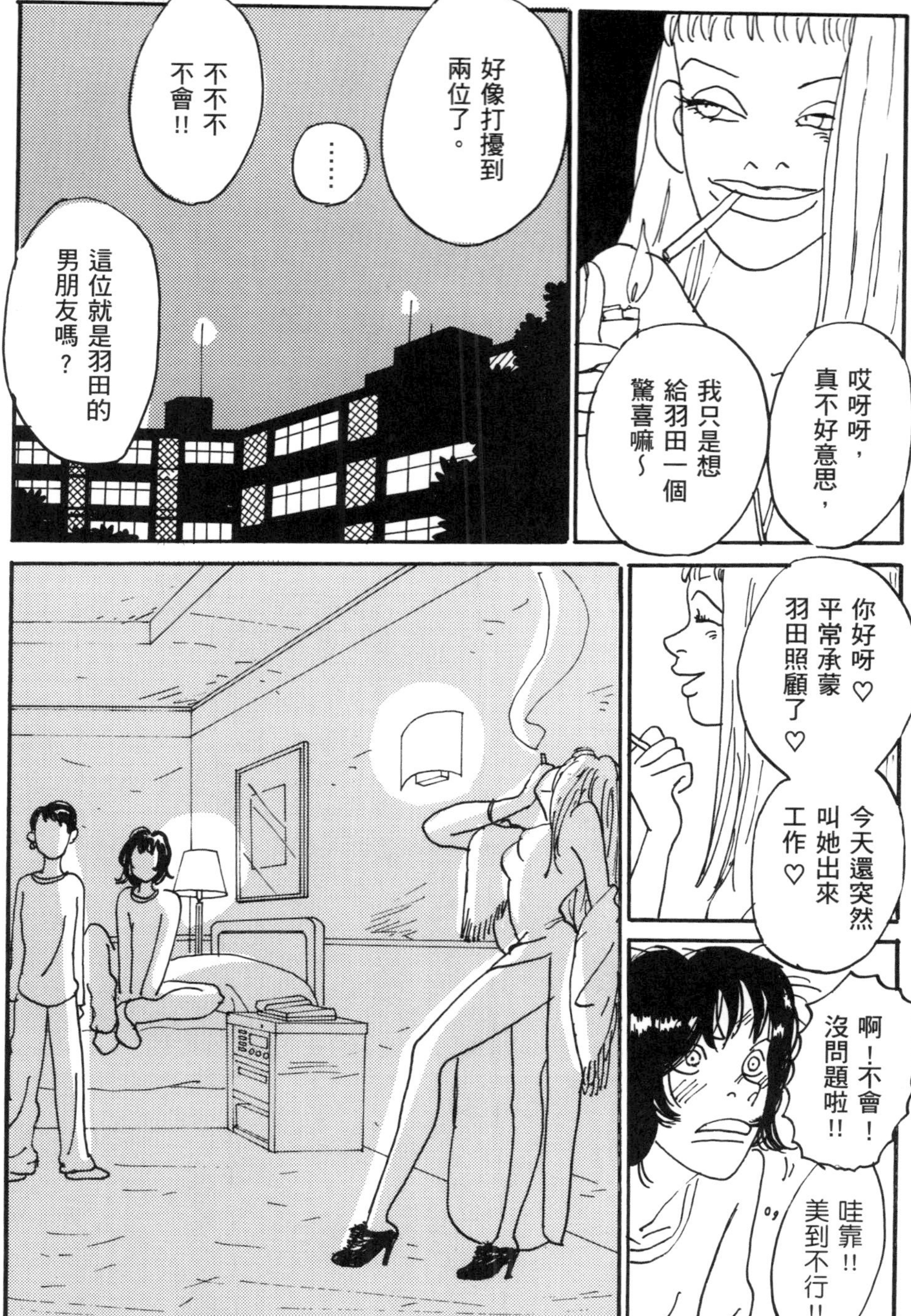
哎呀呀，真不好意思，
我只是想給羽田一個驚喜嘛～
好像打擾到兩位了。
……
不不不不會!!
這位就是羽田的男朋友嗎？
你好呀♡平常承蒙羽田照顧了♡
今天還突然叫她出來工作♡
啊！不會！沒問題啦!!
哇靠!!美到不行!!

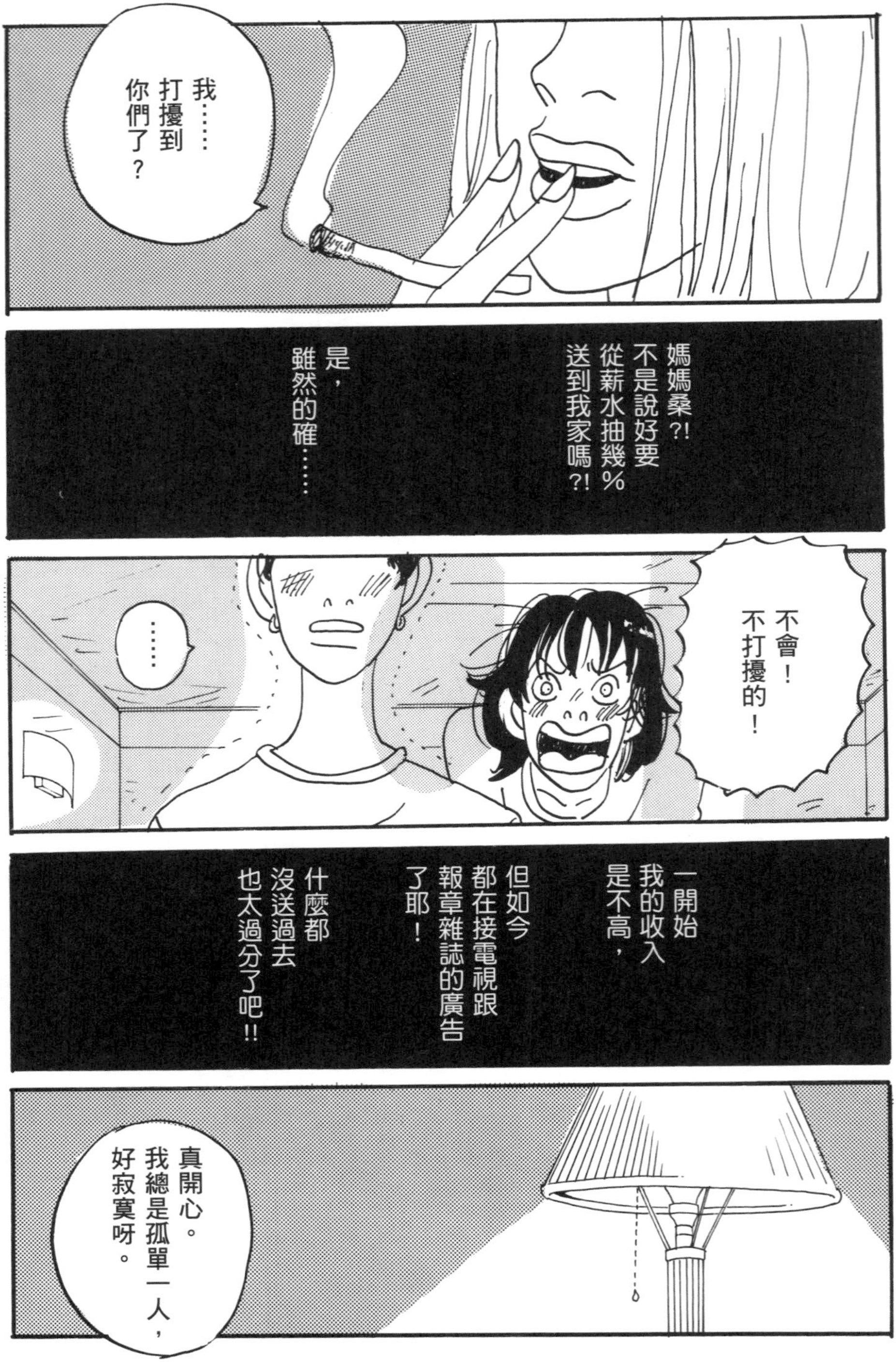
我……打擾到你們了？
媽媽桑?!不是說好要從薪水抽幾%送到我家嗎?!
是，雖然的確……
不會！不打擾的！
……
一開始我的收入是不高，
但如今都在接電視跟報章雜誌的廣告了耶！
什麼都沒送過去也太過分了吧!!
真開心。我總是孤單一人，好寂寞呀。

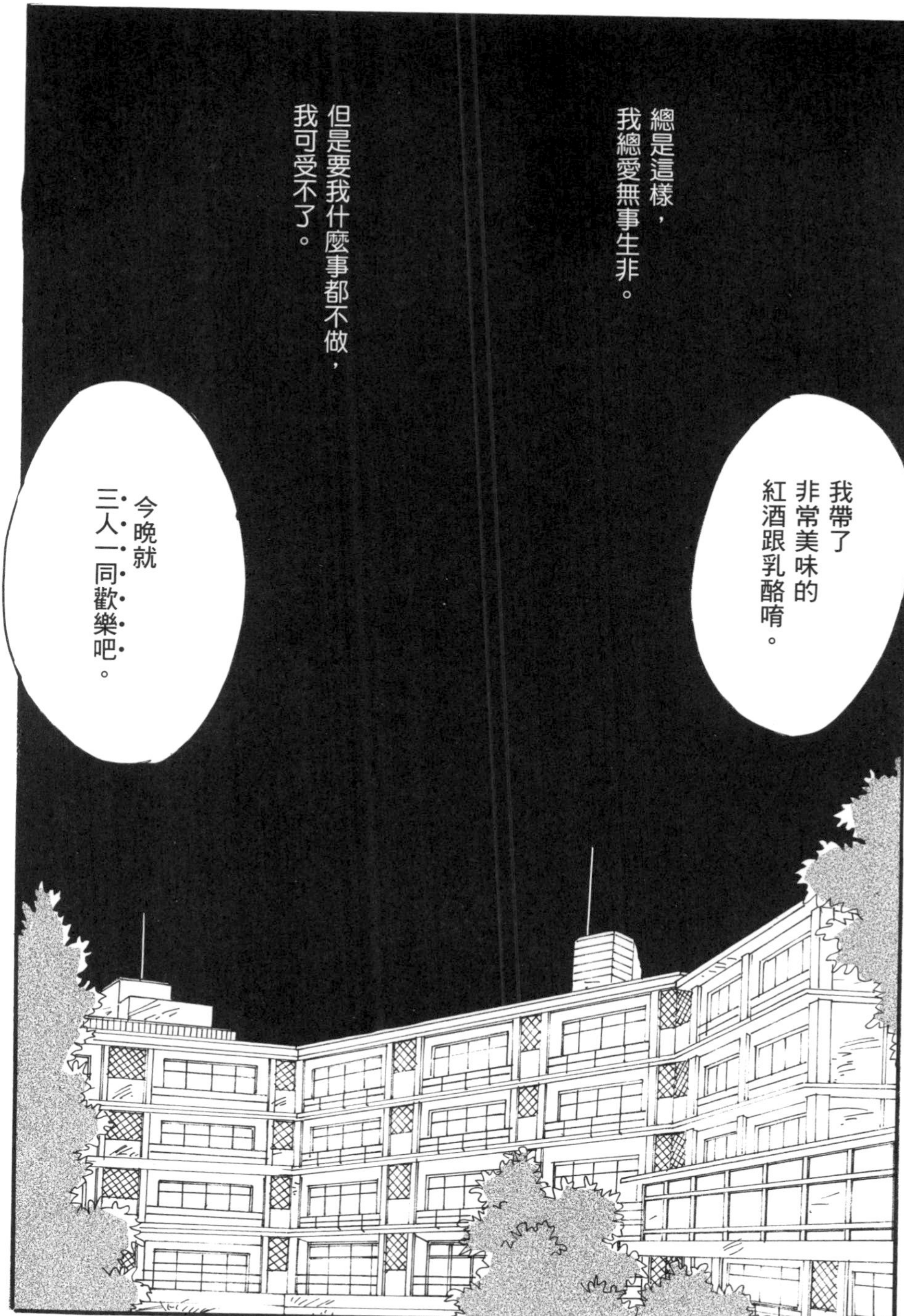
總是這樣，我總愛無事生非。
但是要我什麼事都不做，我可受不了。
我帶了非常美味的紅酒跟乳酪唷。
今晚就三人一同歡樂吧。

莉莉子早。
早呀。
療程只剩下一點就完成了，再加油一下吧。
嗯，有勞了。
翻
王子愛公主？
德二先生也微笑
雙方家族互相祝賀
以經營百貨旅店知名的南部集團領導人的長男南部貴男（27歲）與保守派政要田邊悅太郎的次女惠美利小姐（28歲）於X月X日訂婚。二位的交往是從8年前大學時代的滑雪俱樂部開始……

這是什麼鬼～～～～!?
撕撕撕撕
騙人!!
莉莉子!!
豈有此理!!
一定是假的!!
我要打電話問他!!

喂喂!!
啊——!!
達令?!
嗨，小貓咪。
不好意思耶。
本來想好好跟妳說的……
但妳人又不在。
騙人的吧!!
對吧!! 對吧!!
妳也知道我的立場吧？
我這樣的人怎麼有可能會跟妳那樣的人結婚呢？
但妳還是我在世上最深愛的人唷，小貓咪。
這場婚姻只是形式上的，做做樣子而已啦。
懂嗎？
妳有在聽嗎？

對了!! 妳也一起來度蜜月好了!!
別管那個女的，我只愛妳一人唷……
磅啷!!
?
咦?怎麼掛電話了?
莉莉子，
那個……

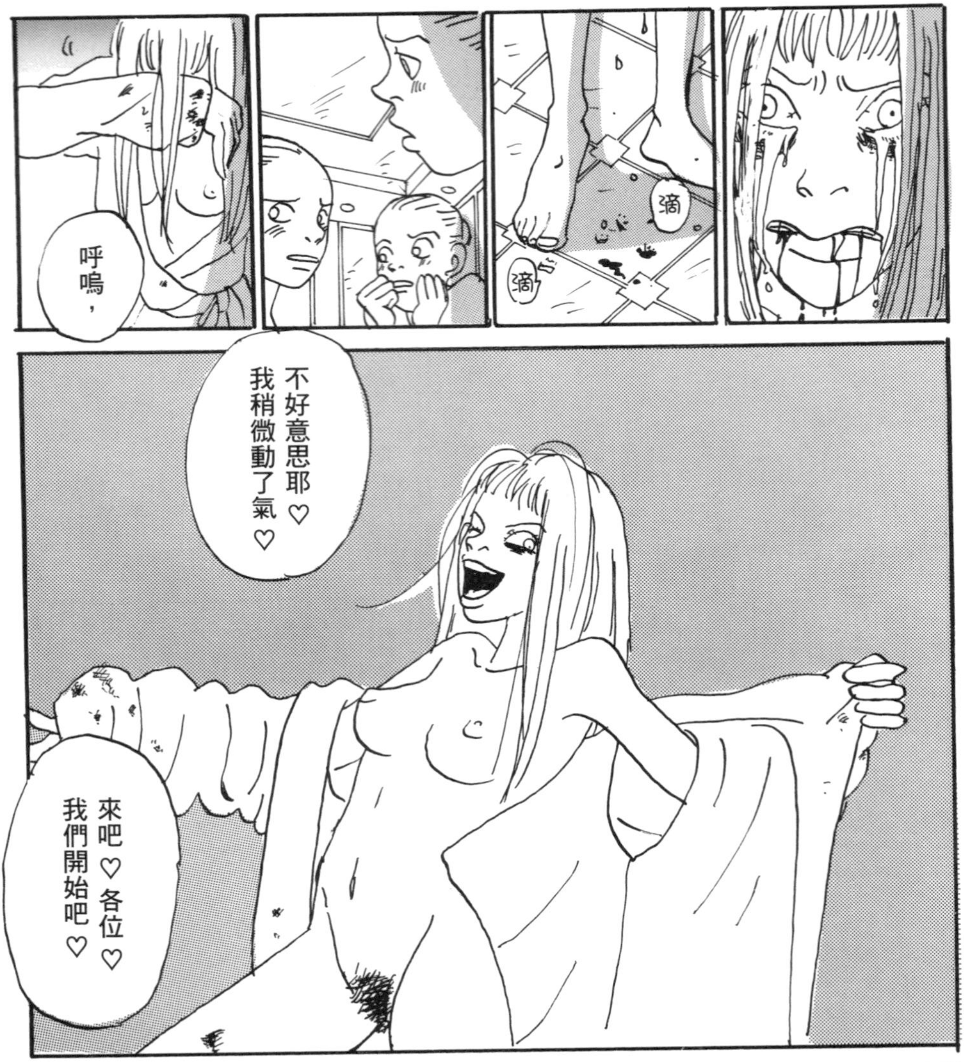

不能停下來，必須前進，前進!!
一切已經開始了。
（不過是小作一場夢而已，對，不要再妄想作夢了。）

我不能害怕，早就已經選好了。
我已經做出了選擇。

helter-skelter

4

在我的身體裡
有個時鐘滴答作響
彷彿有什麼
即將結束
但是
我並不害怕
這是早就知道的事

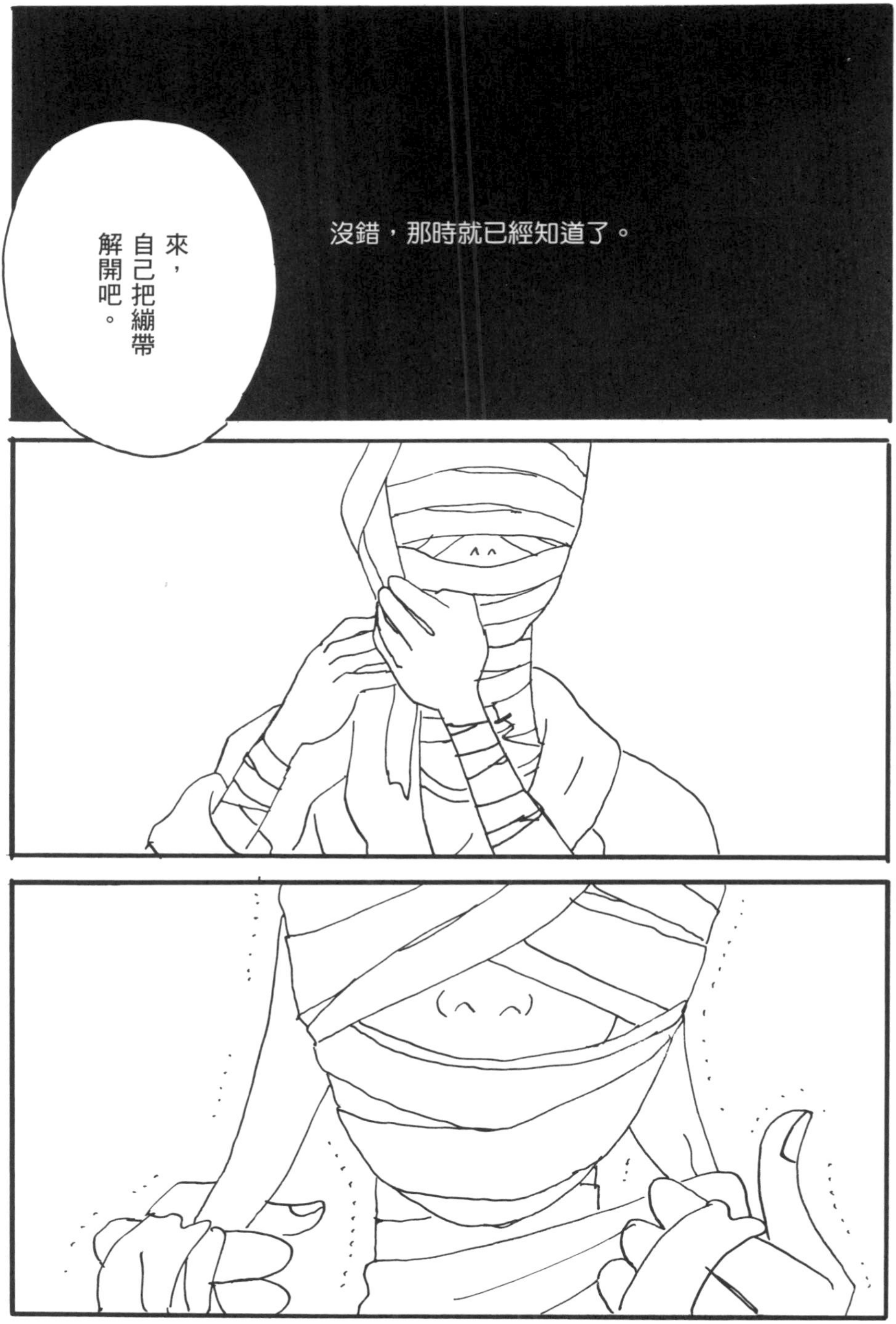
沒錯，那時就已經知道了。
來，自己把繃帶解開吧。

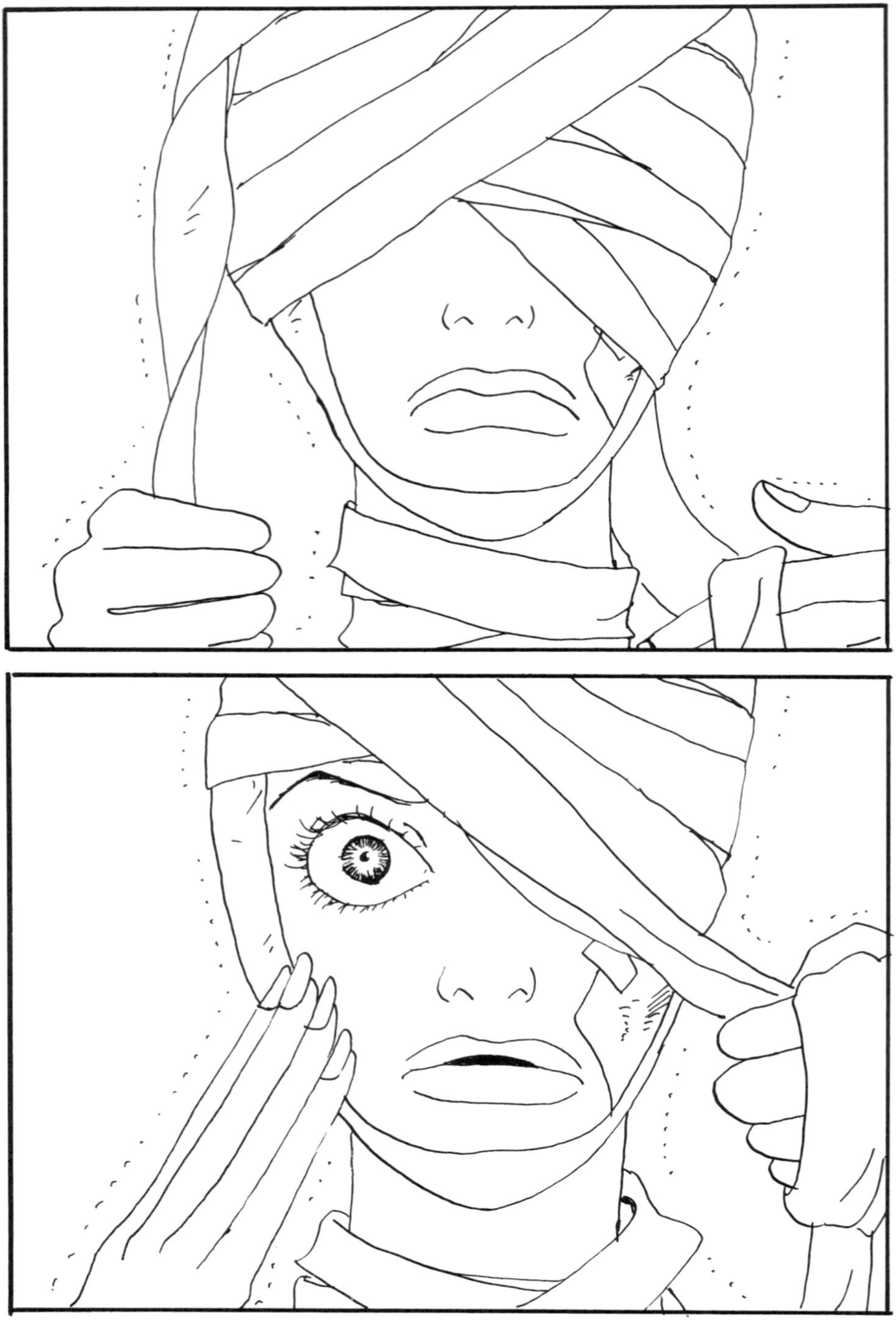

沒錯，不能害怕。我已經做出了選擇。

「輕蔑喜悅吧、輕蔑感觸吧、輕蔑悲劇吧、
輕蔑自由吧、輕蔑貞節吧、輕蔑希望吧、
輕蔑休息吧、輕蔑溫柔吧、輕蔑光芒吧」

就在那時。

莉莉子前進好萊塢！
莉莉子將出演以《失嬰記》、《黛絲姑娘》、《鑰匙孔之愛》聞名的導演羅曼・波蘭斯基電影新作，雖然只有出現一幕，但會是重要的角色。赴美拍攝的日期尚未確定。
心碎之後再出發!!
結束二週海外拍攝歸國的莉莉子，隨即前往東京惠比壽攝影棚拍攝廣受好評的洗髮乳廣告系列第三輯。在浴缸裡泡了一整天感覺要泡到昏了，還是露出乳溝♡給大家清涼一下。因南部先生結婚而感情破碎的傳言，在莉莉子的笑容當中彷彿一點影響也沒有，真是讓大家都鬆了一口氣。
好想變成莉莉子!!
永遠讓人怦然心動。永遠閃閃發亮。莉莉子獲得這次「最愛的女性BEST 10」票選榜首。本次訪談要徹底探索她不可思議的魅力！
沒有啊～還滿驚訝的耶。
為什麼呀？竟然得第一～～
不就因為我做的都是你們愛看的嘛。
CAFE CHEZNOUS

嗯～我很希望一直談戀愛下去，但是……
感覺為戀愛而戀愛與真的愛上一個人還是不一樣嘛～～
對不對？
你們就想聽這種話對吧？
失戀的經驗我想也會成為自己重要的一部分。
嗯嗯
我才不想講這個，是你們要我講的。
我點這個
是呀，我總希望能一直很雀躍，
因為要自己有衝勁才能帶給人力量。
你們是這樣想的對吧？
所以我就照著說嘍。
「明星這種東西之所以一直引人好奇，是因為明星就像癌症一樣，是一種畸形（phenomenon）。」
以她來說，奇怪的不只是臉孔、相貌而已，她的發言也飄忽不定。

又在講莉莉子啦？
算是吧。
一般人在講話時會明顯透露自己的成長史、環境背景、性格與感情，
但是她在媒體上的發言完全看不出這些，
全都只有表面。
就連臉跟表情都是如此。
看看她的臉與身體每個部分，彷彿這裡像克拉拉·伯恩、那裡像是碧姬·芭杜、珍·詩琳普頓、佩內洛普·特里、拉寇兒·薇芝、像是G·貝克*，像是……
她的美是一種形象的拼貼，
完全體現我們所有人的欲望!!
您對女性還懂得真多呀。
我喜歡美麗的女性。
最喜歡的是格洛麗亞·斯旺森，
《紅樓金粉》!!精采至極!!
？

*原文誤植，此處應是美國女演員卡蘿爾・貝克(Carroll Baker)。

妳看過嗎？
沒有。
我借妳錄影帶啦。
這電影是在演一位美麗的女演員因為年華老去而精神失常的故事。
好惡劣唷。
是嗎？
已經自殺的澤田醫院院長他結婚的第一位女性，
在離婚之後開了一間診所，
專攻女性美貌與健康。
雖然非常昂貴，但預約門診已經排到兩年後了。
說是融合東洋與西洋醫學，以獨特的治療方式獲得女性的莫大信賴。
一開始是調查他們的逃稅嫌疑……
卻發現銜接上一連串買賣胎兒屍體、器官並且違反藥事法的案子。

說不定我們哪天必須拜訪莉莉子呢，
為了調查這個事件，
造訪那隻美麗的怪物。
莉莉子正是這間診所的特級祕密客戶。
身體如何？
好得很。

感覺都維修妥當了。
我兒子寄了生日賀卡給我。
齁。
佳樹他現在多大啦？
已經14了。
難得聽媽媽桑聊到家人……
小的那個呢？
記得是叫真理惠？
難唷。
女生真難養。
我也來生個小孩好了。
也差不多……
別想啦。
妳不適合。
妳不也不適合結果還不是生了？
……
媽媽桑……那個錢……
妳是不是沒有匯到我們家？

哪有，
每個月都有匯到戶頭裡呀。
騙人，妳騙我。
才沒騙妳。
不過……
妳的維運費太高了，
是生產成本過高的商品唷。
就連最初的設備投資成本都還沒完全打平唷。
分配給妳們家的金額會少也是難免。
……可是
莉莉子!!
妳懷疑我嗎？
在妳那麼悽慘的時候收留妳的人是我耶。
唉，又來這一套。
尤其是啊，

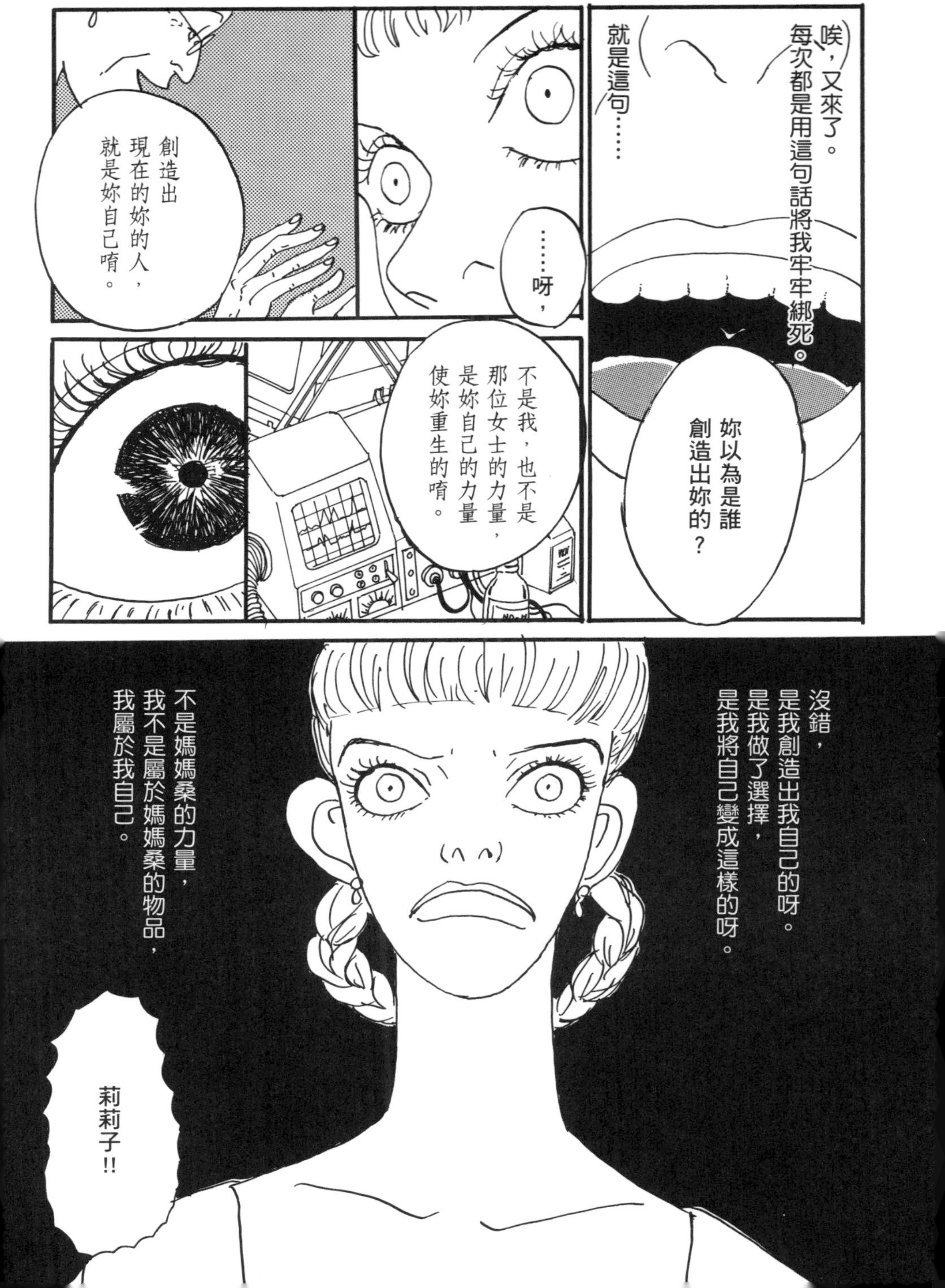
唉，又來了。
每次都是用這句話將我牢牢綁死。
就是這句……
妳以為是誰創造出妳的？
……呀，
創造出現在的妳的人，就是妳自己唷。
不是我，也不是那位女士的力量，是妳自己的力量使妳重生的唷。
沒錯，是我創造出我自己的呀。是我做了選擇，是我將自己變成這樣的呀。
不是媽媽桑的力量，我不是屬於媽媽桑的物品，我屬於我自己。
莉莉子!!

咦？
啊。
妳明白了嗎？
驚
我培育妳並不是為了賺錢，
妳就是我的「夢想」。
啊啊，聽了媽媽桑的話，
腦袋又變得朦朧起來，一片模糊。
她到底是
做了怎麼……

小錦……
小錦你有喜歡的人嗎？
哎唷討厭啦，♡
假髮
有啊……
好好唷……
我沒有喜歡的人，也沒有人愛我……
妳怎麼說這種話嘛～妳是全日本最熱門的人物耶!!
大家是多迷戀莉莉子呀♡
幾千人、幾萬人、幾十萬人。
可是……我也沒見過這些人，也沒跟他們說過話呀。
而且我也不敢跟這麼多人講話……
好可怕……
我不認識的人卻都認識我……
如果只有五個人……只有十個人的話，還有辦法說話問話……

*此為諧擬《怪醫黑傑克》角色皮諾可的表情與口頭禪。

「我可以加入的俱樂部，我就不想加入」
也就表示
「愛上我的人，我就不想去愛」
奧村~~~
咦？
啊，是。
住址清單這裡漏掉了唷。
啊，不好意思。
你搞什麼啊，最近老發愣。
解雇你喔，白痴。
好痛！
噗

那一晚，真不敢相信……
真的發生過嗎？
對呀，我……跟那個……
我……打擾到你們了？
莉莉子……
呼。
我好像真的喝醉勒~
你的臉挺俊俏的嘛。
好想親一下唷，親一下好嗎？
欸，羽田，可以吧？
這……
抱緊!!
……
點頭
你看!!你女朋友同意啦!!

嗯。
啊。
嗯~
哎唷~
你變得好硬了耶!!
哇——喔!!
欸，
要插進來嗎？
說出來呀？
啊。
嗯？
別再忍了。
欸……
嗯~
妳看!!
快看羽田♡♡
妳的男朋友在跟我做非常骯髒的事唷。

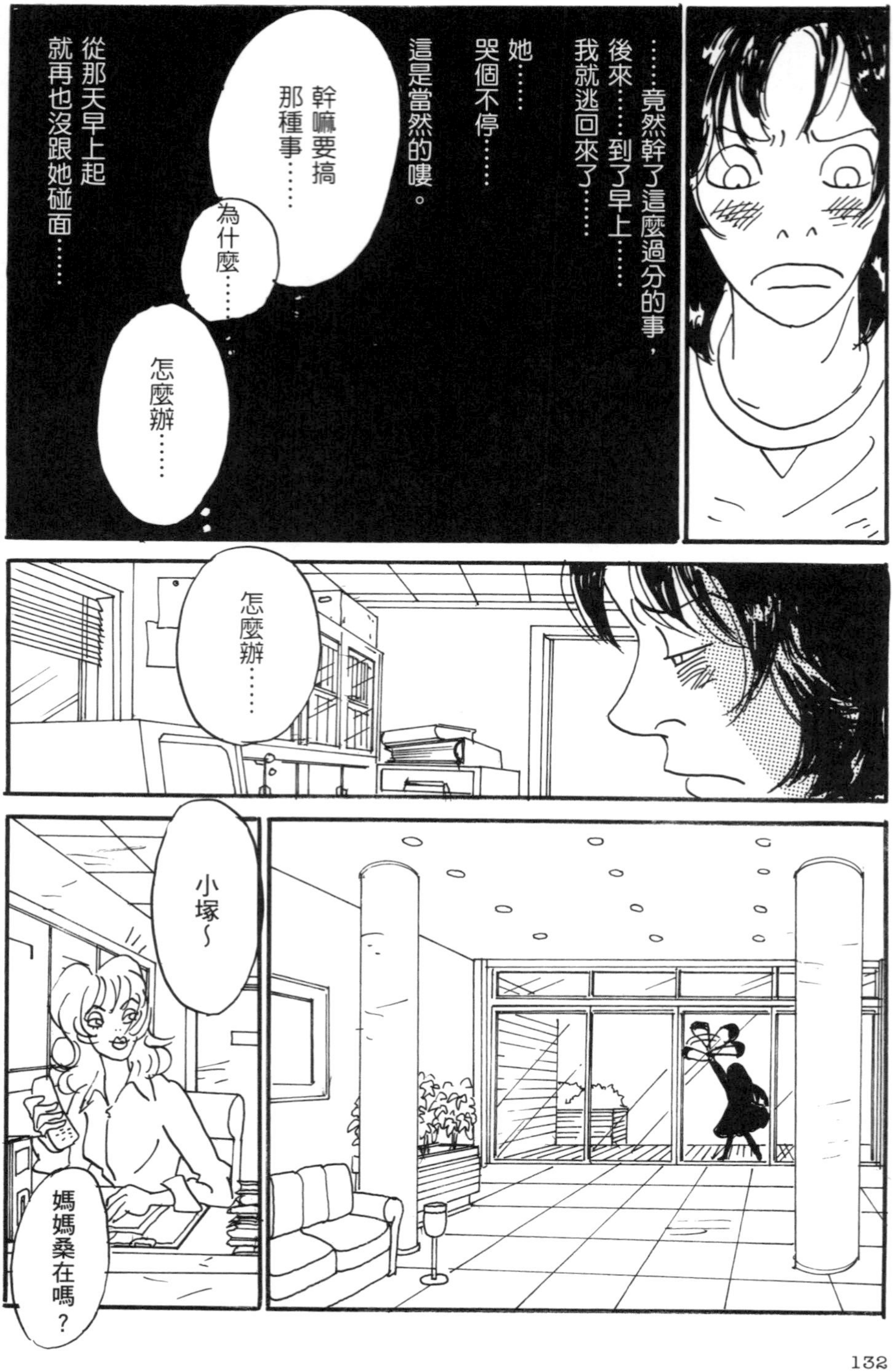
……竟然幹了這麼過分的事，
後來……到了早上
我就逃回來了……
她……
哭個不停……
這是當然的嘍。
幹嘛要搞那種事……
為什麼……
怎麼辦……
從那天早上起
就再也沒跟她碰面……
怎麼辦……
小塚~
媽媽桑在嗎？

媽媽桑在嗎？
啊……
我氣死了!!〈25◯ns〉那篇報導把我腰圍寫錯了啦!!
一定要向他們抗議!!
56cm變56m!!我又不是哥吉拉!!
揮揮
噫—
碰!!
媽媽桑!!這很過分啦!!
妳好。

妳認識她吧？
各種青少女雜誌都可以看到她……
吉川梢。
是本公司眾所期待的新人唷。
要挖她過來真是煞費工夫!!
年紀才15歲，還在唸高一。
請多指教。
我對妳景仰已久了。

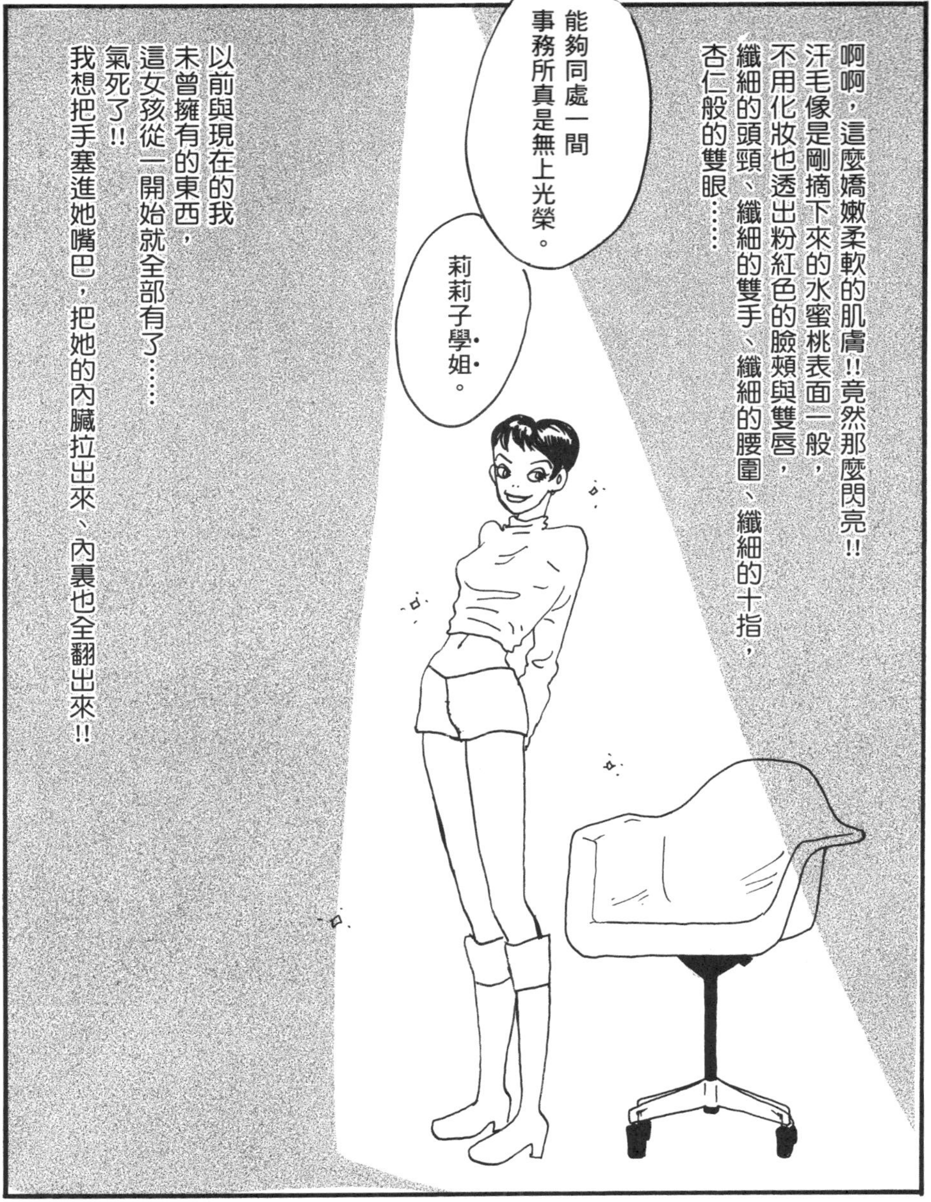
啊啊，這麼嬌嫩柔軟的肌膚!!竟然那麼閃亮!!
汗毛像是剛摘下來的水蜜桃表面一般，
不用化妝也透出粉紅色的臉頰與雙唇，
纖細的頭頸、纖細的雙手、纖細的腰圍、纖細的十指，
杏仁般的雙眼……
能夠同處一間事務所真是無上光榮。
莉莉子學姐。
以前與現在的我
未曾擁有的東西，
這女孩從一開始就全部有了……
氣死了!!
我想把手塞進她嘴巴，把她的內臟拉出來、內裏也全翻出來!!

再怎麼美麗的小兔子，剝了皮也不過是肉塊而已。

我回來……
啊，都沒人嘛。
歡迎回來!!
終於等到妞~
很、很難受耶
那一晚……我只能看著他跟莉莉子搞起來……
那傢伙……像是逃命一般跑回去了……
後來……連一通電話也沒打來……
嗯……以他的立場也不敢打啦……
反倒是……
呼。
妳男朋友的精力還挺旺盛的嘛……
不錯唷不錯唷。
不好意思耶♡
不過這都是羽田妳的錯唷。
是妳把我給拋在一旁去跟男的搞，
虧我還那麼喜歡羽田。

我最喜歡羽田了。
啊~啊，好想消掉這肚子唷。
之前我男友還把我肚子誤當胸部摸勒~
好慘唷~
真想變成莉莉子那種黃金身材~♡
可是呀，就算身材好~
Pocky
還是會被男生甩耶~
清新情侶
離結婚只剩1個月!!
當藝人也真辛苦。

妳有看昨天的「Hey! Hey! Hey!」嗎～？
看啦～
莉莉子的造形超可愛的有沒有？
可愛～!!
不過呀～
最近是不是太常上電視了？
嗯～
感覺不稀有勒～～
以前只要上電視就讓人「哇」地感到驚喜耶～～
不過電視上看不到感覺又很擔心～？
想說是不是賣不好～之類的。
妳們有看莉莉子之前上那個「溫泉藝妓」系列嗎？
啊～那個不好看～
感覺就～很不搭～
3小時連續劇那時候比較好啦～～
不是端出莉莉子就什麼都好咩ー!!

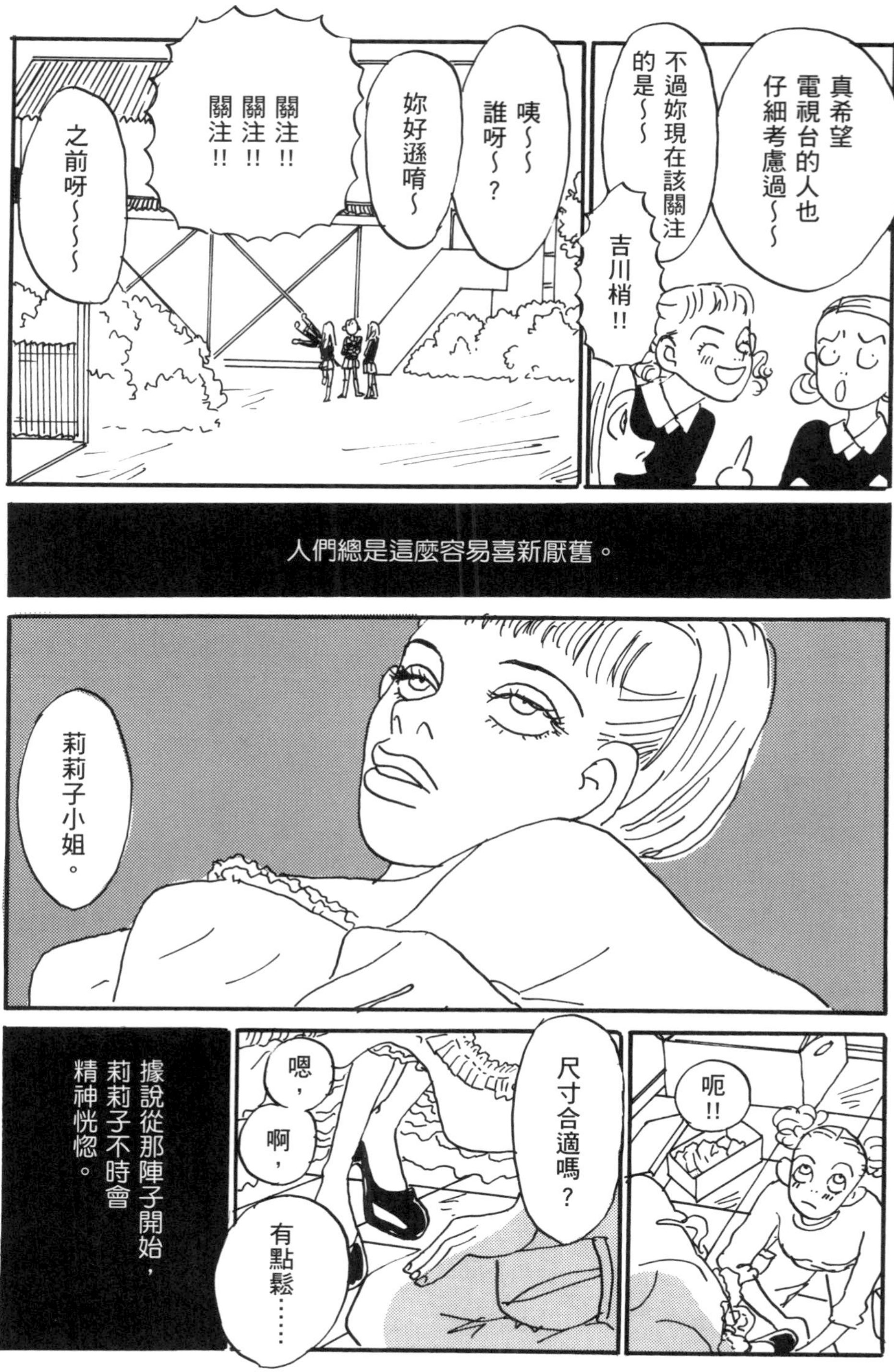
真希望電視台的人也仔細考慮過～～
不過妳現在該關注的是～～
吉川梢!!
咦～～誰呀～？
妳好遜唷～
關注!! 關注!! 關注!!
之前呀～～～～
人們總是這麼容易喜新厭舊。
莉莉子小姐。
呃!!
尺寸合適嗎？
嗯，啊，
有點鬆……
據說從那陣子開始，莉莉子不時會精神恍惚。

嗯……
所以啊……
這個……
啊~~
……
……
受訪時也
不時說不出半句話……
啊!!
有蟲!!
討厭啦!!
羽田!!
在那邊!!
是!
好噁喔~~!!
想辦法把牠弄掉啦~~!!
可是那邊
什麼也沒有……

我的身體裡有聲音
時鐘滴答作響的聲音
叫我快點快點的聲音
這是……
我身體裡的什麼即將
終結的聲音……

但這早就不是第一次了。
很多事物不是早都終結了嗎？什麼肛門期、幼女期。
啊啊，但是……快點……
莉莉子狀況不對？
是……雖然我想有可能是太累了……
嗯～
那孩子也差不多了吧……
驚
羽田，妳有沒有瞞著我什麼？
咦？
呃……

呃？沒有!!
怎麼會!!
哼哼。
那……就好。
啊。
啪沙啪沙啪沙
莉莉子？
不對……

那是我。
咦？
啊？
超過廿五年以前了。
對耶，社長是……
呼呼，真是懷念。
這是去巴黎的時候拍的。
皮爾．卡登啊……
我以前也曾有過這樣的時光呀。
如今……也就只是這樣了。

「沒錯，也就是說，莉莉子是媽媽桑的『再現』，或者說是她的複製人。」

helter-skelter 5

3個月前·東京都內某處。
不行……
我變胖了……
別在意啦。
不要啦。
說不要啦!!
抱歉。
我可以幫你吹。
不是這個問題……!!
綾香妳這陣子怎麼那麼奇怪啊!!
有什麼沒跟我說……
沒有!!

妳跟其他男的……
沒有!!
如果真的那麼想做的話……我們摸黑做，
絕對不能開燈。
如果開的話……
啊……
不行!!不要摸我胸部!!
怎麼那麼快就要完事啊？
妳完全都沒濕呀。
……
啊……
來吧。
好了啦……
妳只是假裝叫一下而已，
連我這都……

有夠白痴!!
不行!!
不能開!!
等一下!!
啊，
啊!!
啪

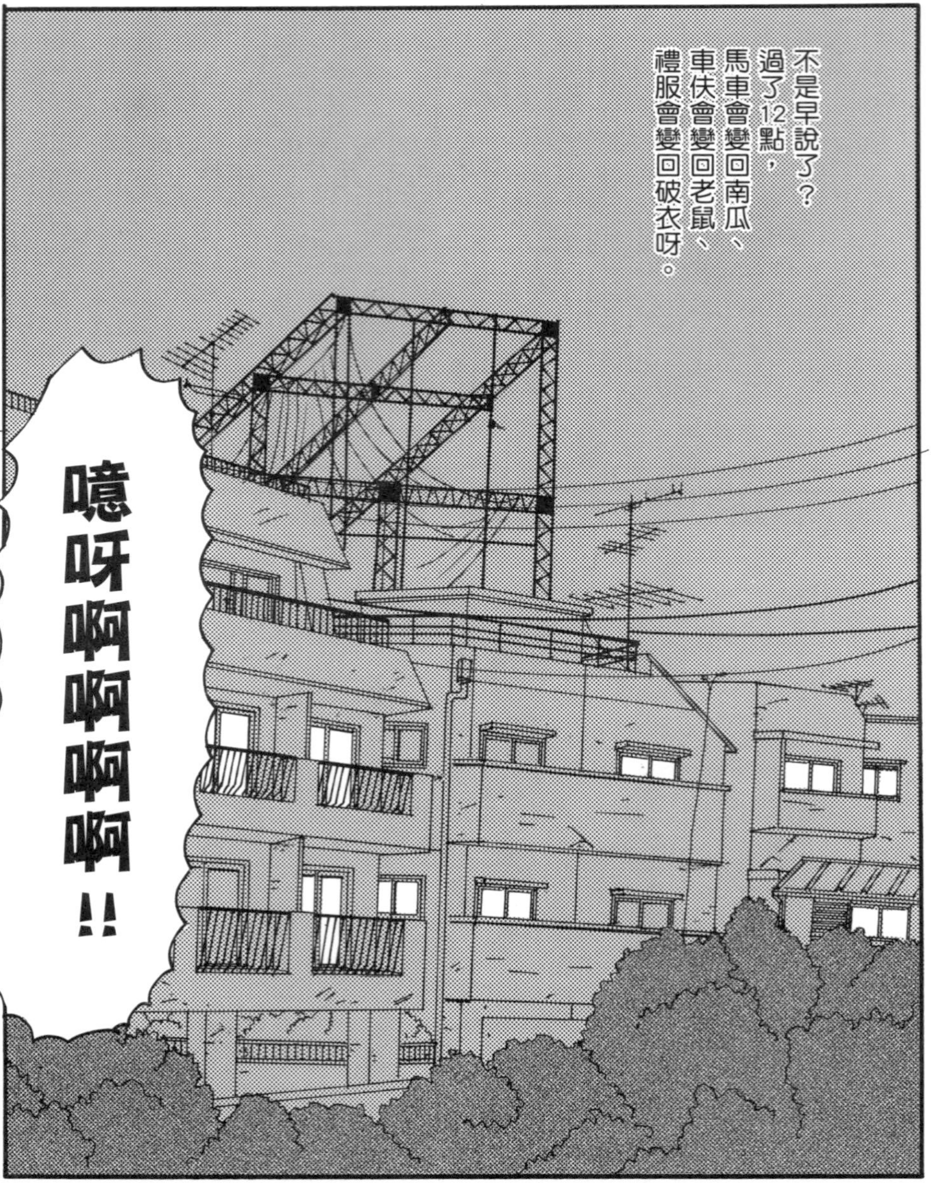
不是早說了？
過了12點，
馬車會變回南瓜、
車伕會變回老鼠、
禮服會變回破衣呀。
噫呀啊啊啊啊!!

魔法終究會解除的。

嚕嚕嚕～
Ruby～♡
真貨？
當然嘍!!
銀座珠寶商富三代給我的♡
哎呀～好漂亮～
正牌的鴿血紅唷。
哎～唷～那那個在D通公司的男友呢～～
還是靠富二代三代吃飯了，上班族真的沒路用!!
上班族當不成王子啦!!
羽田～拿點什麼雜誌給我翻翻～
是！

什麼嘛!!
為什麼雜誌封面模特兒是吉川梢!!
砰!!
是怎樣!!
慘了!!
這是因為莉莉子一直遲到，
不只一兩次害攝影師臨時取消，
到第三次攝影師忍無可忍與莉莉子
大吵一架把這工作搞砸了，
社長叫吉川梢頂替才勉強頂下來的……
啊啊?!
這工作不是一直都是我在做嗎!!
HB
是因為……
那個……
羽田慘了。
好可憐唷。
看了我都心臟痛……

真是夠了!!
砰!!
從那時起，莉莉子愈來愈常遲到，愈來愈多工作告吹。
怎麼辦……
沒事啦。
然後明明是自己的錯，卻硬當作是別人的問題亂發脾氣。
莉莉子，
大家都在等妳唷。

莉莉子，妳不在的話拍照沒辦法結束呀。
欸……
大家……
都把我當白痴……
才沒有勒。
又白痴又一無是處又懶散又賤……
才不是這樣。
我不想穿這些服裝拍照片了。
誰都可以來穿，不用我來。
拍照誰都可以被拍，不需要是我。
才不是!!這些都非莉莉子不可啊!!

妳的工作才不只是穿上服裝而已，不是拍拍照而已。
我們是為了創造出另一個世界、另一個地方、另一個空間，才做這些事的。
製作服裝的人、拍照的人、穿著的人，也都不是只有做這些事而已。
就連我也不是只有幫妳的臉化妝而已。
沒有妳就無法達成唷。
大家的努力就是為了這個呀!!
來!!去工作吧。
嗯。
抱—!!
妝都暈了……
我再給妳畫美美就好啦♡
……
我從來沒辦法像這樣說服莉莉子。
我的工作……
我的工作是……
我這經紀人真是失職。

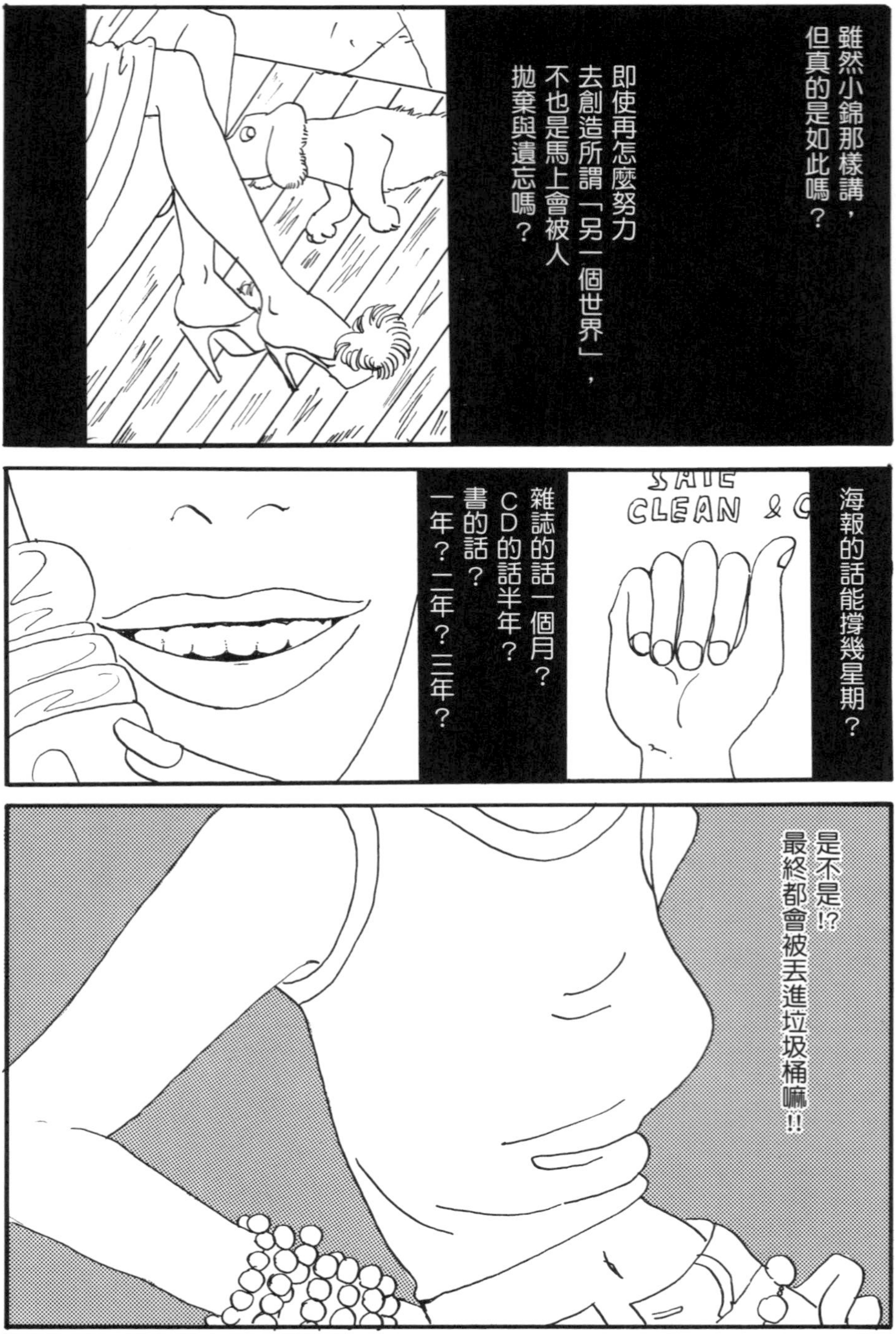
雖然小錦那樣講，
但真的是如此嗎？
即使再怎麼努力
去創造所謂「另一個世界」，
不也是馬上會被人
拋棄與遺忘嗎？
海報的話能撐幾星期？
CLEAN
雜誌的話一個月？
CD的話半年？
書的話？
一年？二年？三年？
是不是!?
最終都會被丟進垃圾桶嘛!!

醫生……
什麼？
那個……
有位五年前接受手術與治療的客戶……
哪位？
病歷是？
混帳東西!!
把我搞成這個樣子!!
把我的身體還來!!

我要告死你們!!
王八蛋——!!
這位客戶……嗯，兩年前停止就診了。神田川綾子。
治療費遲遲未繳就轉院出去了……
是的。
說我不在這。
是。
說我這陣子都不在。
是。
……這是今年以來第三個人了。
都將妳們變美麗了……都已經跟妳們叮嚀過了……
愚蠢的患者呀。沒有定期治療竟然還想保持穩定的狀態。
只要遵守這個不就好了……

要自己……將自己……
選了這酒杯的人，門為妳而開。
但是這扇門會通往哪裡呢？
嗚呼呼。
啊，奧村♡
是♡我♡啦♡
我是莉莉子~♡
喂~？

咦？
啊!!是!!
嗚呼呼。
?
好久不見啊，還好嗎？
之前那一晚還真是謝啦，
玩得很開心♡
今晚如果你有空的話要不要一起吃頓飯？
對呀。
工作？
剛好有空啦。
對呀。
那，
那你記下這個電話號碼……
嗡—
嗯，
嗯，
好啦好啦。
嗯～！
好棒唷♡妳男友今天晚上會過來♡

舒不舒服？
嗯？
捏
平常都讓妳這樣辛苦真是不好意思♡
今天，
就要好好疼愛一下妳跟妳男友，
妳可不要拒絕唷♡
接下來的工作我也會認真做唷♡
5點到赤坂首都飯店的一〇一三號房對吧？
這只是簡單的採訪，莉莉子一個人去也沒問題♡
我也會跟媽媽桑那邊說好。
那就稍晚見嘍♡
等我回來唷。

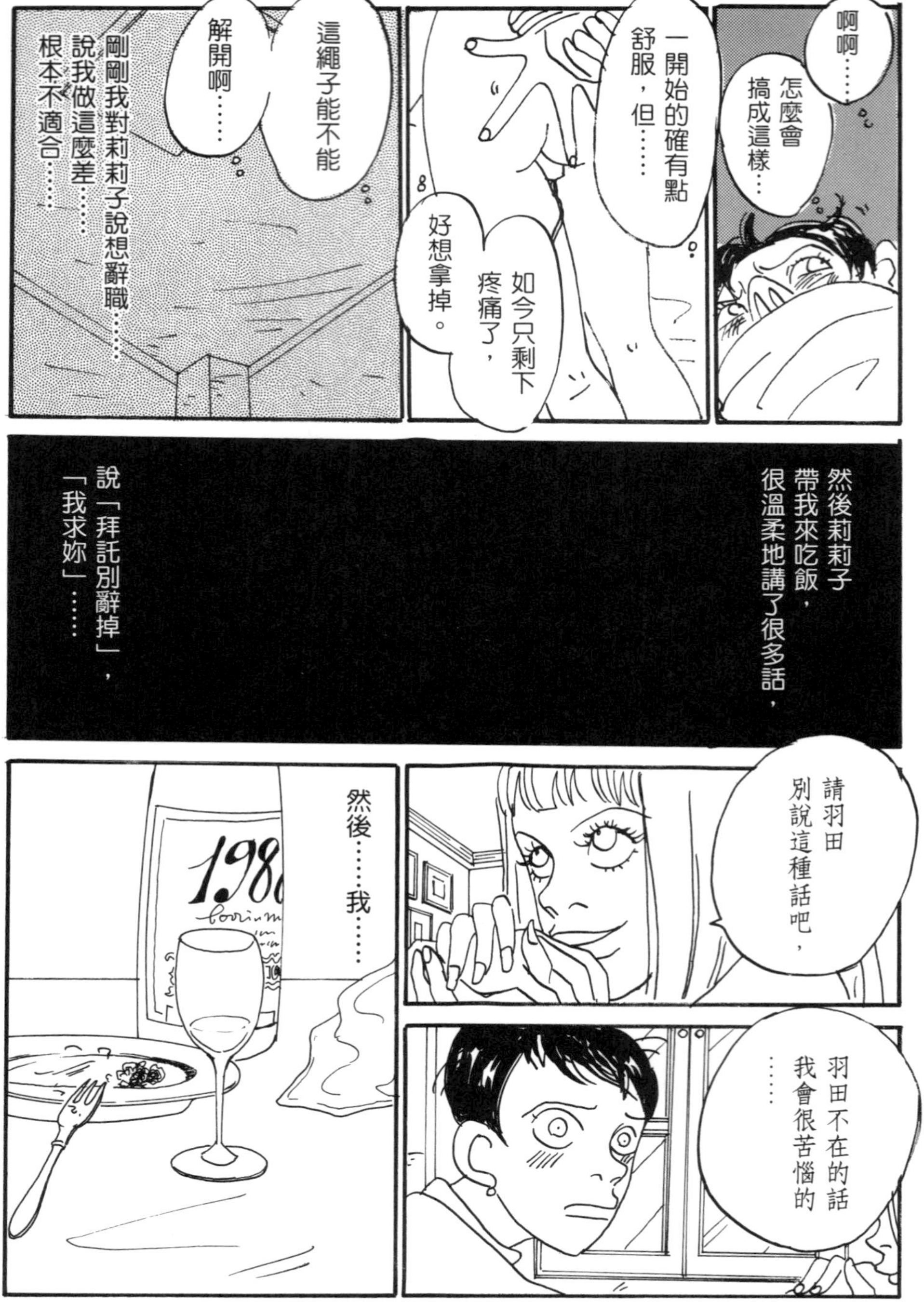
啊啊……
怎麼會搞成這樣……
一開始的確有點舒服，但……
如今只剩下疼痛了，好想拿掉。
這繩子能不能解開啊……
剛剛我對莉莉子說想辭職……說我做這麼差……根本不適合……
然後莉莉子帶我來吃飯，很溫柔地講了很多話，
說「拜託別辭掉」，「我求妳」……
請羽田別說這種話吧，
羽田不在的話我會很苦惱的……
然後……我……

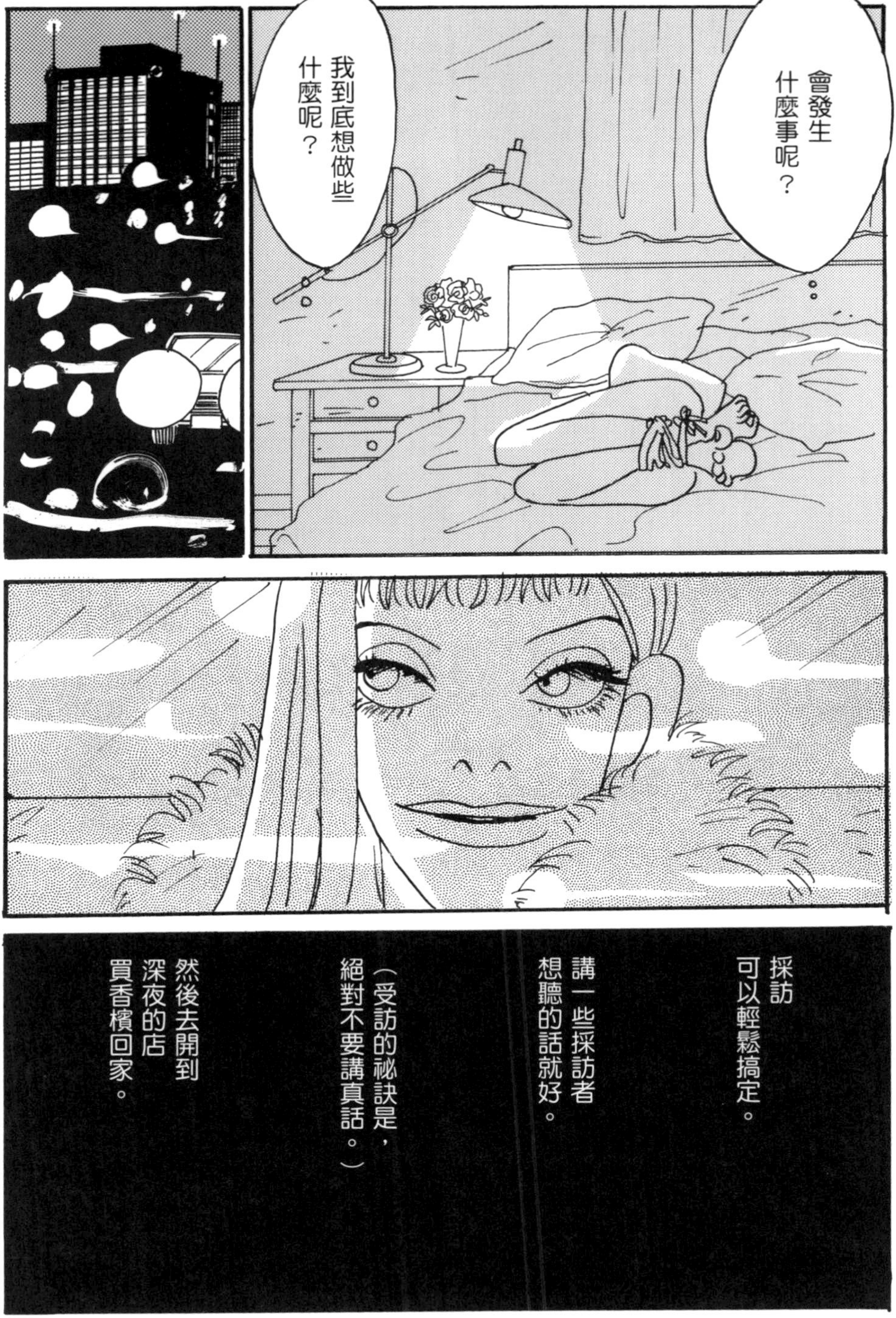
會發生什麼事呢？
我到底想做些什麼呢？
採訪可以輕鬆搞定。
講一些採訪者想聽的話就好。
（受訪的祕訣是，絕對不要講真話。）
然後去開到深夜的店買香檳回家。

今夜要來歡樂一下。
荒唐不堪、無關緊要、愚蠢至極的歡樂。
叭～叭～叭～叭～叭～
叭ー
喂!!
嗶ー
咚轟轟轟
轟嗡!!
啊啊我好興奮呀。要來做些什麼呢？
我要徹底的隨心所欲、毫無顧忌地幹下去。
我知道，做這些事情一點幫助也沒有，
不過是在消耗時間而已。

但我就是想要用身體來玩樂。
所以才想要玩弄別人、蹧蹋別人。
我有什麼辦法？我還不是被別人
蹧蹋成這樣。

麻田檢察官。
嗯。
沒有外人闖入的行跡。
嗯。
看來也沒有遭竊。
嗯。
遺書類的文件……只是……
左右鄰居與房東全都沒有聽到什麼聲音。
嗯。
這是當然的。
死亡，
總是，

毫無腳步聲地悄悄靠近。

好痛好痛，頭好痛，好痛好痛，好痛
喀吭!!
不行了不行了不行了
不行了不行了，
這藥已經沒效了。
我需要更強更強的藥。
媽媽桑!!
媽媽桑救我!!
我頭好痛啊!!

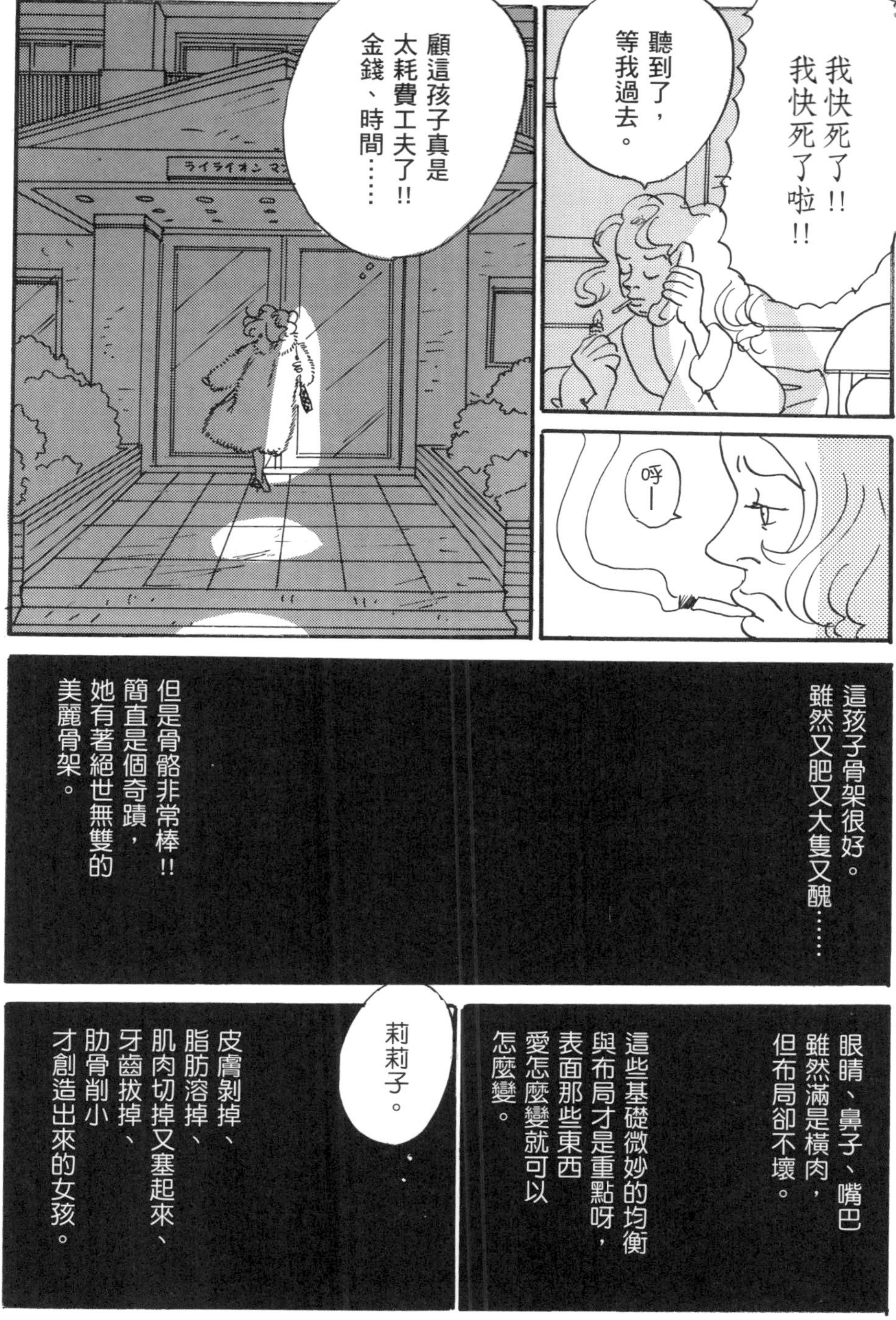
我快死了!!
我快死了啦!!
聽到了，等我過去。
顧這孩子真是太耗費工夫了!!
金錢、時間……
呼—
這孩子骨架很好。
雖然又肥又大隻又醜……
但是骨骼非常棒!!
簡直是個奇蹟，
她有著絕世無雙的美麗骨架。
眼睛、鼻子、嘴巴
雖然滿是橫肉，
但布局卻不壞。
這些基礎微妙的均衡與布局才是重點呀，
表面那些東西愛怎麼變就可以怎麼變。
莉莉子。
皮膚剝掉、
脂肪溶掉、
肌肉切掉又塞起來、
牙齒拔掉、
肋骨削小
才創造出來的女孩。

肖似過去的我的美麗女孩。
啪
媽媽桑~~~
媽媽桑~~~我好痛唷~~~
沒事了。
沒事的。
雖然妳曾那麼窮困潦倒又那麼醜陋，但從來不曾體驗過如此的疼痛吧……從來不曾流過這樣的淚水吧……
不過……

看過去只能看到一堆混搭風格的大樓呀。
這麼高級的診所開在這裡……
大概連招牌都不會擺出來吧……
這裡只不過是蟻穴的入口呀。
地面上只露出一個小孔，但底下可是有道路能一路通往廣大的宮殿唷。
嗯……

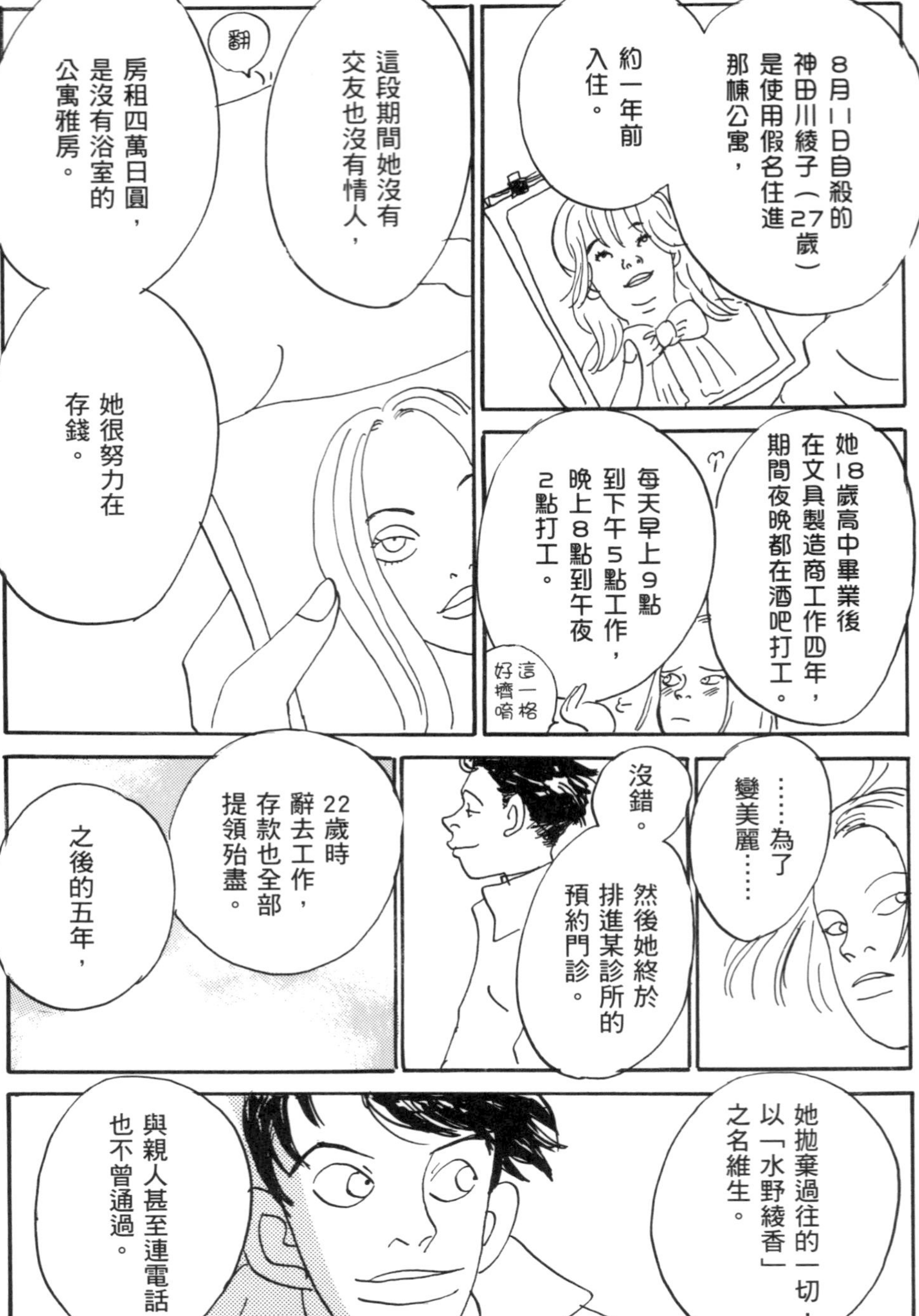
8月11日自殺的神田川綾子（27歲）是使用假名住進那棟公寓，
約一年前入住。
翻
這段期間她沒有交友也沒有情人，
房租四萬日圓，是沒有浴室的公寓雅房。
她很努力在存錢。
她18歲高中畢業後在文具製造商工作四年，期間夜晚都在酒吧打工。
每天早上9點到下午5點工作，晚上8點到午夜2點打工。
這一格好擠唷
……為了變美麗……
沒錯。
然後她終於排進某診所的預約門診。
22歲時辭去工作，存款也全部提領殆盡。
之後的五年，
她拋棄過往的一切，以「水野綾香」之名維生。
與親人甚至連電話也不曾通過。

然後就孤身一人死掉了……
……
真討厭呀，為什麼上帝
要先賜給她年輕貌美，然後又把它奪走呢？
年輕可不等同於貌美呀。
年輕雖然是一種美，但美並不等於年輕唷。
美是含括了更加廣泛的各種事物呀。
啊，是老虎莉莉。
第一次看到她本人呢。

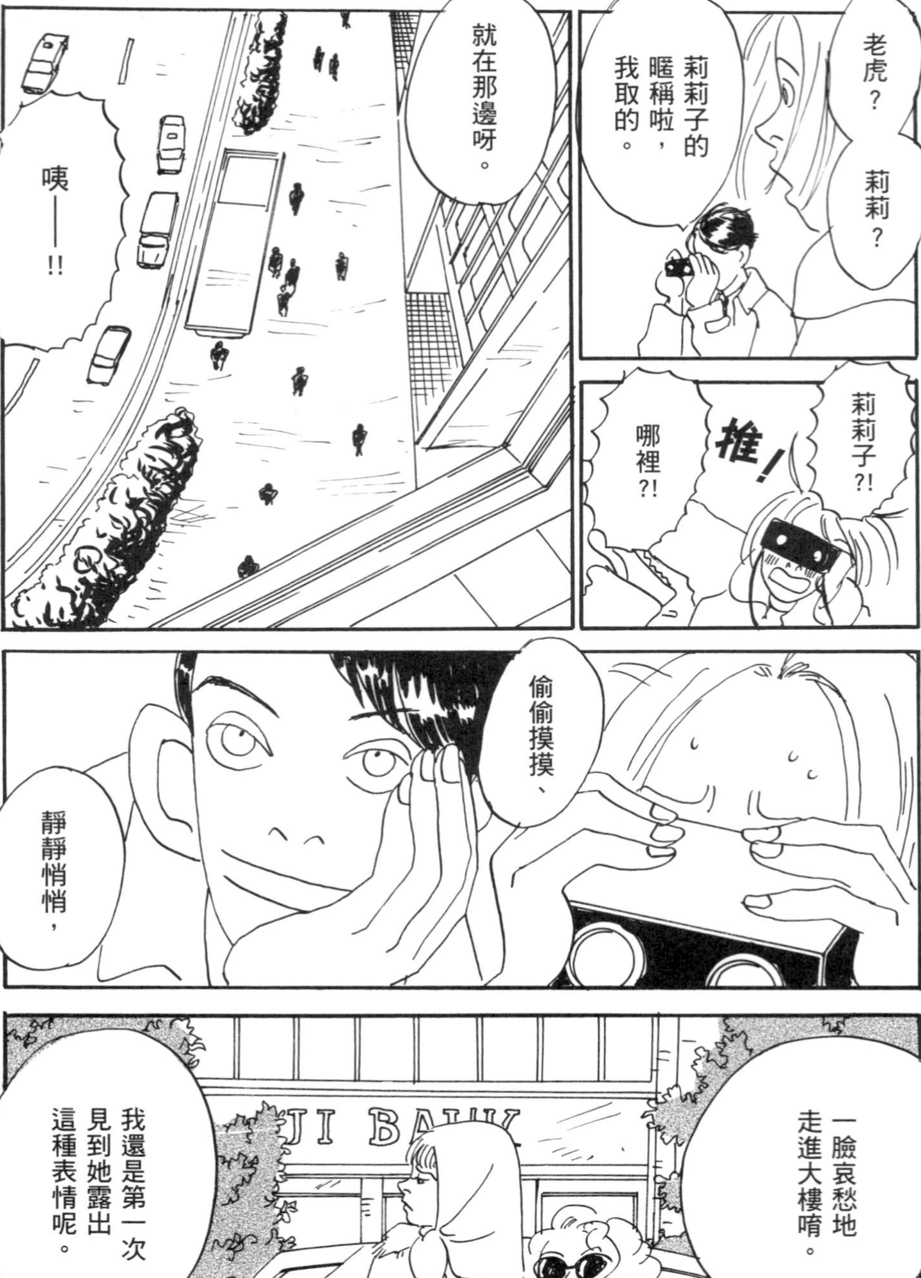
老虎？
莉莉？
莉莉子的暱稱啦，我取的。
莉莉子?!
推！
哪裡?!
就在那邊呀。
咦——!!
偷偷摸摸、
靜靜悄悄，
一臉哀愁地走進大樓唷。
我還是第一次見到她露出這種表情呢。

初次見面，老虎莉莉。
妳的冒險要走到哪裡去？

第二天發生了一件大事，
莉莉子前男友南部貴男的未婚妻田邊惠美利小姐
帶愛犬外出散步時遭人潑硫酸，
臉部傷痕需要兩星期復原，婚禮因此延期。

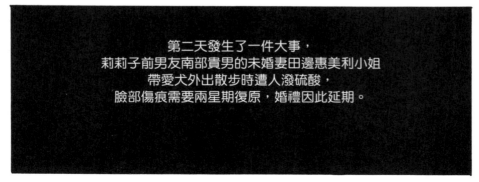

6
helter-skelter

所以，這個故事也是
「老虎莉莉的冒險」。

小貓咪，妳還是這麼美呀。
真高興妳回心轉意。
新郎倌，明天不是婚禮嗎？
我最愛的只有妳一人呀。
想著妳，我打了好幾次手槍呀。
你跟那女人做的時候，也是想著我射精嗎？
嗯。
可是你明天卻要結婚了耶。
那只是我的工作啦。

我既是我自己，卻也不是我自己。
在我做為這個家的長子出生的時候，一切都已經註定了。
我也曾想當個水手、也想當音樂家，還有昆蟲學家。
但我不被允許當水手，也不能當音樂家，
昆蟲學家也不行。
要是當上的話就好了。
當不了啦。
不可能啦……
我也做不來呀。
你可以的。
今天的達令有點怪怪的耶。
是嗎？
講話變這個樣子。
烏龍少爺，今天情緒有點感傷呀。

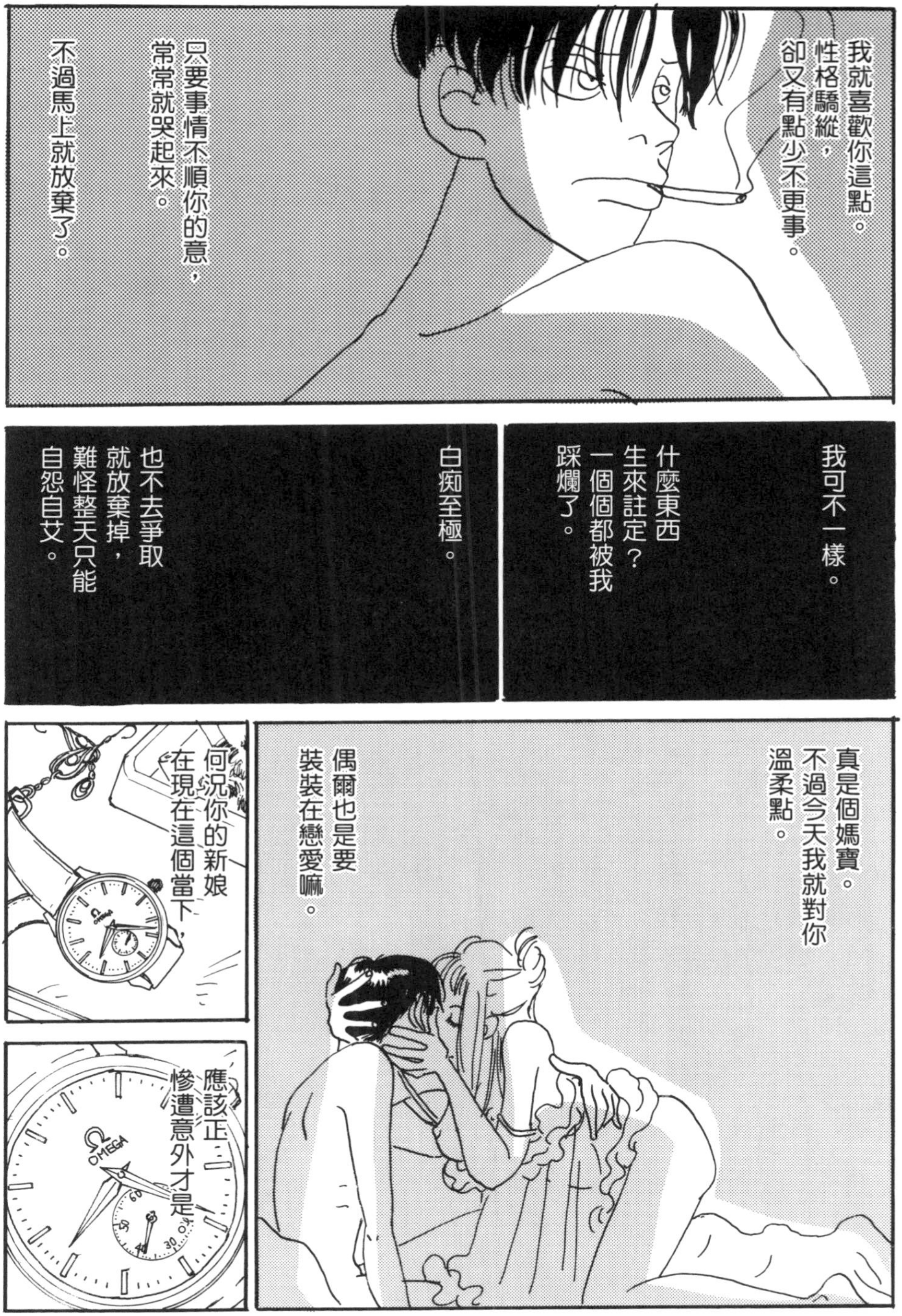
我就喜歡你這點。
性格驕縱，
卻又有點少不更事。
只要事情不順你的意，
常常就哭起來。
不過馬上就放棄了。
我可不一樣。
什麼東西
生來註定？
一個個都被我
踩爛了。
白痴至極。
也不去爭取
就放棄掉，
難怪整天只能
自怨自艾。
真是個媽寶。
不過今天我就對你
溫柔點。
偶爾也是要
裝裝在戀愛嘛。
何況你的新娘
在現在這個當下，
應該正
慘遭意外才是。
OMEGA

呀啊啊啊!!
怎麼回事!!
嗚哇!!
好痛好痛!!
好痛啊!!
汪汪汪
50

成功了嗎？
我不知道……
不知道。
我真的不知道。
事件發生：
某千金小姐在婚禮前日慘遭潑硫酸。
當天名古屋發生空難，159 人喪生，
所以這個事件幾乎沒有被報導。
帕嘍帕嘍帕隴!!
今天的嘉賓是燒燒燒「古錐無得比!!」吉川梢——!

梢妹妹～真正古錐!!
啊哈哈。
面比彼个御飯糰閣較細粒!!
吉川梢很不錯耶～～
不是讓人很渴望的那種，而是看著會著迷的類型。
你這是在說我腦很小嗎？
怒
沒有啦!!沒人這樣說啦!!
不過妳知道她從出生兩個月開始就當模特兒了嗎？
真的假的～
那演藝資歷已經有十五年？
感覺不會很老油條耶～
學校又是唸都立高中～
之前搭山手線地鐵就有看到她～
整個打扮都超級平凡～
讀著《Y〇〇ng Magazine》的搞笑漫畫〈工業高中排球部〉一邊呵呵笑著～
嗚哇!!感覺真不賴。

妳跟莉莉子同個事務所對吧？
嗚哇!!恐怖!!
啊哈哈。
講到這個，莉莉子好像滿危險的。
沒被欺負嗎？
你說什麼鬼啊？
啊莉莉子不是都很兇嗎？
怎麼說勒，說有趣還是挺有趣啦，
之前在搶答節目上一題都沒答，一～直手撐著臉呆坐著。
眼神看起來像嗑過藥一般。
不過倒也不是真的嗑，就感覺滿危險的。
真的挺不妙的。
不妙唷～

沒事的。
這種程度的損傷還趕得上婚禮，
讓大家看到妳美麗無缺的新娘造形。
萬事拜託，我們沒有時間了。
花多少錢都沒問題……
即使灼傷復原了，但如果留下疤痕的話……
請交給我吧。
哇!!
惠美利，真是太好了。
那麼請在這邊簽名……
醫生，
那個……
什麼？
怎麼回事!!
警察來訪。
說是想要看神田川綾子的病歷……

被他們輕易回絕了，你也輕易地撤退勒。
嗯，今天只是去打個照面而已。
B9 出口 EXIT
岡崎町2丁目
大学通り
方面
畢竟咱們這邊還有牌可打呀。
逃稅、違反藥事法、不法醫療、收賄、走私……等等，污點要多少有多少。
不過他們也一樣有牌可打。
妳想那邊的會員主要都是什麼客層？
女演員？模特兒？藝人？
這些當然也是，但最多的還是財經界、企業大佬家裡的貴婦呀。
看到外面那台車了嗎？

應該是政要田邊先生的車吧？
看車牌號碼。
答得好!!會有非常多人不願意被挖出污點。
鬼牌還在對方那邊。
牌面還是對方比較有利。
不過說不定哪時情勢就會逆轉了。
唉~唷，雖然篇幅不大，但事情可是有上報唷。
真糟糕呀真糟糕。

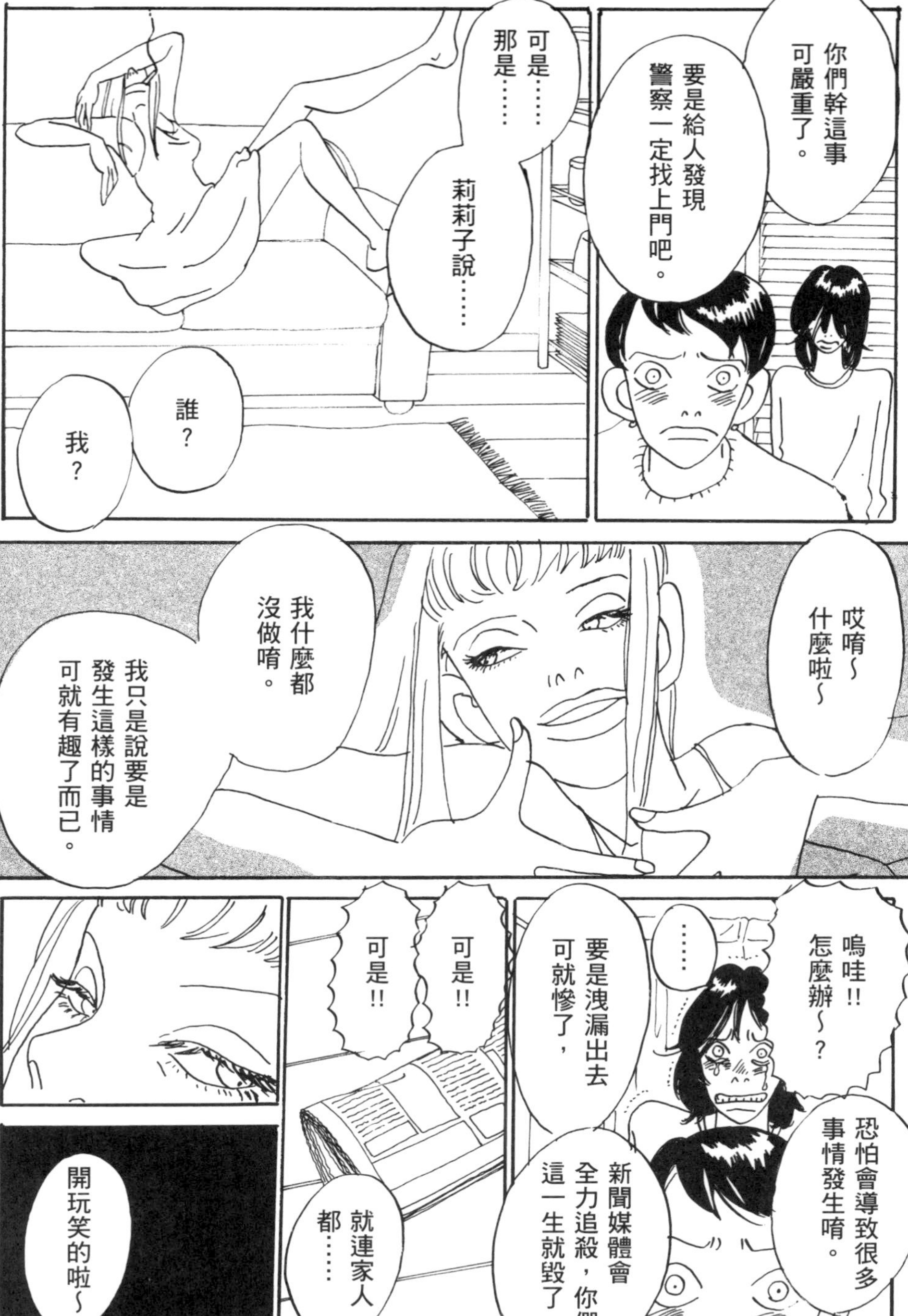
你們幹這事可嚴重了。
要是給人發現警察一定找上門吧。
可是……那是……
莉莉子說……
誰？
我？
哎唷～什麼啦～
我什麼都沒做唷。
我只是說要是發生這樣的事情可就有趣了而已。
嗚哇!!怎麼辦～？
……
要是洩漏出去可就慘了，
恐怕會導致很多事情發生唷。
新聞媒體會全力追殺，你們這一生就毀了。
可是!!
可是!!
就連家人都……
開玩笑的啦～

騙妳的
騙你的♡
你們做得很好。
謝謝你們～
最愛你們唷～
這就是我們
三個人的祕密唷，
絕對不能
洩漏唷，
好嗎♡
靠，兩個白痴!!
來，
犒賞一下。
臉的傷是兩星期
就能恢復的程度？
太遜了!!
為什麼不搞一些
更兇殘的手法啊!!
竟然還開事務所的車過去!!
要是有人追查車牌號碼不就完了!!
這兩個傢伙
真是廢!!
腦袋有夠笨。
哼，算啦。
沒辦法……
好吃嗎？

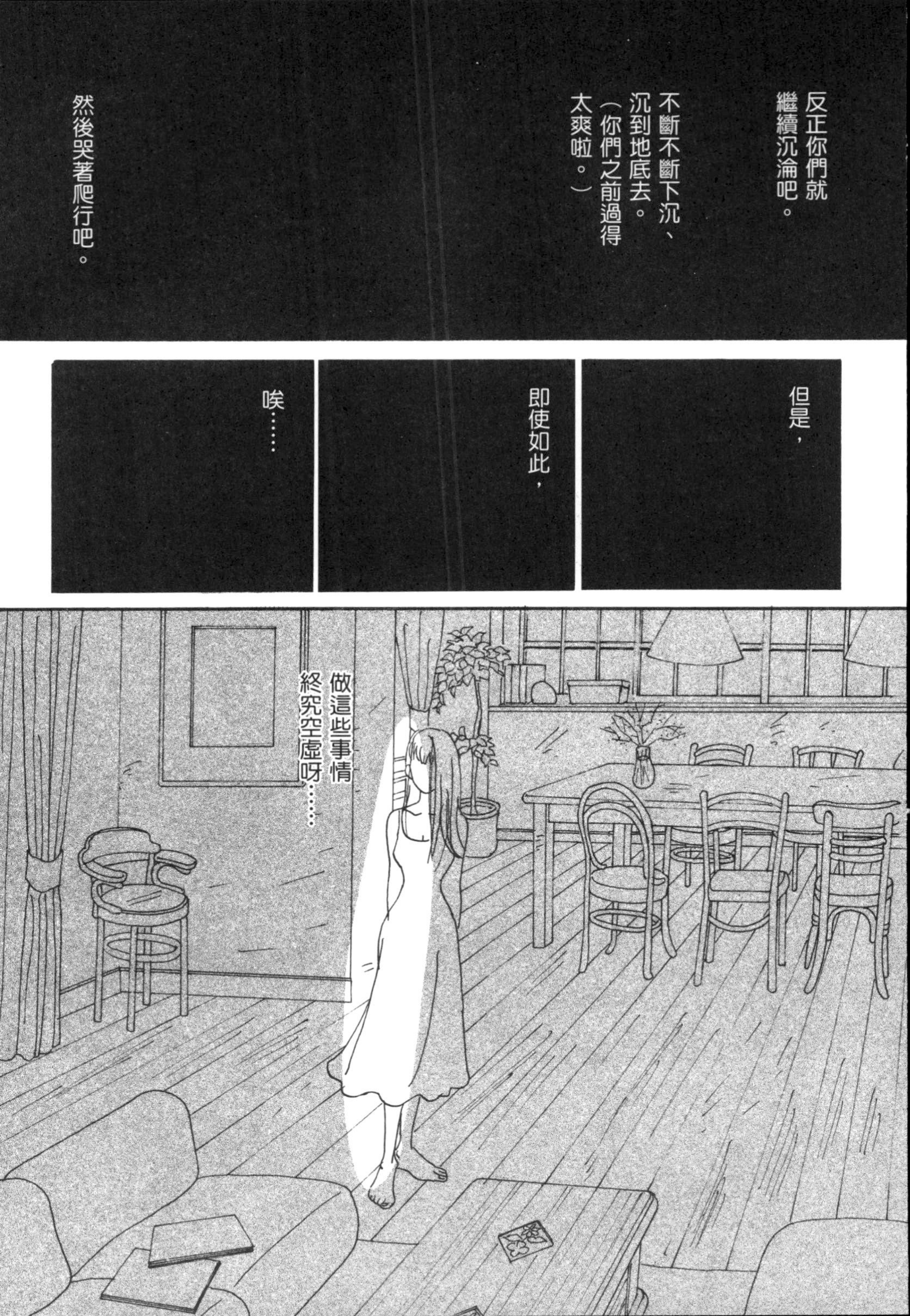
反正你們就
繼續沉淪吧。
不斷不斷下沉、
沉到地底去。
（你們之前過得
太爽啦。）
然後哭著爬行吧。
但是，
即使如此，
唉……
做這些事情
終究空虛呀……

欸，小錦，
那個莉莉子啊……
我們最近發現……
懂嗎？
健身時不是會穿一些袖子鬆緊帶很緊的健身服嗎？
鬆緊帶會綁出一圈痕跡，這也沒關係，
每個人都會這樣。
莉莉子她最近……這種痕跡遲遲不會消退，
我試著包溫毛巾去舒緩它，
但換上別的衣服的時候還是會透出來，
我盡量想辦法遮起來，但……

莉莉子的身體狀況恐怕有問題唷，
絕對是。
不看顧一下的話會很嚴重唷。
是。
嗯嗯……沒錯。造形師她們說……
喔……
唉啊!!煩耶!!
我知道了!!感謝小錦!!
〈澤鍋錦二回顧當時的證詞〉
我……
心裡真的很痛苦……
因為……
我好像變成間諜一般，
沒法對任何人傾訴，
也不能讓任何人知道，
只能一一向社長報告……

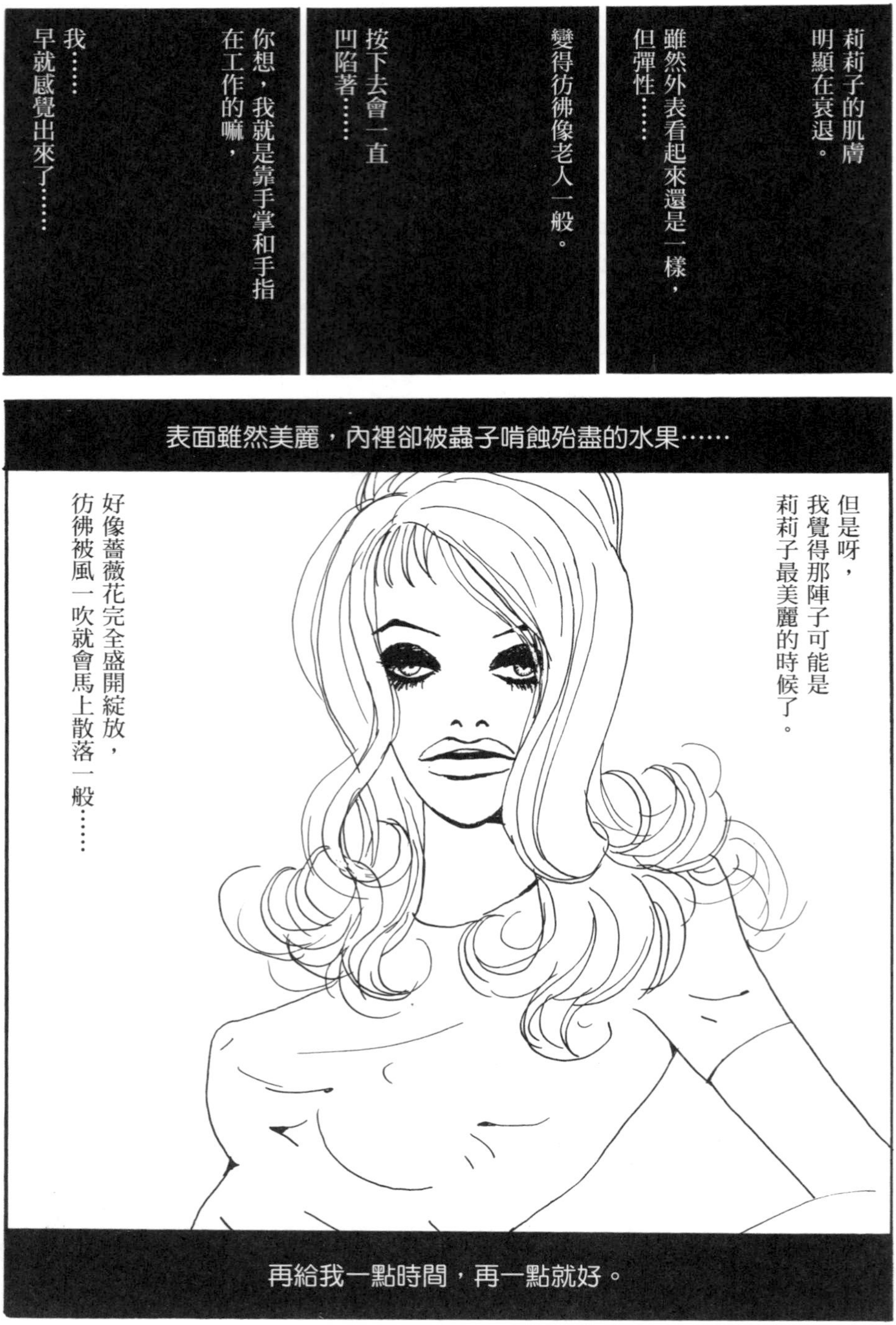
莉莉子的肌膚明顯在衰退。
雖然外表看起來還是一樣，但彈性……
變得彷彿像老人一般。
按下去會一直凹陷著……
你想，我就是靠手掌和手指在工作的嘛，
我……早就感覺出來了……
表面雖然美麗，內裡卻被蟲子啃蝕殆盡的水果……
但是呀，我覺得那陣子可能是莉莉子最美麗的時候了。
好像薔薇花完全盛開綻放，彷彿被風一吹就會馬上散落一般……
再給我一點時間，再一點就好。

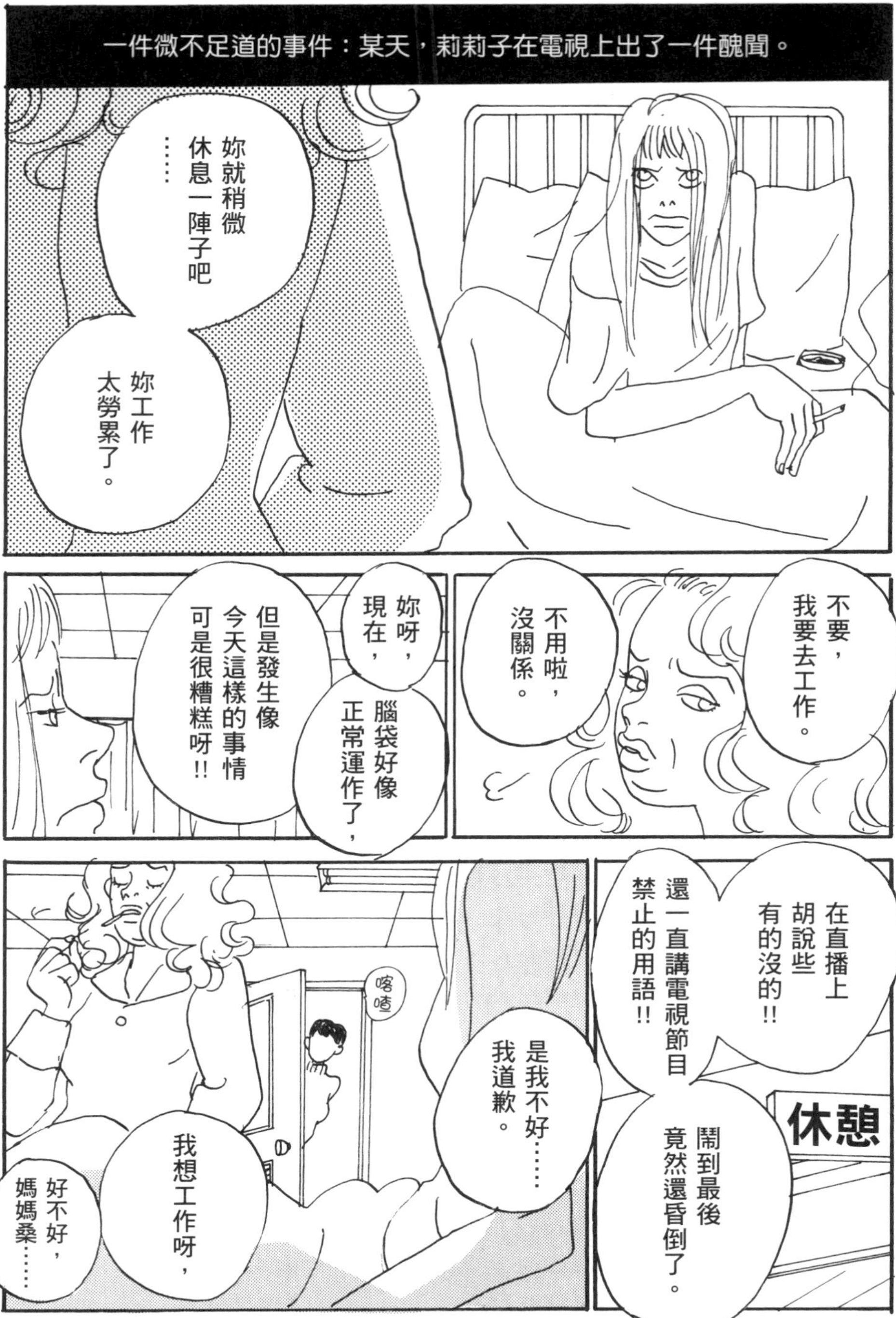
一件微不足道的事件：某天，莉莉子在電視上出了一件醜聞。
妳就稍微休息一陣子吧……
妳工作太勞累了。
不要，我要去工作。
不用啦，沒關係。
妳呀，現在，
腦袋好像正常運作了，
但是發生像今天這樣的事情可是很糟糕呀!!
在直播上胡說些有的沒的!!
還一直講電視節目禁止的用語!!
鬧到最後竟然還昏倒了。
休憩
是我不好……我道歉。
喀喳
我想工作呀，
好不好，媽媽桑……

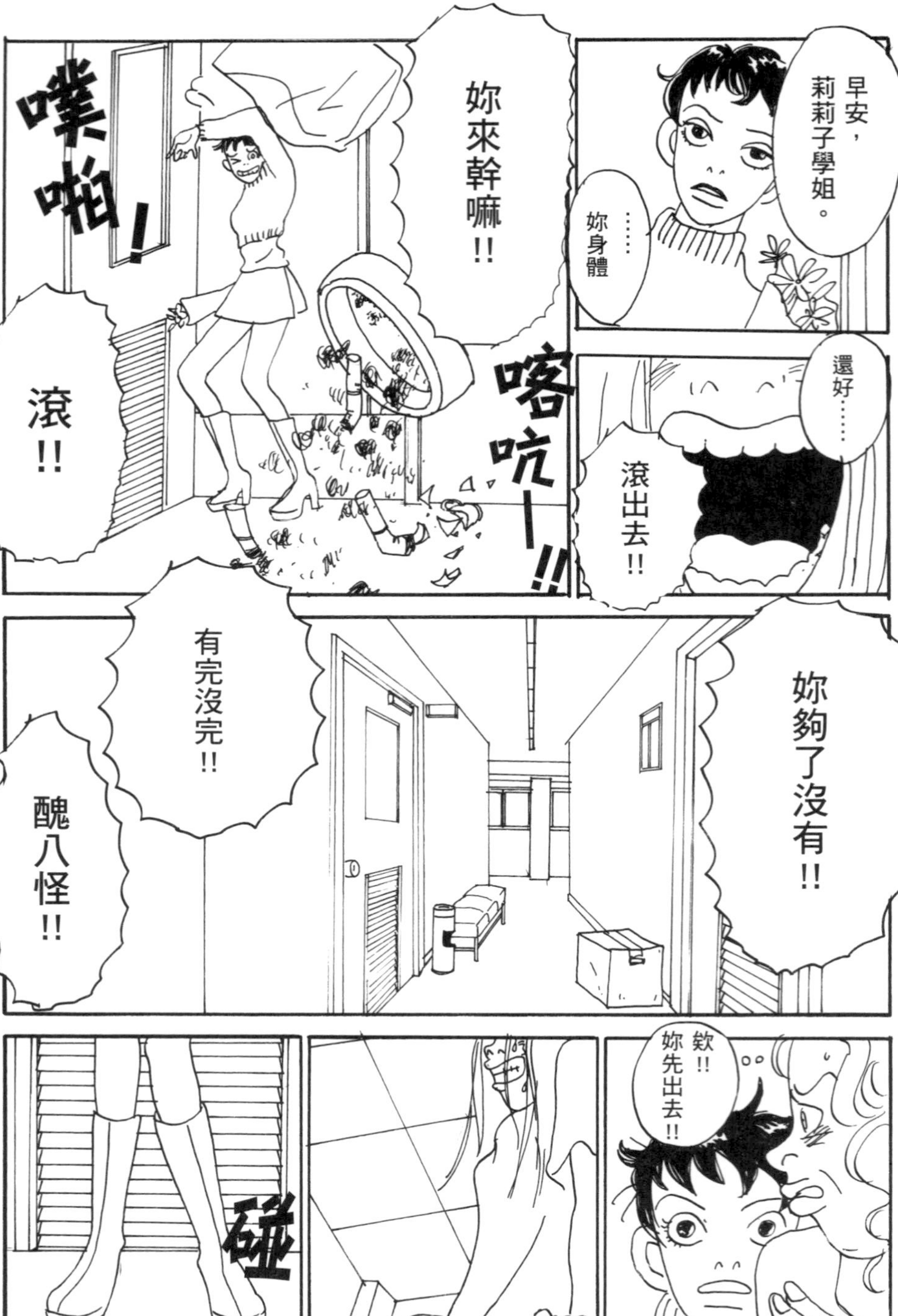
早安，莉莉子學姐。
……妳身體
還好……
滾出去!!
妳來幹嘛!!
噗啪!
喀吭—!!
滾!!
妳夠了沒有!!
有完沒完!!
醜八怪!!
欸!!妳先出去!!
碰

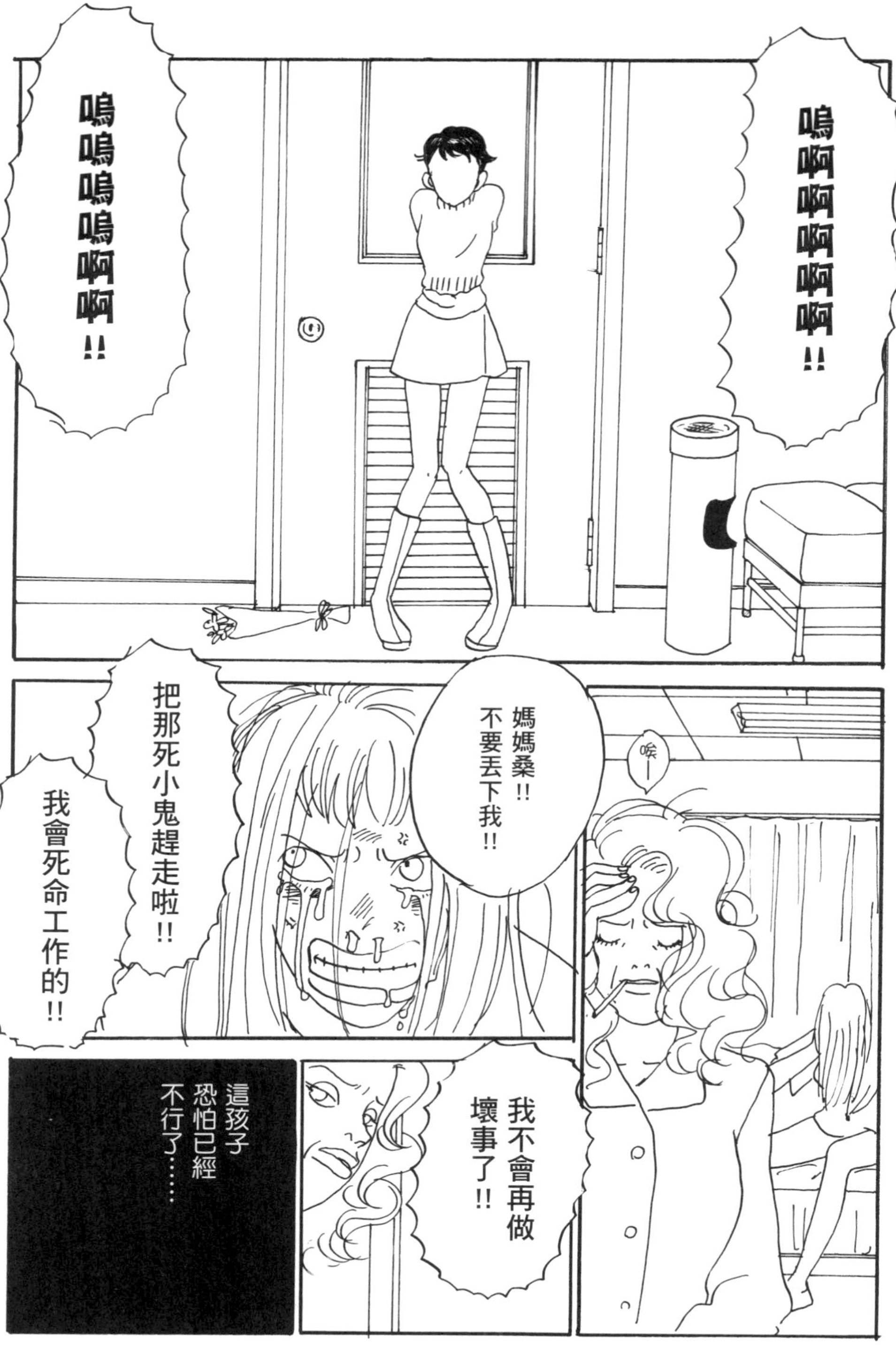

嗚啊啊啊啊啊!!
嗚嗚嗚嗚啊啊!!
唉—
媽媽桑!!不要丟下我!!
把那死小鬼趕走啦!!
我會死命工作的!!
我不會再做壞事了!!
這孩子恐怕已經不行了……

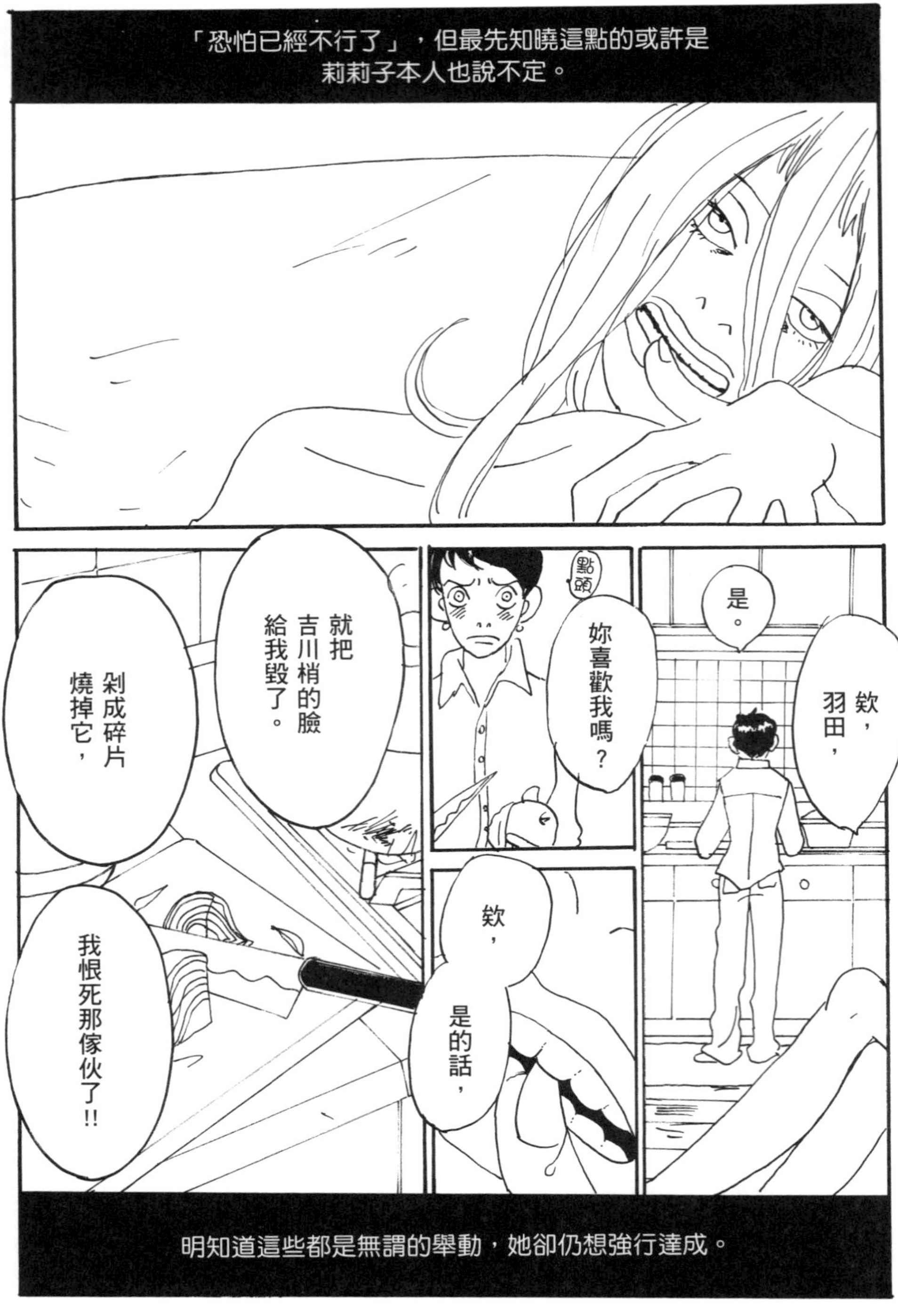
「恐怕已經不行了」，但最先知曉這點的或許是
莉莉子本人也說不定。
欸，羽田，
是。
點頭
妳喜歡我嗎？
欸，是的話，
就把吉川梢的臉給我毀了。
剁成碎片燒掉它，
我恨死那傢伙了!!
明知道這些都是無謂的舉動，她卻仍想強行達成。

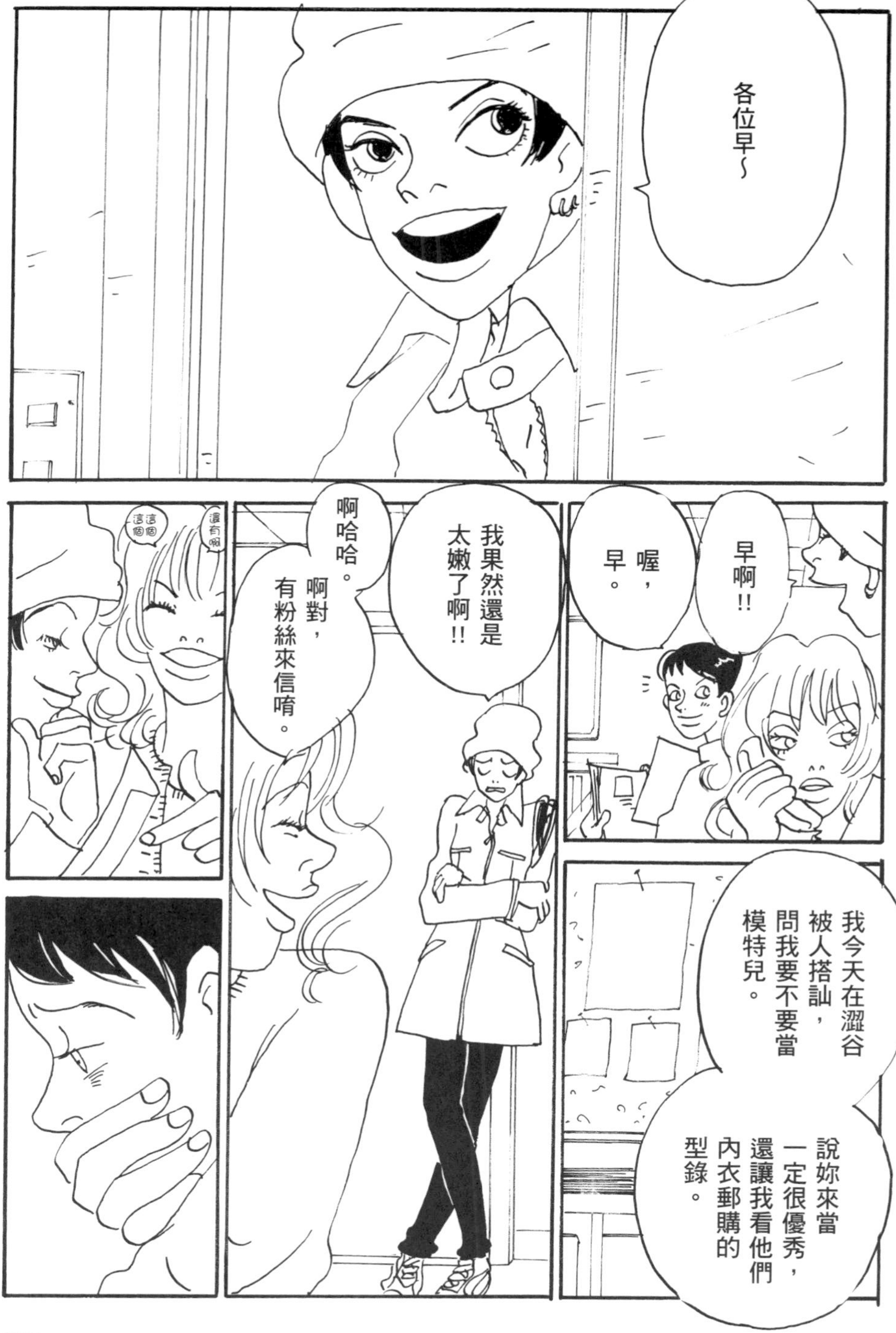
各位早～
早啊!!
喔，早。
我果然還是太嫩了啊!!
啊哈哈。啊對，有粉絲來信唷。
還有啊
這個這個
我今天在澀谷被人搭訕，問我要不要當模特兒。
說妳來當一定很優秀，還讓我看他們內衣郵購的型錄。

啊，羽田，
咦？呃？
來吃餅乾啦。我在學校烤的。
上廚藝實習嗎～～？
哎呀～好懷念～
不過烤焦了唷～～
喔，好吃。
哎唷～吵死了啦!!
啪噠!!
啊，社長還請務必大駕賞光一番。
……
說這什麼話……
吉川梢擁有莉莉子沒有的魅力。個性天真但不是來者不拒，懂得是非輕重，有自信但又不是單純……她擁有不帶給人壓迫而能吸引人的能力。
好可愛唷。

把吉川梢的臉給我毀了。
我恨死那傢伙了!!
我哪可能做那種事啊!!
不可能做的啦!!
啊啊，但是我不是已經做過了嗎？
那位被我們潑硫酸的女生不知如何了？
騙人!!
媽媽!!
啊啊!!
感謝醫生!!
感謝醫生!!
不，
我們只是盡最大的努力與技術，
為大家帶來信賴與安心而已。

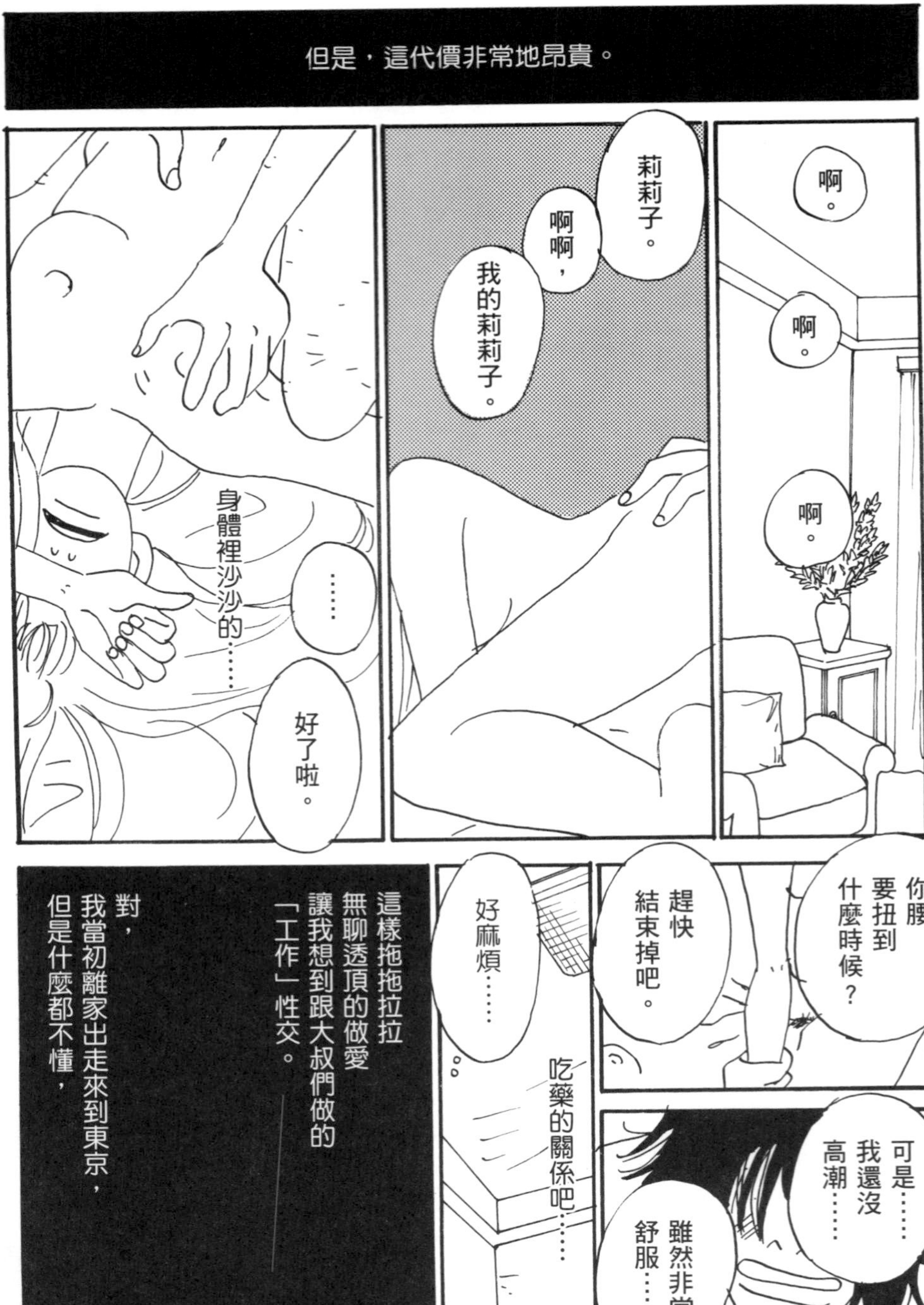
但是，這代價非常地昂貴。
啊。
啊。
啊。
莉莉子。
啊啊，
我的莉莉子。
身體裡沙沙的……
……
好了啦。
你腰要扭到什麼時候？
趕快結束掉吧。
可是……我還沒高潮……
雖然非常舒服……
好麻煩……
吃藥的關係吧……
這樣拖拖拉拉無聊透頂的做愛讓我想到跟大叔們做的「工作」性交。
對，我當初離家出走來到東京，但是什麼都不懂，

聽人好聲好氣說話就被拐走了。
那個男的是個超級王八蛋。
馬上就把我給賣了，賣到一間很奇怪的店，裡面全都是醜女。又有很多喜歡醜女的大叔。
唉，不過有生以來第一次被人寵溺是很高興啦。
我其實根本不喜歡這樣子的做愛呀……做為「工作」是不是反而因此不覺得難受呀……
對，後來被派去參加某場宴會時，
在那邊遇見了……媽媽桑……
啊。
射了？
嗯……
很好很好。
莉莉子，
嗯？
我愛妳……
哎呀，討厭……不要把愛跟性混為一談啦。

妳要去哪？
到哪都行。
莉莉子，工作呢？
沒問題嗎？
你好煩耶!!
莉莉子轉眼間已失去了大量工作。
因為接連失約使得案子愈來愈少的時候，
又在電視節目鬧出那件事。
廣告案也因為品行不良、
形象太差而幾乎全被換掉了。
莉莉子妳生氣了嗎？
對不起，我太多嘴了。
對不起。
我沒在生氣啦!!
走啦!!
這男的有夠煩的，虧羽田竟然能……
雖然容易使喚是挺方便的啦……

莉莉子～
好久不見～
新男友？
不是。
妳最近好低調唷。
怎麼會想到要過來？
鬧分手？
蹺家？
妳的王子不是明天結婚典禮嗎？
我老爸有受邀，所以我知道呀。
唉～呀～這男的竟然甩了莉莉子～真是罪不可赦呀～
欸，下次帶吉川梢來玩嘛♡
她好可愛唷～
感覺好像小鹿斑比？
應該才15歲？
喔不不，莉莉子大姐的美麗是無人能比的。
我們走吧。
為什麼？
不是才剛來？
走啦!!
我們走嘍!!

車子給吊了……
哎唷你怎麼這麼白痴啊!!
爛死了!!
麻田先生，
發現有一台車相當吻合先前在青山區對田邊家千金潑硫酸的嫌疑車輛。
喔。
所以？
老虎莉莉登場嘍。
要去嗎？
當然!!

哎唷～你們有完沒完啊!!
罰金我都繳了……
我要走了啦!!
一個月前的7日晚上8點至9點，妳有將這台車停在松濤美術館附近嗎？
希望妳回想一下。
美女耶
不就是違規停車而已嘛!!
我不知道啦!!
不記得啦!!
你說這話是什麼意思!!
好像是說!!
喀喳

哎呀，
看來妳正忙著呢。
我們終於見面了，
老虎莉莉。
我一直是妳的
粉絲唷。

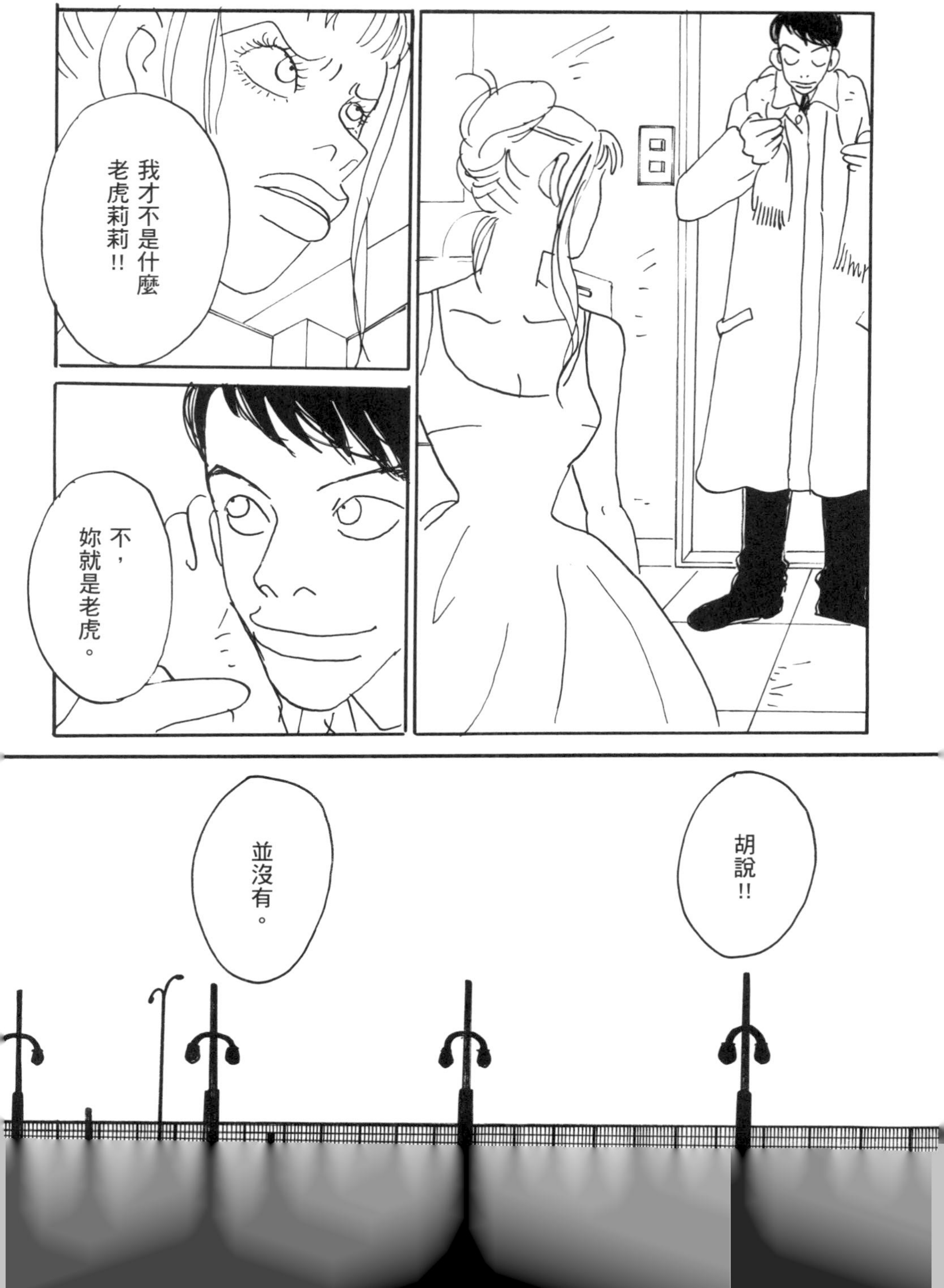
我才不是什麼老虎莉莉!!
不，妳就是老虎。
胡說!!
並沒有。

那天，羽田美知子未能損傷吉川梢的臉。
莉莉子因此大發雷霆，羽田照例又被凌虐了一番。
但是這卻為羽田帶來了性快感，
終究沒能成為「懲罰」。

7

helter-skelter

S縣H市
比留駒千加子？
是？
請問是……
我想與妳談談妳姊姊。

不用這麼緊張。
妳點什麼都可以。
蛋糕啦、百匯啦，三明治啦。
謝謝，咖啡就好。
因為我在減肥。
兩杯咖啡。
好的。
MENU
你特地消失三小時跑到H市就只是喝了五杯咖啡嗎～～？

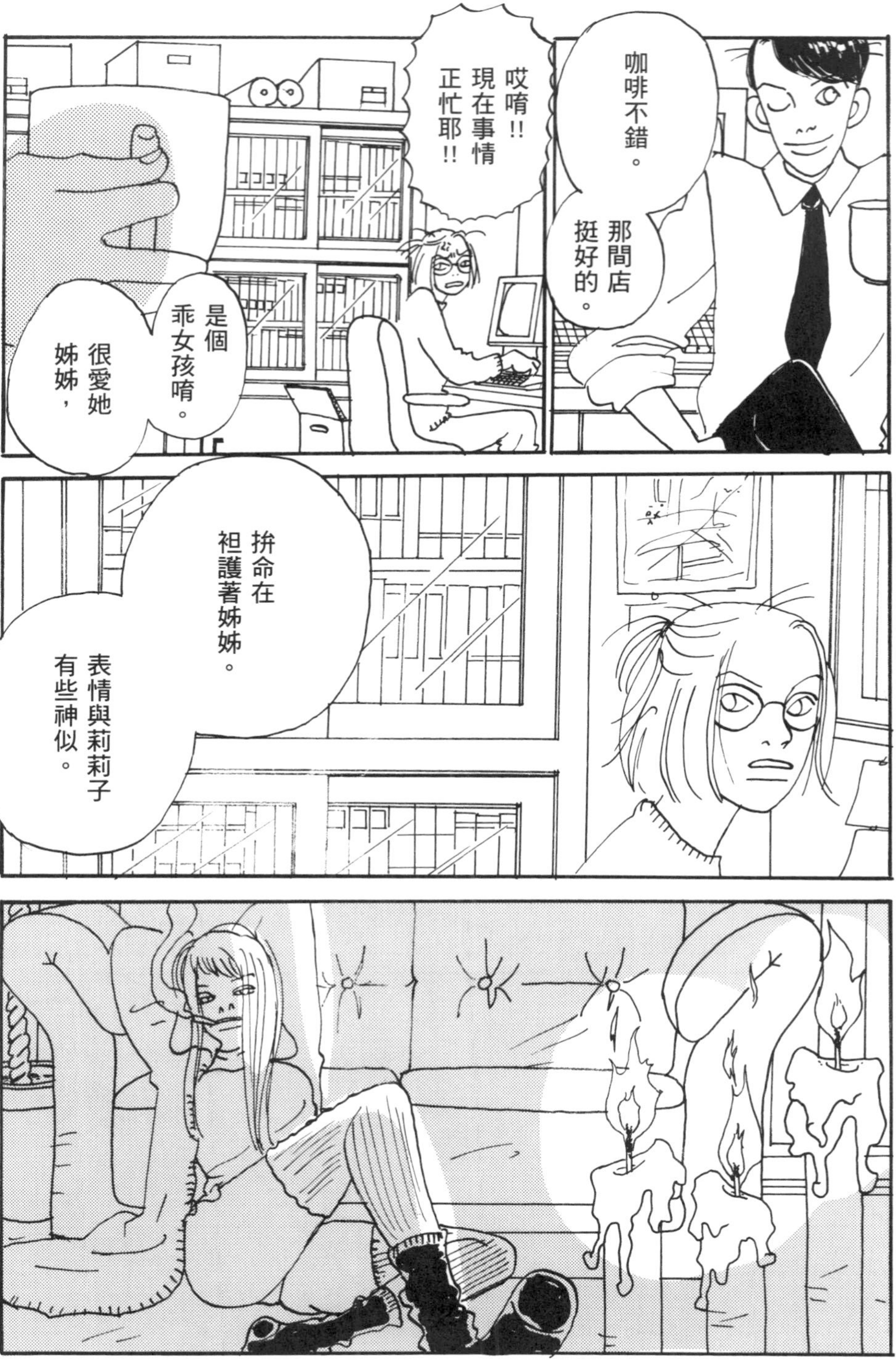
咖啡不錯。
那間店挺好的。
哎唷!!現在事情正忙耶!!
是個乖女孩唷。
很愛她姊姊，
拚命在袒護著姊姊。
表情與莉莉子有些神似。

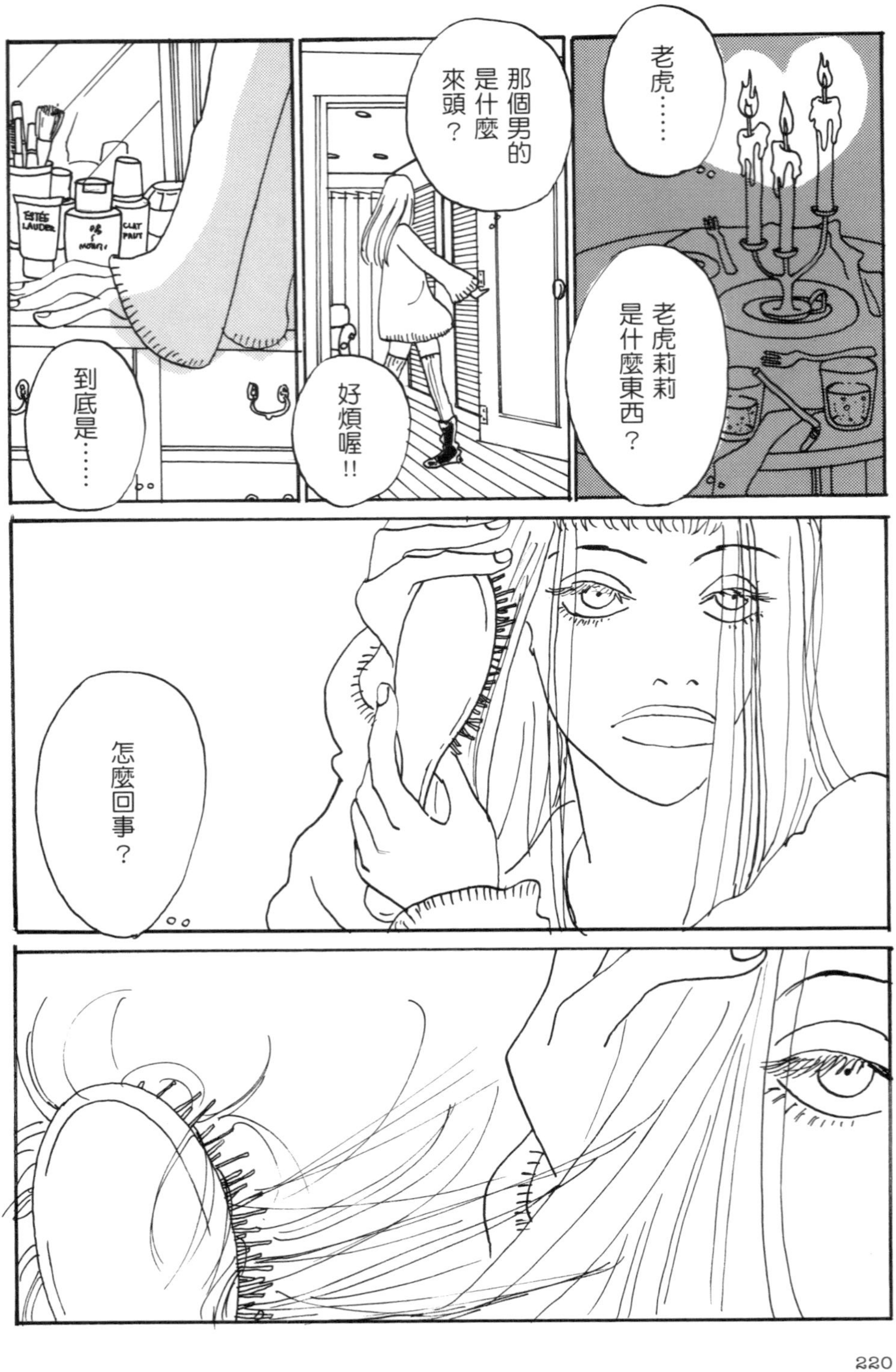
老虎……
老虎莉莉是什麼東西？
那個男的是什麼來頭？
好煩喔!!
到底是……
怎麼回事？

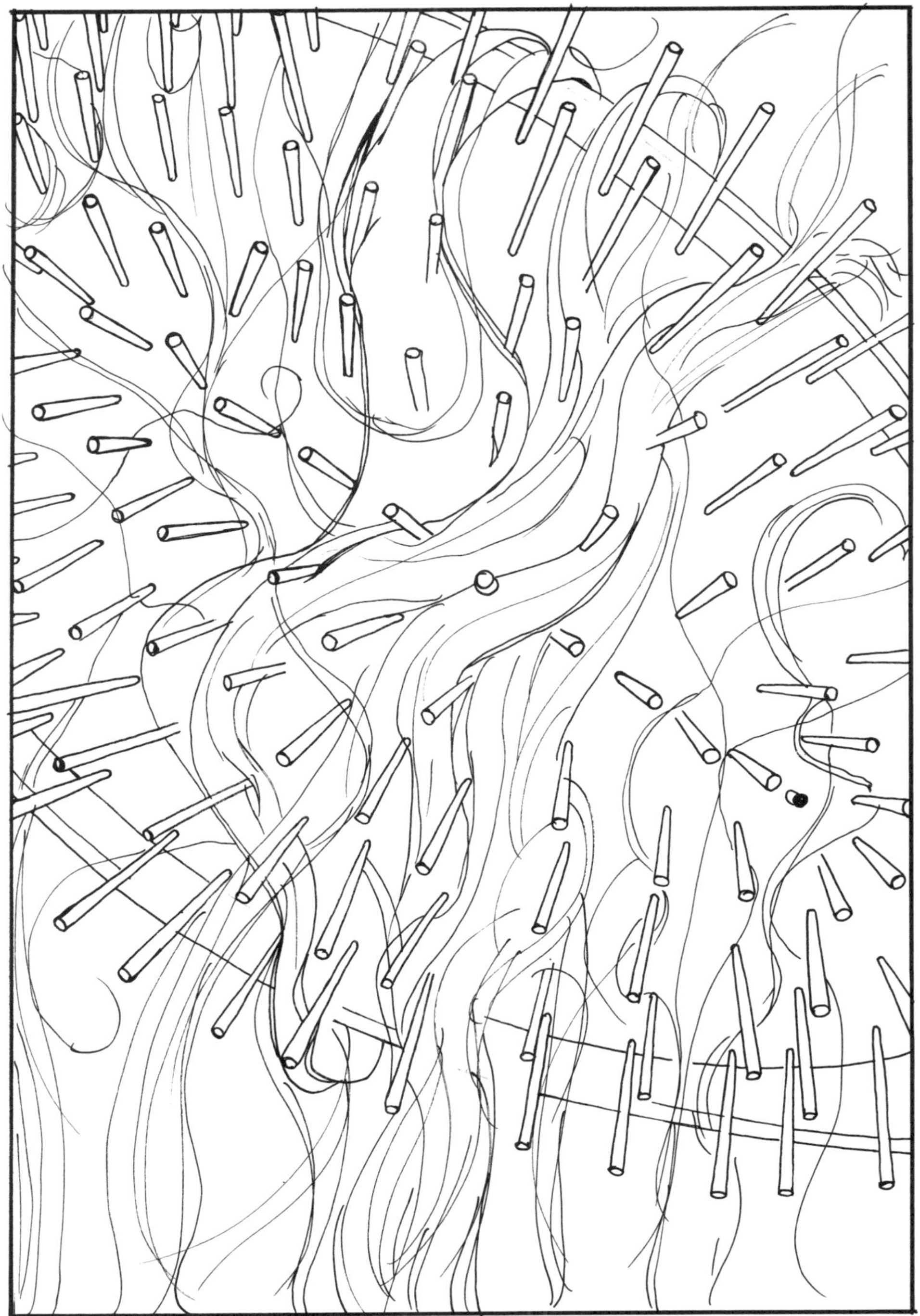

小梢，妳臉怎麼了？
我在學校後院玩，被草割到啦。
哎唷～～欸～～妳要小心耶～～
妳的吃飯傢伙不能弄傷啦!!
啊，吉川妹，這次「G．SPOT」的案子是搭小錦跟笠井姊妹唷。
竟然——!!
我愛死小錦化的妝了!!
崇拜得不得了呀!!
笠井姊妹的穿搭也是!!
超超開心的!!
Lucky～♡
梢，妳來一下。

社長直接叫吉川妹名字勒。
社長要來真的了。
莉莉子那時候也很誇張呢。
一開始還是叫「小莉莉」，變成直呼「莉莉子」之後開始猛烈推她!!
這女生真可憐，大概會被要求退學吧。
以後就不能再提唸大學這樣悠哉的心願了。
好慘呀，還這麼年輕……生活就要被工作全部塞滿了。
就因為她長得美麗至極。

抱歉，莉莉子小姐，您並沒有事先預約。
叫醫生出來!!
碰碰碰
快點!!
不好意思，如果約明天3點的話，有人取消……
啊，原田小姐。
歡迎，我們正等候您的光臨。
這邊走……
請醫生見客。

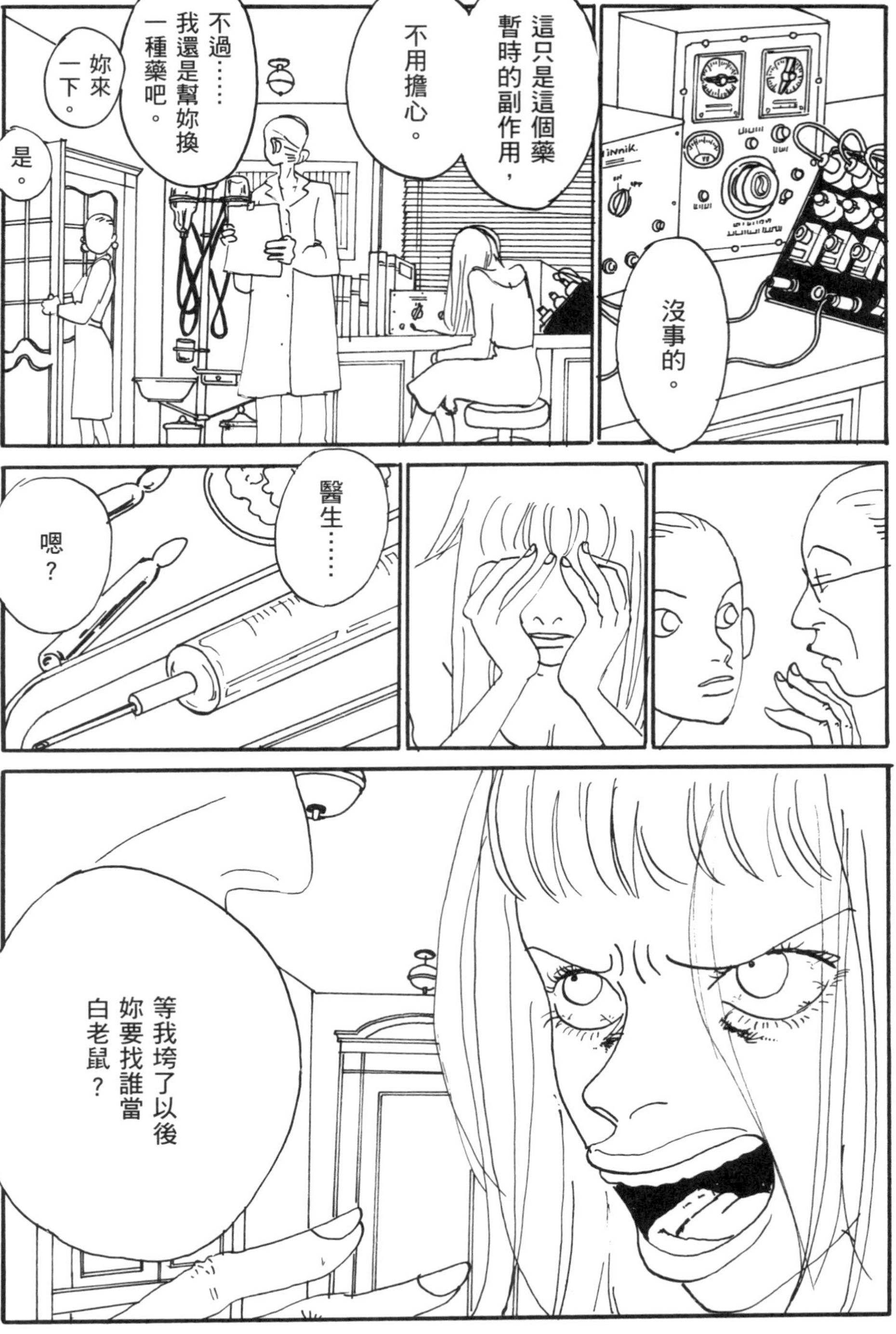

沒事的。
這只是這個藥暫時的副作用，
不用擔心。
不過……我還是幫妳換一種藥吧。
妳來一下。
是。
醫生……
嗯？
等我垮了以後妳要找誰當白老鼠？

喂？小錦嗎？
募集中!!
費電話
00-0000
00-0000
用電話
0-0000
等你來電♡
愛情 LOVE LOVE CALL !!
讓寂寞的你……
找到可愛的她♡
以東京都內
第一交友網
打造相遇的場所。
男性專用電話
03-0000-0000
-0000-0000
協助曠男怨女邂逅
抓住美麗的愛情♡
都內
第一
for man
03-0000-0000
0000-0000
for woman
0120-0000-0000
0000-0000
小錦，我……
吉川梢小姐已經進攝影棚就位嘍～
小錦……
怎麼了啦莉莉子？
光是哭我搞不懂啊！
澤鍋先生～
喂？莉莉子？
喂？喂？

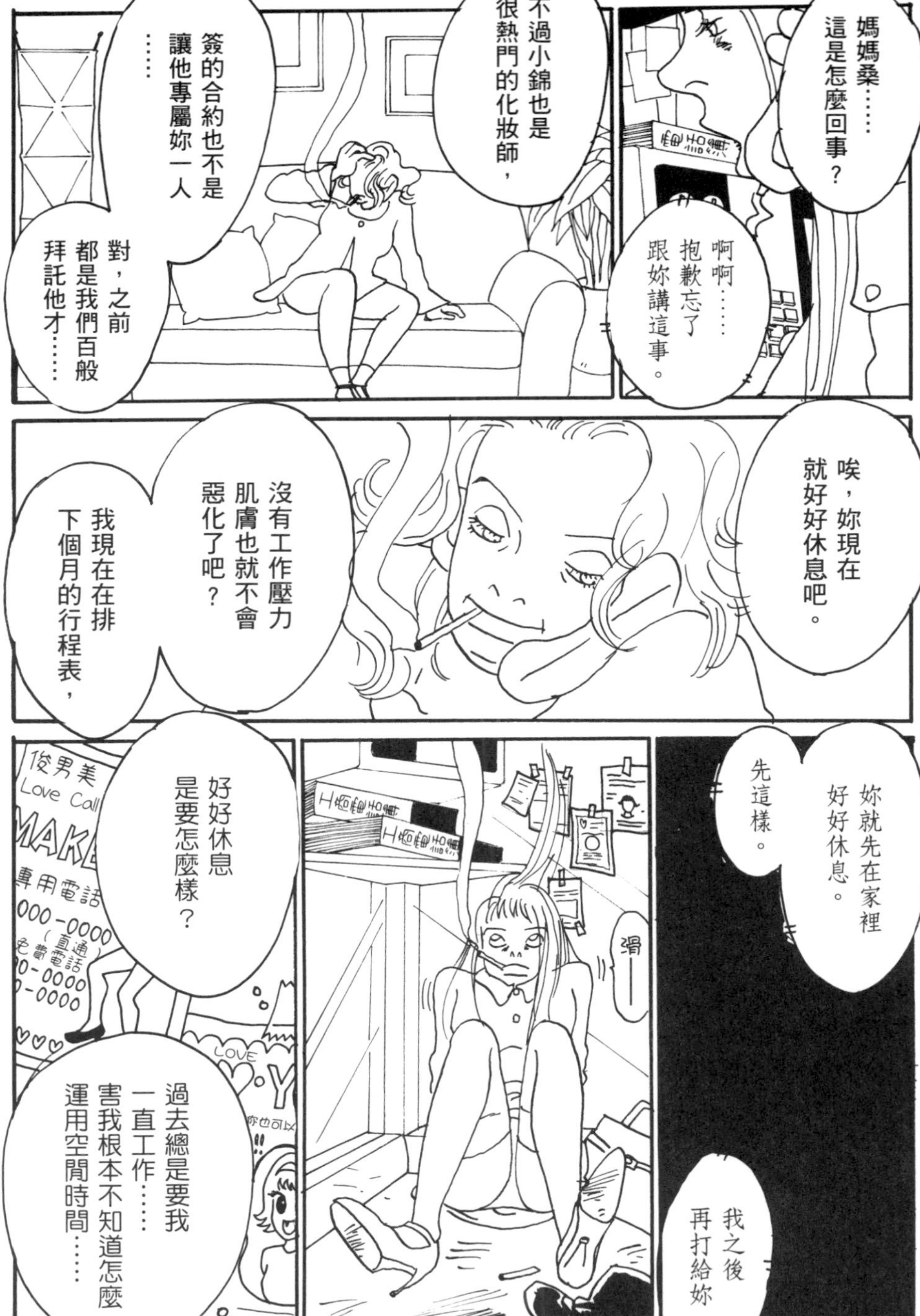
媽媽桑……這是怎麼回事？
啊啊……抱歉忘了跟妳講這事。
不過小錦也是很熱門的化妝師，
簽的合約也不是讓他專屬妳一人……
對，之前都是我們百般拜託他才……
唉，妳現在就好好休息吧。
沒有工作壓力肌膚也就不會惡化了吧？
我現在在排下個月的行程表，
妳就先在家裡好好休息。
先這樣。
我之後再打給妳。
滑—
好好休息是要怎麼樣？
過去總是要我一直工作……害我根本不知道怎麼運用空間時間……
俊男美
Love Call
專用電話
(直通)
LOVE

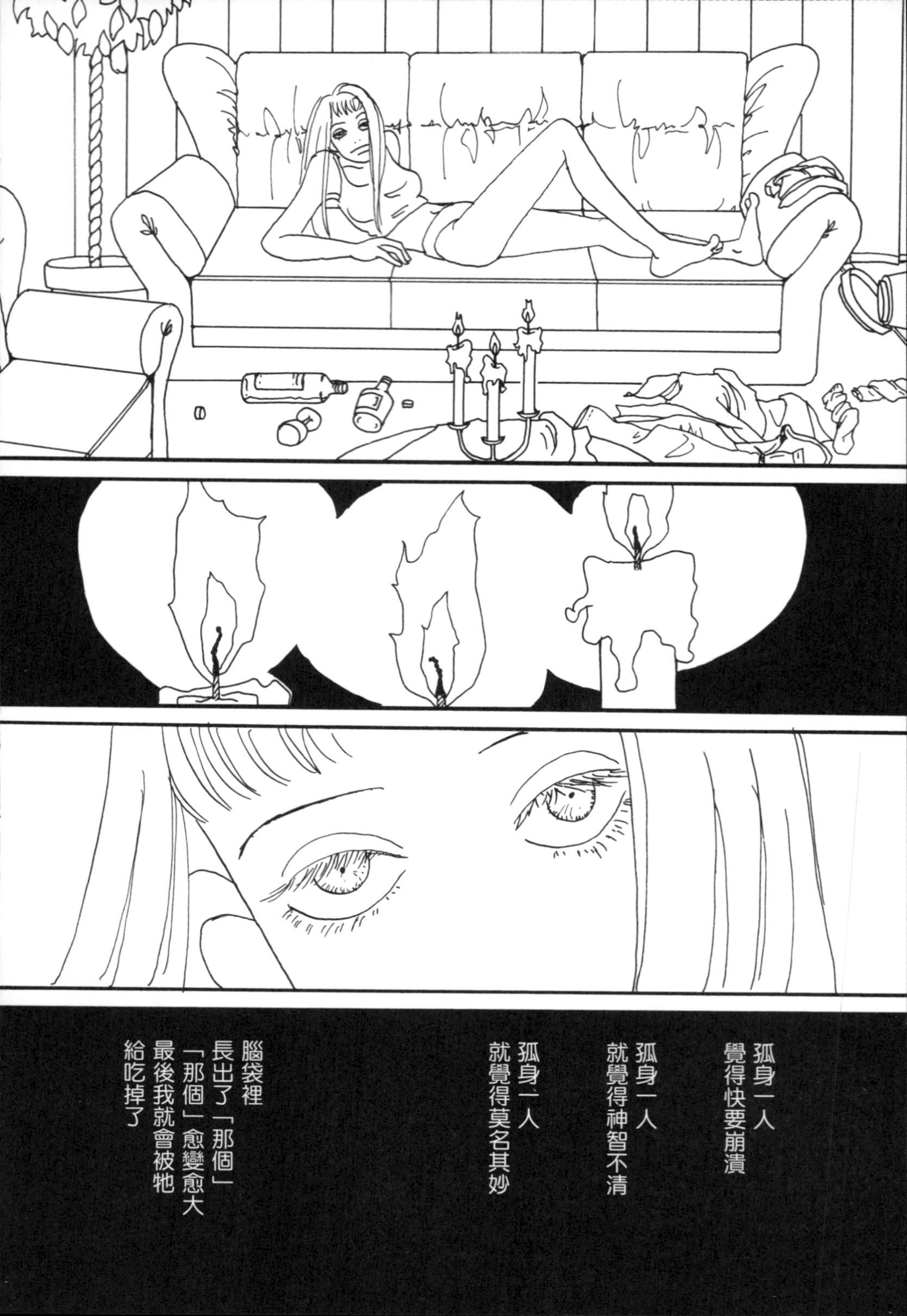
孤身一人
覺得快要崩潰
孤身一人
就覺得神智不清
孤身一人
就覺得莫名其妙
腦袋裡
長出了「那個」
「那個」愈變愈大
最後我就會被牠
給吃掉了

我一直是妳的粉絲唷。
我們終於見面了，老虎莉莉。

不好意思，接連找妳出來。
別客氣。
兩杯咖啡。
千加子也去給眼睛動手術了呢。
這也是給姊姊影響的嗎？

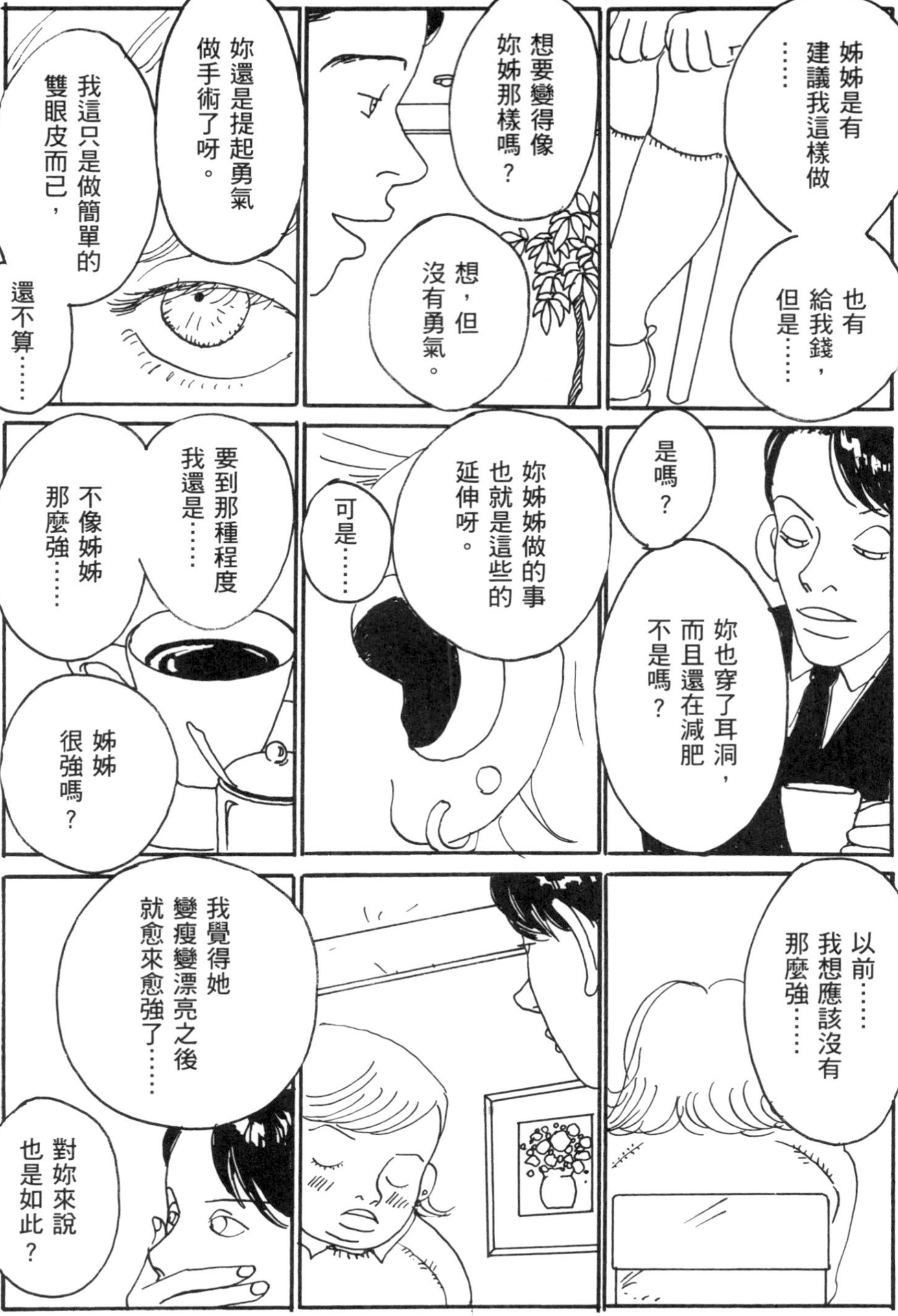
姊姊是有建議我這樣做……
也有給我錢，但是……
想要變得像妳姊那樣嗎？
想，但沒有勇氣。
妳還是提起勇氣做手術了呀。
我這只是做簡單的雙眼皮而已，
還不算……
是嗎？
妳也穿了耳洞，而且還在減肥不是嗎？
妳姊姊做的事也就是這些的延伸呀。
可是……
要到那種程度我還是……
不像姊姊那麼強……
姊姊很強嗎？
以前……我想應該沒有那麼強……
我覺得她變瘦變漂亮之後就愈來愈強了……
對妳來說也是如此？

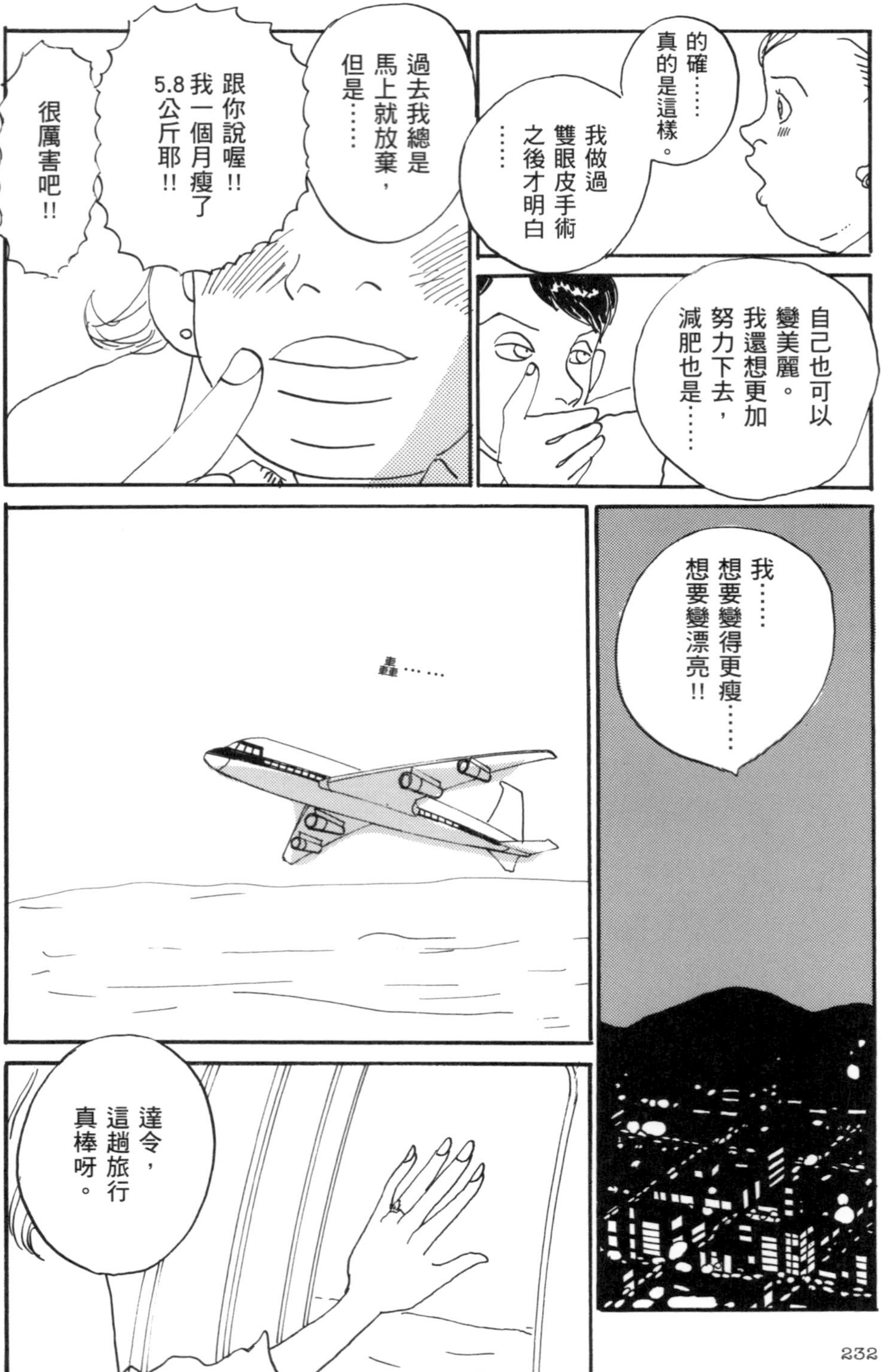
的確……真的是這樣。
我做過雙眼皮手術之後才明白……
自己也可以變美麗。我還想更加努力下去，減肥也是……
過去我總是馬上就放棄，但是……
跟你說喔!! 我一個月瘦了5.8公斤耶!!
很厲害吧!!
我……想要變得更瘦……想要變漂亮!!
轟……
達令，這趟旅行真棒呀。

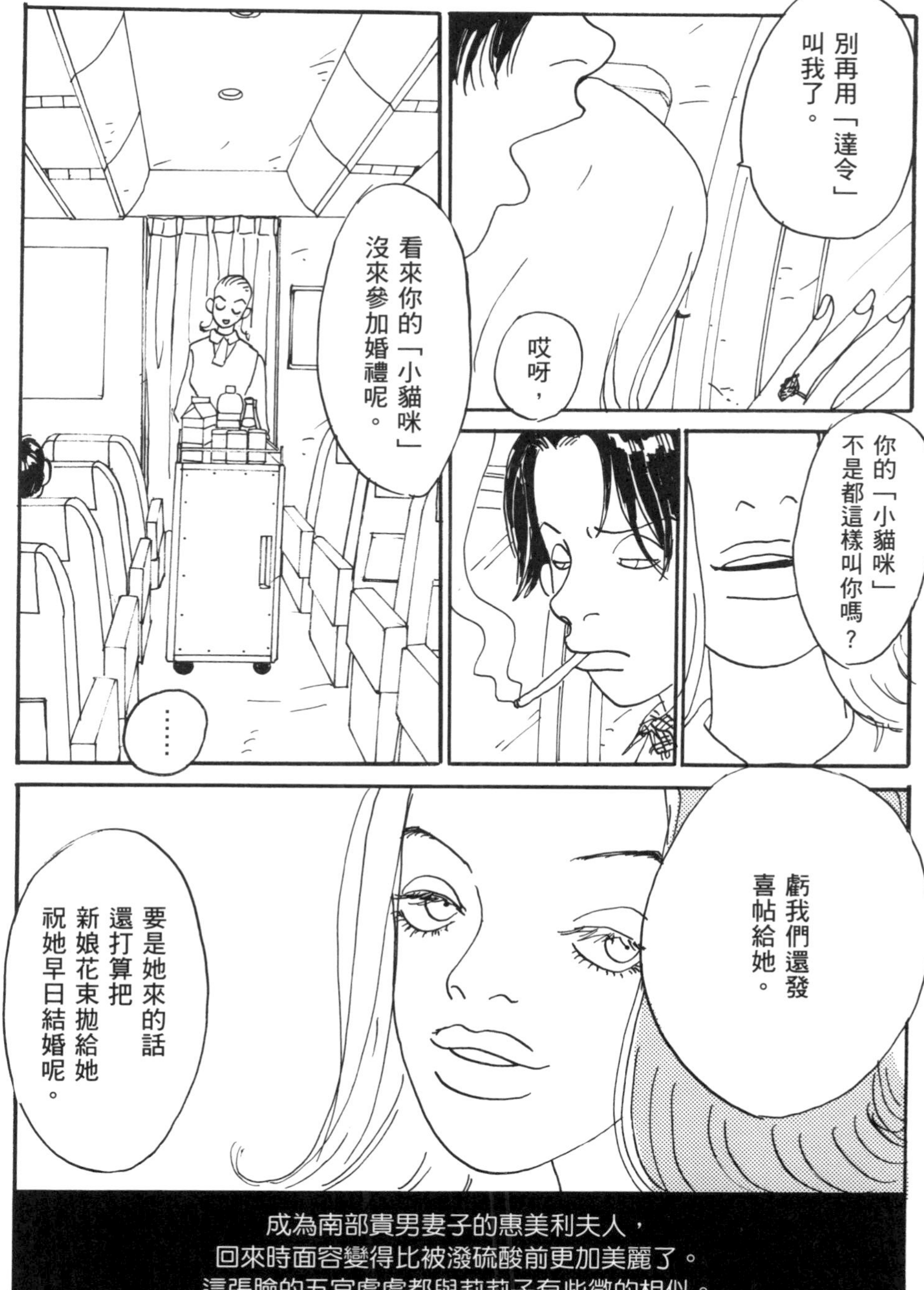
別再用「達令」叫我了。
哎呀，
看來你的「小貓咪」沒來參加婚禮呢。
……
你的「小貓咪」不是都這樣叫你嗎？
虧我們還發喜帖給她。
要是她來的話還打算把新娘花束拋給她祝她早日結婚呢。
成為南部貴男妻子的惠美利夫人，
回來時面容變得比被潑硫酸前更加美麗了。
這張臉的五官處處都與莉莉子有些微的相似。

嗚哇。
以後我不敢吃醃魚了～
白痴——!!

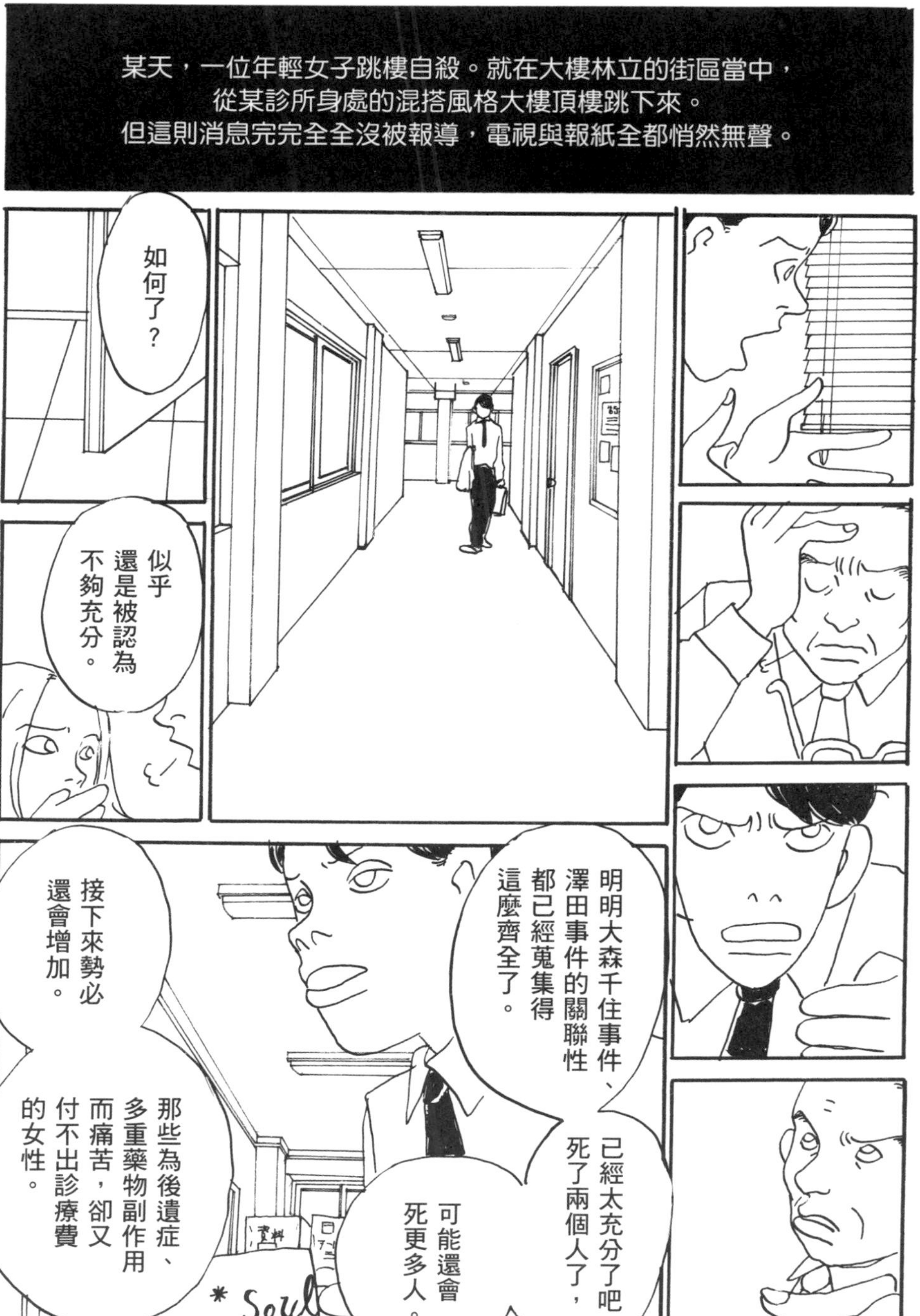
某天，一位年輕女子跳樓自殺。就在大樓林立的街區當中，
從某診所身處的混搭風格大樓頂樓跳下來。
但這則消息完完全全沒被報導，電視與報紙全都悄然無聲。
如何了？
似乎還是被認為不夠充分。
明明大森千住事件、澤田事件的關聯性都已經蒐集得這麼齊全了。
已經太充分了吧，死了兩個人了，
接下來勢必還會增加。
那些為後遺症、多重藥物副作用而痛苦，卻又付不出診療費的女性。
可能還會死更多人。

JOKER
恐怕真的到了必須掀開鬼牌的時候了。
嘿~OK！全部拍完了！
辛苦了~

呼。
啊，是吉川梢
啊，吉川梢
累了？
不，我沒問題，畢竟我還年輕。
會難受嗎？
不會，也就是工作。
妳想出名嗎？
想變富有嗎？穿著華美的衣服登上雜誌、電視，讓每個人都認得自己，會覺得開心嗎？

那當然嘍!!
不是吧？
妳不用勉強假裝自己應該怎麼回答。
……
真是瞞不過社長呀……
其實……我覺得……都沒興趣。
什麼出名啦，賺大錢啦……
只是我也沒有其他想要做的事情，也做不來……
雖然我也喜歡服裝……不過……也沒那麼……
大家終有一天會把我給忘了，這樣也好。

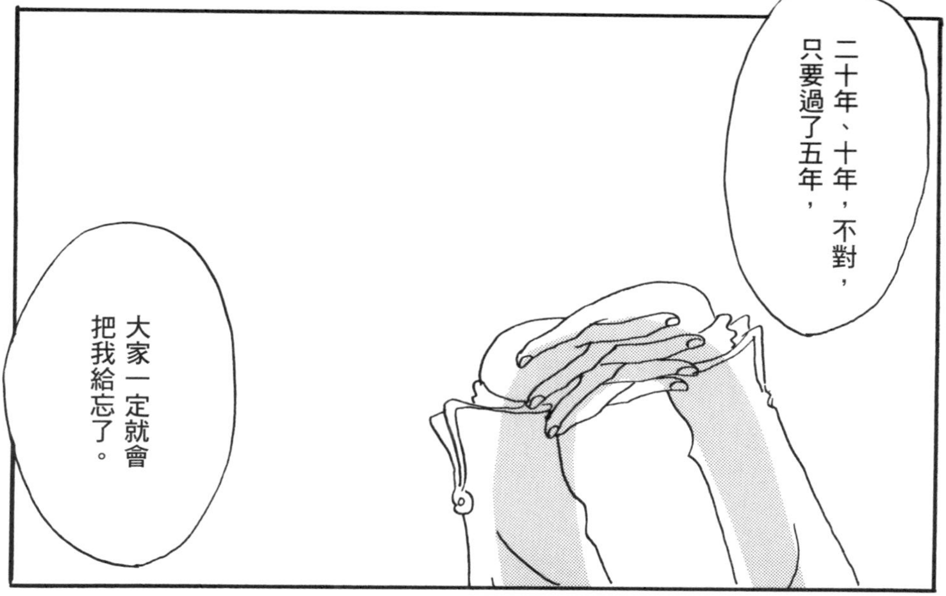
二十年、十年，不對，只要過了五年，
大家一定就會把我給忘了。

我覺得這樣子反而開心。

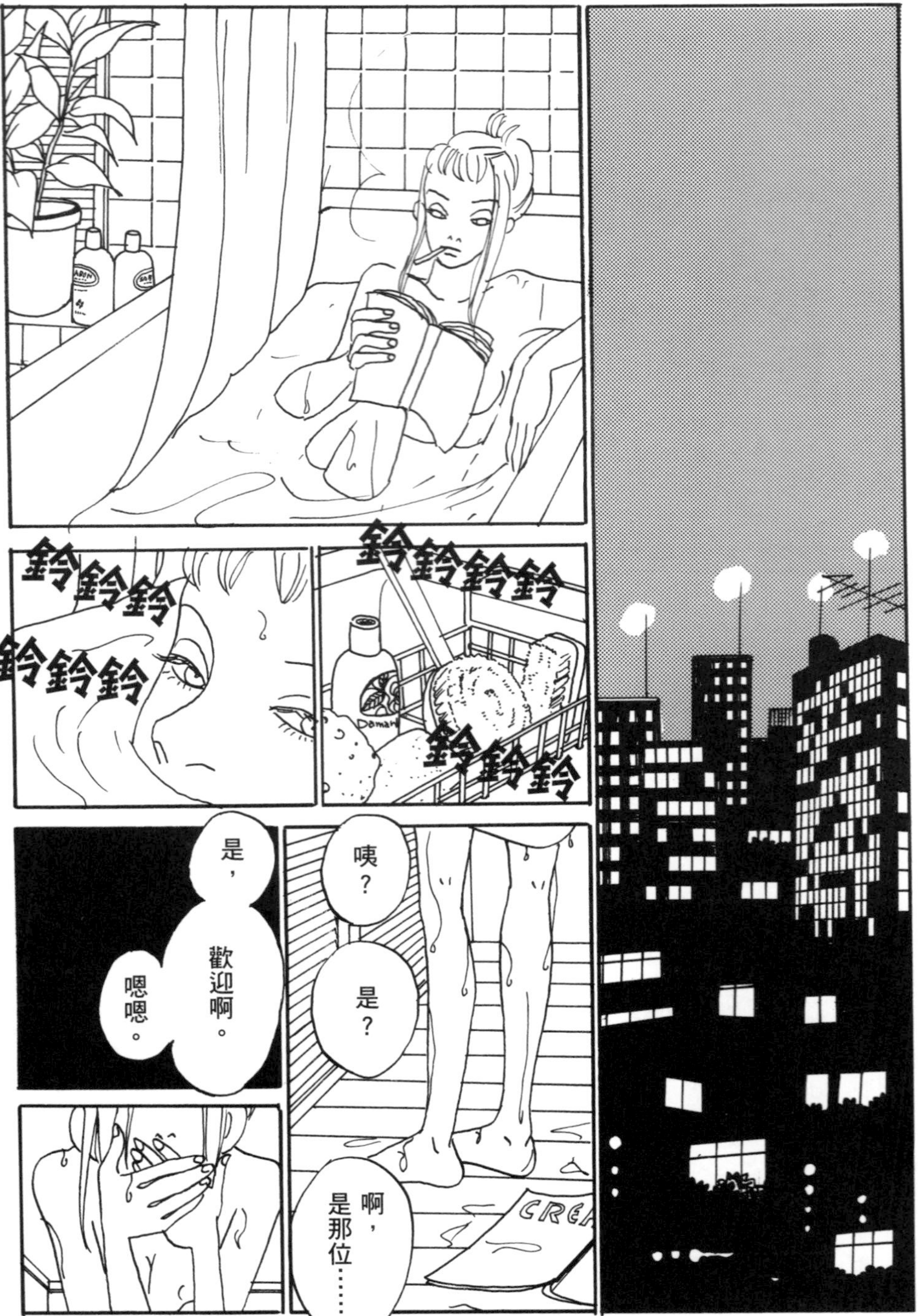
鈴鈴鈴鈴
鈴鈴鈴
鈴鈴鈴
鈴鈴鈴
咦？
是？
是，
歡迎啊。
嗯嗯。
啊，是那位……

莉莉子
妳這傻蛋，
搞什麼啊!!
妳明明知道
跟這傢伙碰面會發生
什麼事!!
太蠢了!!
ÉCLAT PARFAIT
快停止呀!! 妳玩過火啦!!
打擾了。
不會，
之前多謝了。

咖啡？紅茶？想喝哪種？
都可以。
莉莉子小姐，
我想請妳上法庭作證。
白痴!!手幹嘛抖成這樣!!
為何？
為了證明妳看診的診所在進行違法的不當醫療行為。

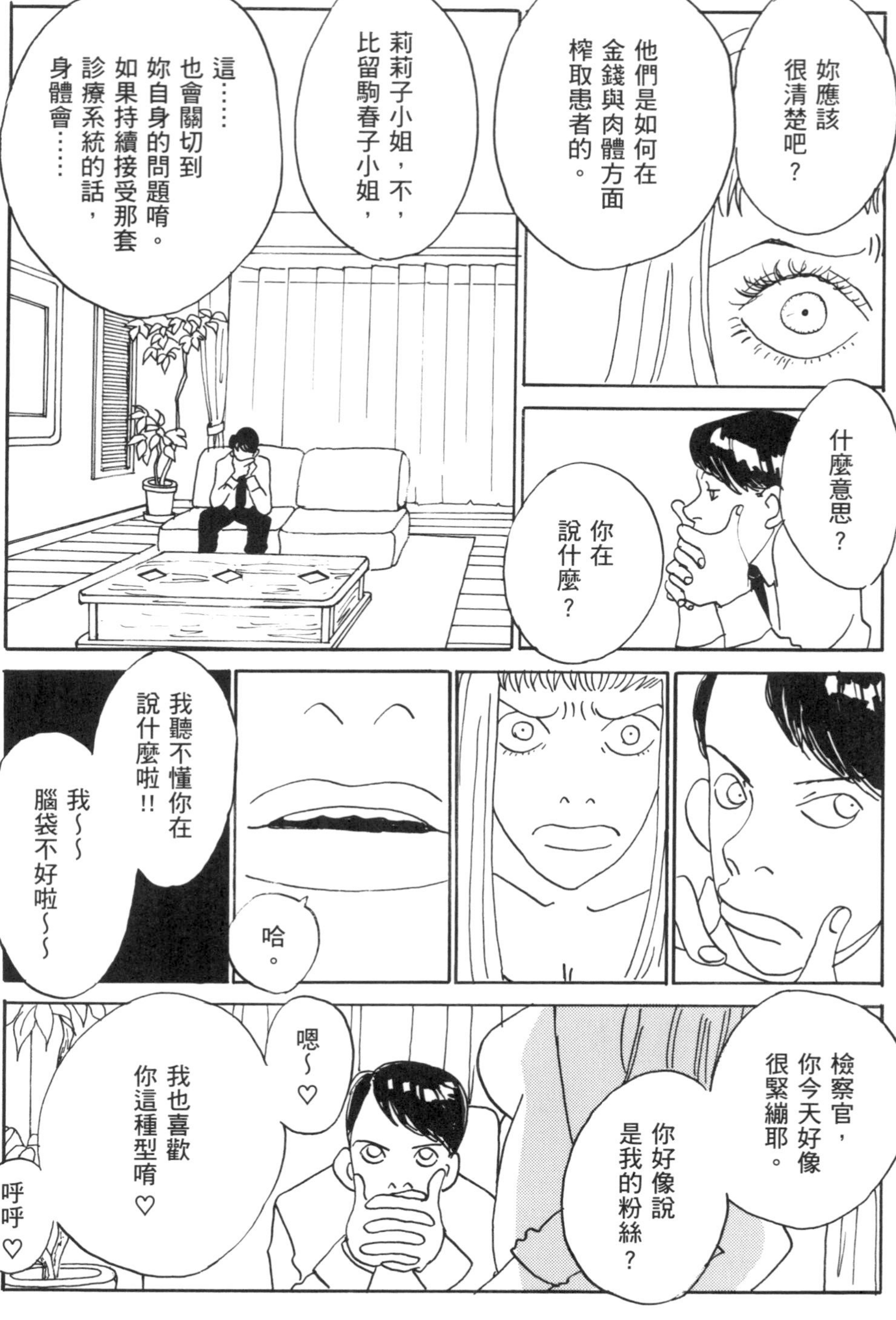

妳應該很清楚吧？
他們是如何在金錢與肉體方面榨取患者的。
莉莉子小姐，不，比留駒春子小姐，
這……也會關切到妳自身的問題唷。如果持續接受那套診療系統的話，身體會……
什麼意思？
你在說什麼？
我聽不懂你在說什麼啦!!
我～～腦袋不好啦～～
哈。
檢察官，你今天好像很緊繃耶。
你好像說是我的粉絲？
嗯～♡
我也喜歡你這種型唷♡
呼呼♡

老虎莉莉，
X月7日在松濤附近，妳是否唆使羽田美知子與奧村伸輝去做了什麼？
什麼嘛!!
你是想說些什麼啦!!
妳麻煩大了。車牌號碼已經被人記下來了，
又有目擊者。
我們也可以先說服這兩位自首唷。
怎麼辦？
妳的可愛妹妹也會很難過唷，
景仰的姊姊竟然去潑人硫酸。
你說這些什麼亂七八糟的!!

啊——你那張事不關己又裝模作樣的臉看了就煩!!
啊——!!
我才沒有去過那什麼診所，跟他們一點瓜葛也沒有!!
羽田……是我的經紀人沒錯……但什麼奧村我根本就沒見過!!
我也沒有妹妹!!你講這些通通都是胡說八道!!
今天——就先這樣。
等妳多方考量之後我們會再請妳答覆。
如果妳不出來作證，還會有更多女性跌入這個深淵。
妳是救她們逃出迷宮的阿里阿德涅之線。
這些是文件，我都帶來了。
是我搜查至今蒐集來的所有違法嫌疑的資料。

雖然這裡面很多資料會讓妳看了很難受……
我先走了。
哎唷!!怎麼有我以前的照片。
怎麼連這個都能找出來？
是從千加子那要來的嗎？

醜死了。
看了就想吐~
抓抓抓
那傢伙早知道我以前長什麼樣子了嘛。
哈哈哈。
唉~呀~

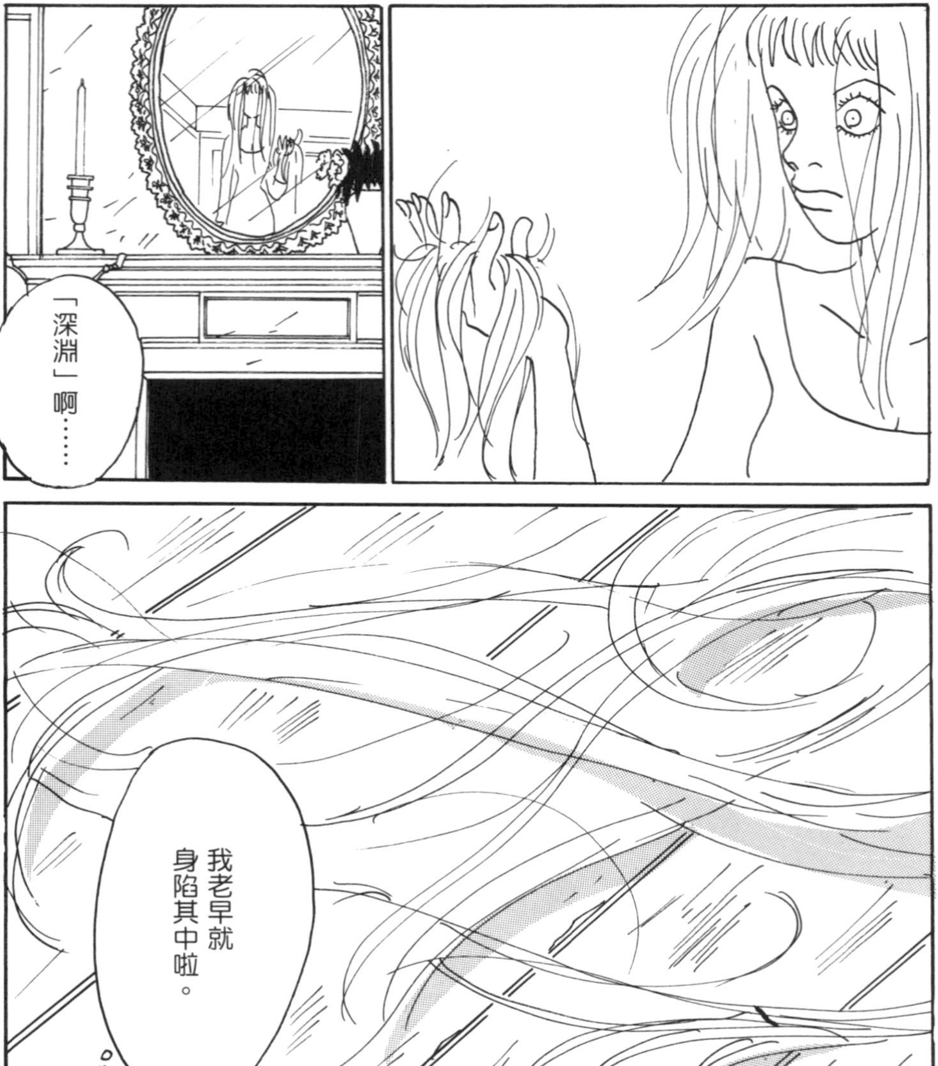
「深淵」啊……
我老早就身陷其中啦。
莉莉子這時本應該燒掉這些資料才對，
但是她卻沒有這樣做，
這成了她的致命失誤。

8

helter-skelter

「當你忌妒著什麼的時候　你就是缺少著什麼」
真的還要再幹一次嗎？
莉莉子說……要毀掉……
但是……莉莉子說……
把吉川梢的臉……給我毀了!!
我不要啦。
我也不想……
啊。
來了？
は56-36
不行……

她跟社長同搭一台車……
怎麼這麼蠢啊!!
有夠低能啊你們!!只會用同一招?!
也不跟我說一聲!!
太扯了!!
已經……
因為……莉莉子妳一直……
這下恐怕已經，
妳麻煩大了。

又有目擊者。
我們也可以先說服這兩位自首唷。
唉……算了。
把你們的衣服脫光。
快點。
馬上，
開始幹炮啦。
咦？
你們兩個，
現在，當場，
給我做。

這兩個怎麼那麼白痴啊？還真的就開始互幹了。
唉～呀～真是可笑。
有夠愚蠢。
莉莉子小姐。
BB也真的是夠!!如今只是一個滿臉皺紋的老太婆了!!
這也是關切到妳自身的問題唷。
如果持續接受那套診療系統的話……
啊！是莉莉子！
漂亮得不得了～
身體會……
莉莉子!!工作啦!!

身體會……
裝明星要大牌的妳也很快就要變成明日黃花啦。
在金錢與肉體方面都不斷被榨取……
只有莉莉子才能做到!!
是妳自己的力量使妳變美的唷。
身體會……

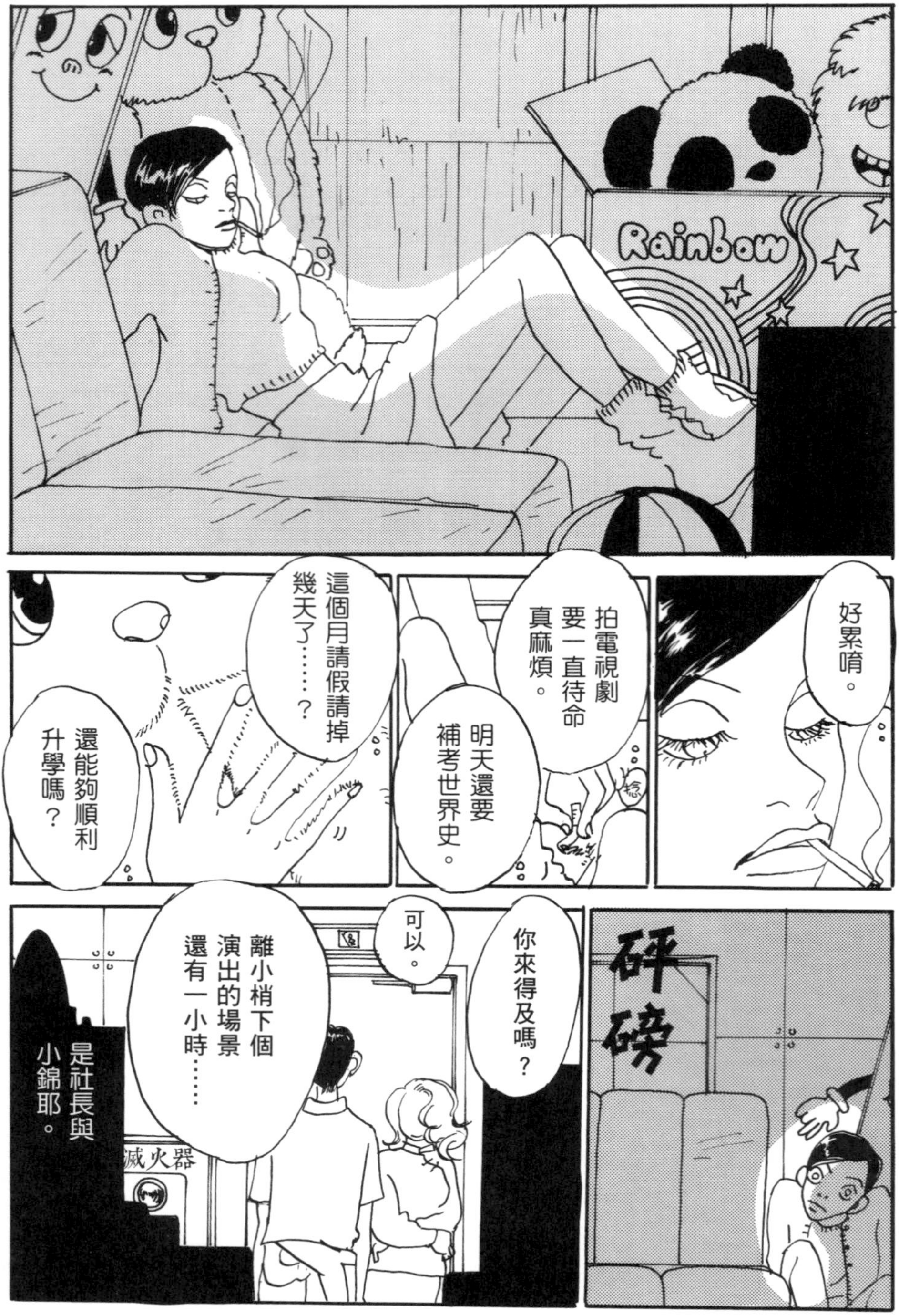
Rainbow
好累唷。
拍電視劇要一直待命真麻煩。
明天還要補考世界史。
這個月請假請掉幾天了……？
還能夠順利升學嗎？
砰磅
你來得及嗎？
可以。
離小梢下個演出的場景還有一小時……
是社長與小錦耶。
滅火器

我幹嘛要躲著？
小錦你都一無所知嗎？
莉莉子……沒有去醫院。
咦？
醫院打來問我……
我也有打給她，但她沒有接。
明明下個禮拜就有一堆工作要做了……
醫院？
莉莉子有在看精神科嗎？
羽田呢？
啊啊，
羽田？沒用啊她這人!!
一直曠工缺勤。
莉莉子也是……
虧我花了大把金錢與時間……
這小孩真是不懂得知恩圖報!!
踩
我從頭到腳都幫她整成那樣!!
還定期送去修整……

年輕貌美的吉川梢這下知道了莉莉子的祕密。
但是她絕對不會對人洩漏這個祕密的。
因為她不但擁有真正的年輕與貌美，
還擁有強大的自尊心。
她是這麼想：
是挺有趣啦，
但真是蠢。
難怪莉莉子會討厭我。
那樣好像
白雪公主的繼母一般。
實在荒唐。
每個人掀開外皮也不過就是一塊血肉而已嘛。
太可笑了。
但是她之所以能傲慢地這樣認為，就是因為
她自己的那張外皮天生美麗的緣故。

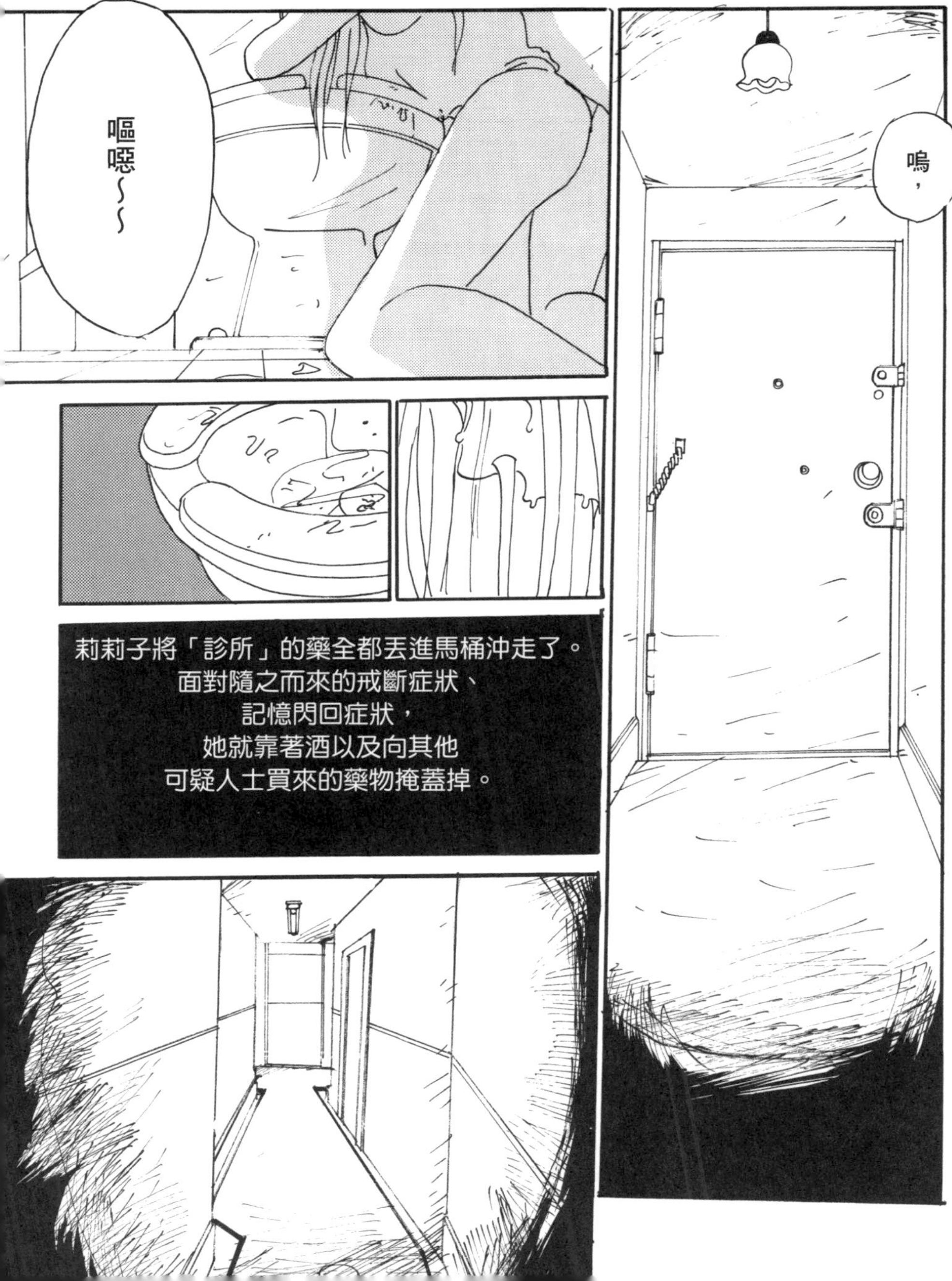
嗚，
嘔噁～～～
莉莉子將「診所」的藥全都丟進馬桶沖走了。
面對隨之而來的戒斷症狀、
記憶閃回症狀，
她就靠著酒以及向其他
可疑人士買來的藥物掩蓋掉。

我的肚子裡有
好多蒼蠅唷。
17
16
3
5
6
7
2
4
1
8
15
13
11
14
12
9
10
又錯過
這班電車了。
下一班電車
絕對要搭上去……

姊姊，
為什麼，
我們家的配菜
老是吃鵪鶉蛋罐頭煮醬油呢？
千加子，那是因為
媽媽在鵪鶉蛋工廠兼職呀。妳真的什麼都不懂耶……
啊啊……。
夜色已經昏暗成這個樣子，
我會找不到往車站的路啦……

嗨，老虎莉莉。
接下來我要告訴妳三件事。
妳知道小羊如果是養在鄰近海風吹撫的海邊的草原上，肉會特別珍貴嗎？
因為草沾有鹽分，肉的味道更為鮮美。

第二件事。
我與妳在前世同樣都是某位神父帽子上的羽毛。
受到風吹，一根還留著，另一根則飛走了。

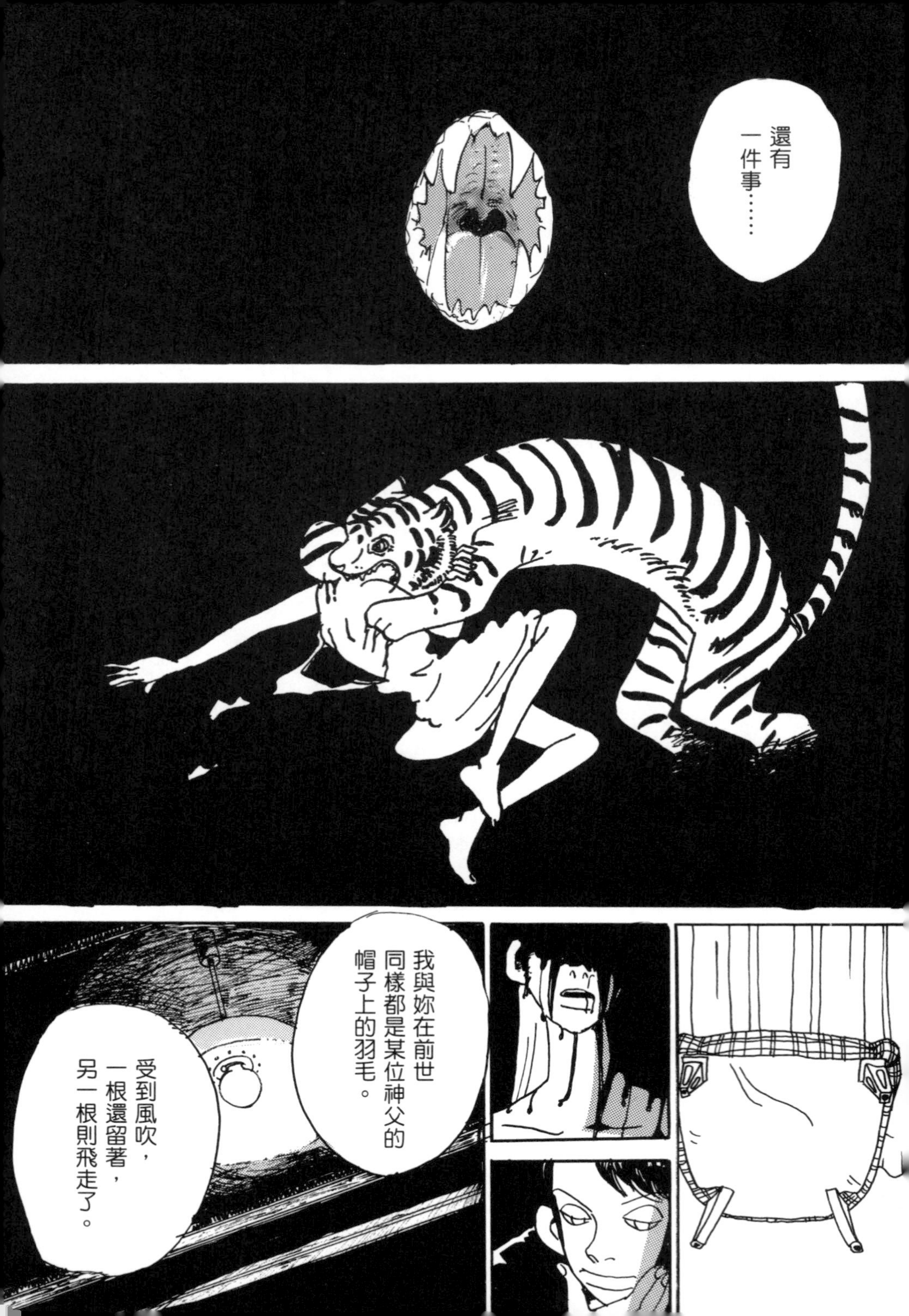
還有一件事……
我與妳在前世同樣都是某位神父的帽子上的羽毛。
受到風吹，一根還留著，另一根則飛走了。

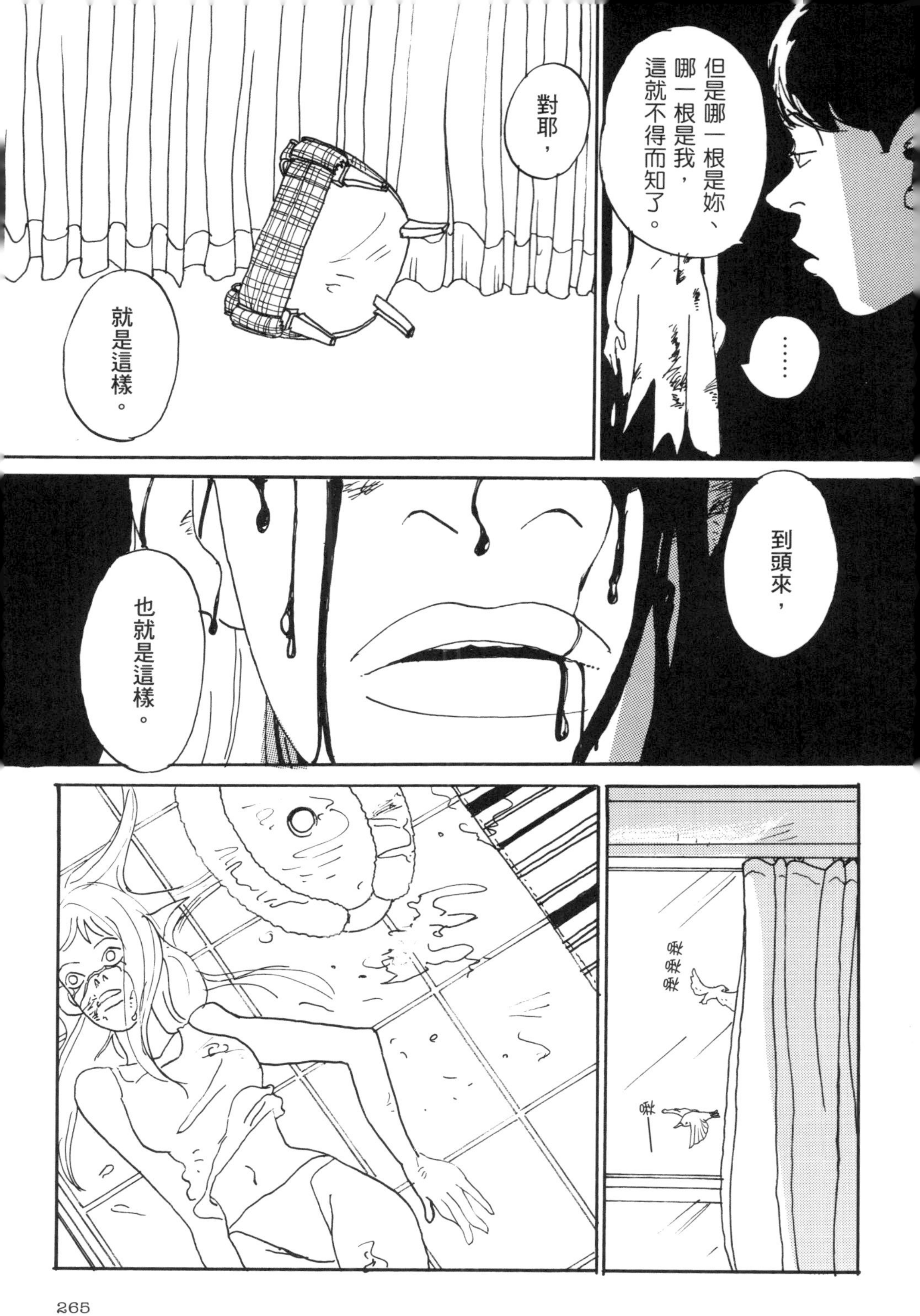
但是哪一根是妳、哪一根是我，這就不得而知了。
……
對耶，
就是這樣。
到頭來，
也就是這樣。
啾啾啾
啾——

欸……
幹嘛啦。
l'ecume de jours
我們……再這樣下去會完蛋啦。
妳這個星期已經連續三天沒去事務所工作了……
曠職。
你還不是一樣……
我今天會去工作啦……
我要去了……
現在過去……
已經中午了啦。
妳閉嘴啦!!
妳以為我想變這樣嗎……!!
變成這樣!!
還不就是妳害的!!
我?!

那是事務所打來通知解雇的電話。
正在討論羽田什麼時候過去拿剩下的日薪薪資時，
突然有插撥進來，原來是莉莉子說房間太髒，叫她過來去打掃。

嘎ー
嘎轟ー
羽田呀～
能不能安靜一點，
我頭好痛唷。
啊，抱歉。
唉～呀，討厭啦～
嘎ー
這是
什麼……

羽田美知子得知了莉莉子所有的祕密。
她決定洩漏這些祕密。
因為她太軟弱，她需要被拯救。

保須田。
是？
我們被調職了。
我被調到栃木的男子小學生綁架事件那邊，
這半年已經連續發生五次，沒有任何一個人被找到。
剛剛部長跟我說了。
下週很快就會確定後繼人選。
妳調到M市的K分局去，還不確定分到哪個部門。
怎麼會這樣？
這是……
是外科手術。

穩定的身體為了保持健康的機能，就必須把異物排除，
我們被當作是這種異物了。
還不能放棄。
我們手上還有牌，
只要把牌掀開來……
沒關係。
砰咚
這樣也好。
砰咚
POST

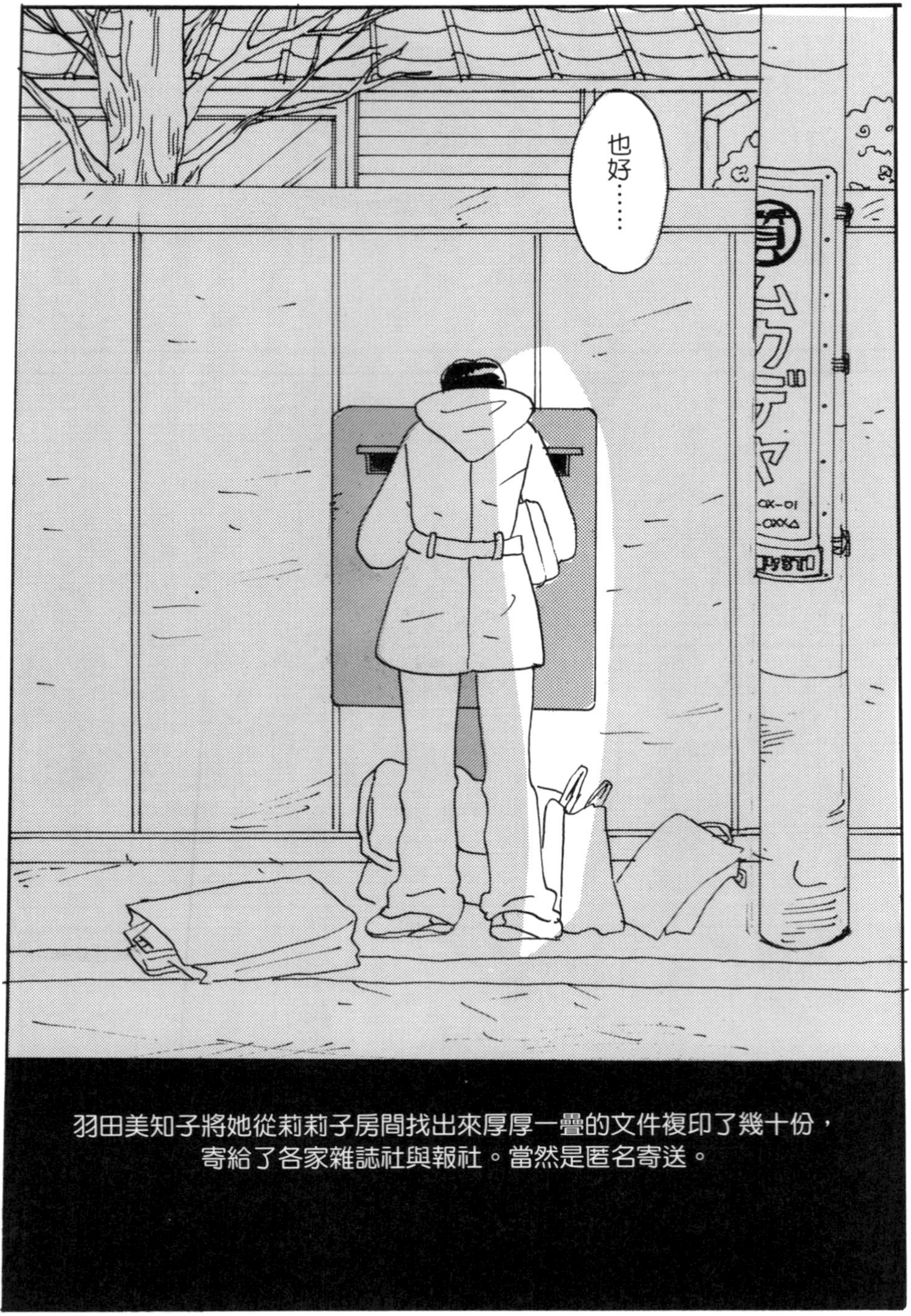
也好……
羽田美知子將她從莉莉子房間找出來厚厚一疊的文件複印了幾十份，
寄給了各家雜誌社與報社。當然是匿名寄送。

阿醜!!
後面交給妳嘍。
先走嘍，阿醜。
阿醜，拜拜～
微笑
微笑
微笑
看她那樣傻愣好煩唷～～
不知道在想啥。
不過阿醜她有整耶。
竟然也會……
眼睛啦!! 一定有動過手術!!
哎唷!! 一看就知道嘛～～
她還騙人說因為感冒才變瘦的～～
我看到阿醜在咖啡店跟男生講話耶。
真的——!! 情人——？
三十多歲的老頭啦。
該不會在賣身吧？
給特殊癖好的……

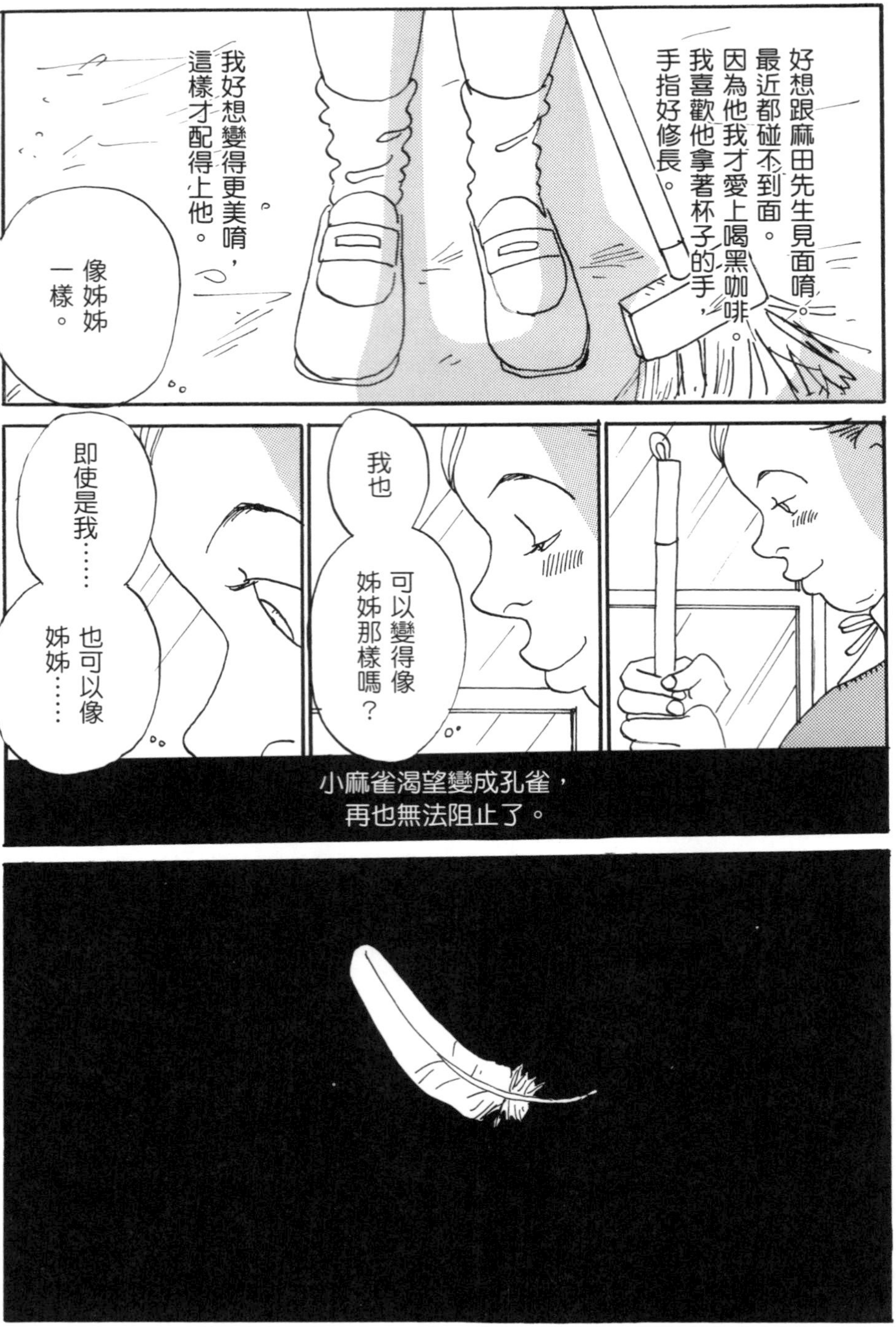
好想跟麻田先生見面唷。
最近都碰不到面。
因為他我才愛上喝黑咖啡，
我喜歡他拿著杯子的手，
手指好修長。
我好想變得更美唷，
這樣才配得上他。
像姊姊一樣。
我也
可以變得像姊姊那樣嗎？
即使是我……
也可以像姊姊……
小麻雀渴望變成孔雀，
再也無法阻止了。

啵
欸，羽田，
是！
我……會有什麼下場呢？
就這樣一直被打入冷宮，失去所有工作，被所有人遺忘嗎……
沒有任何人記得我曾經存在過。

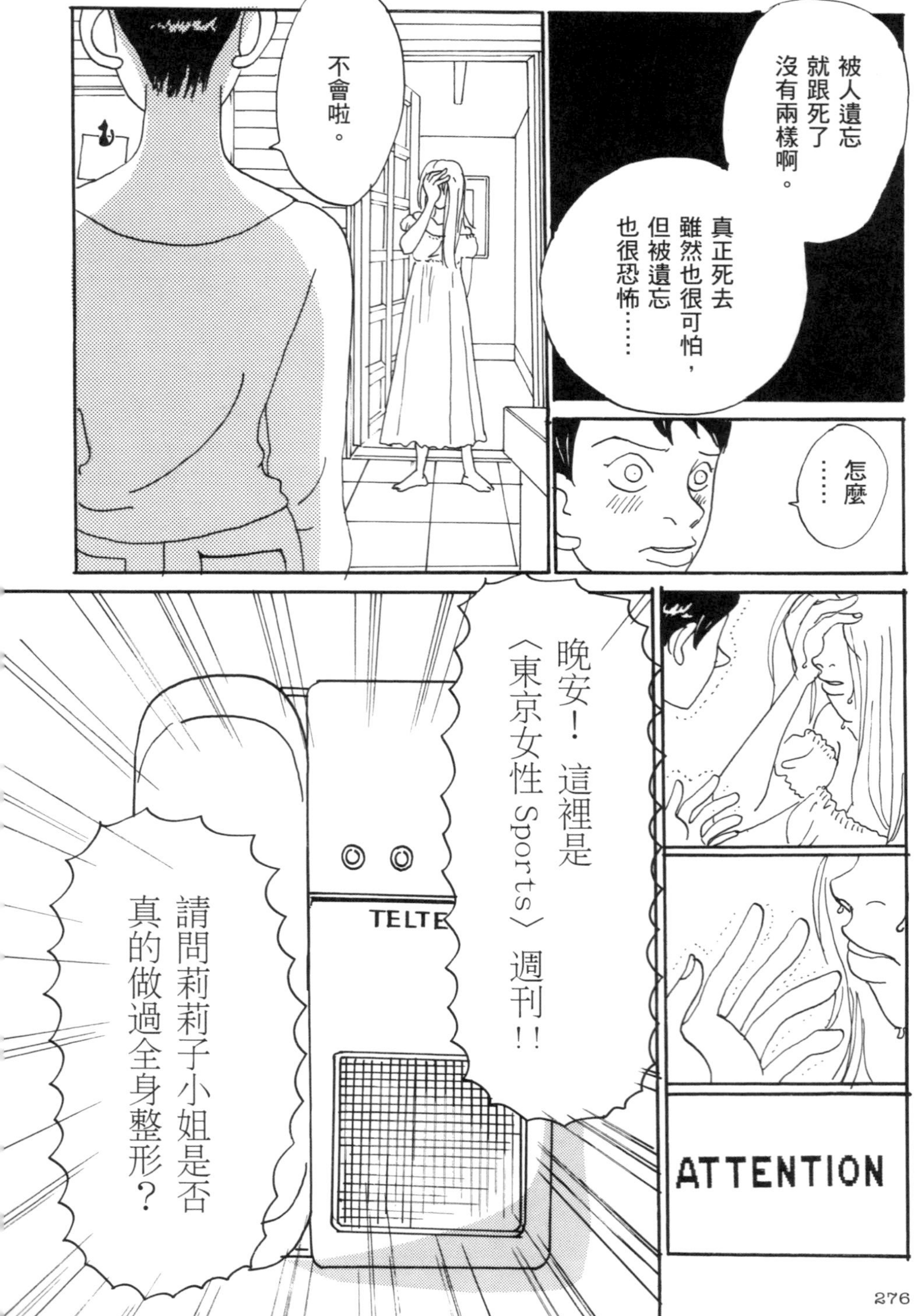

被人遺忘就跟死了沒有兩樣啊。
真正死去雖然也很可怕，但被遺忘也很恐怖……
不會啦。
怎麼……
晚安！這裡是〈東京女性Sports〉週刊！！
請問莉莉子小姐是否真的做過全身整形？
TELTE
ATTENTION

談談妳不為人知的特殊應召女郎時代？
我們是第四頻道的「晨間大驚奇!!」節目，
請問妳整形一共花了多少錢呢!!
莉莉子小姐!!
走開啦!! 是我們先來的!!
莉莉子小姐!!
噗滋！
怎麼回事？

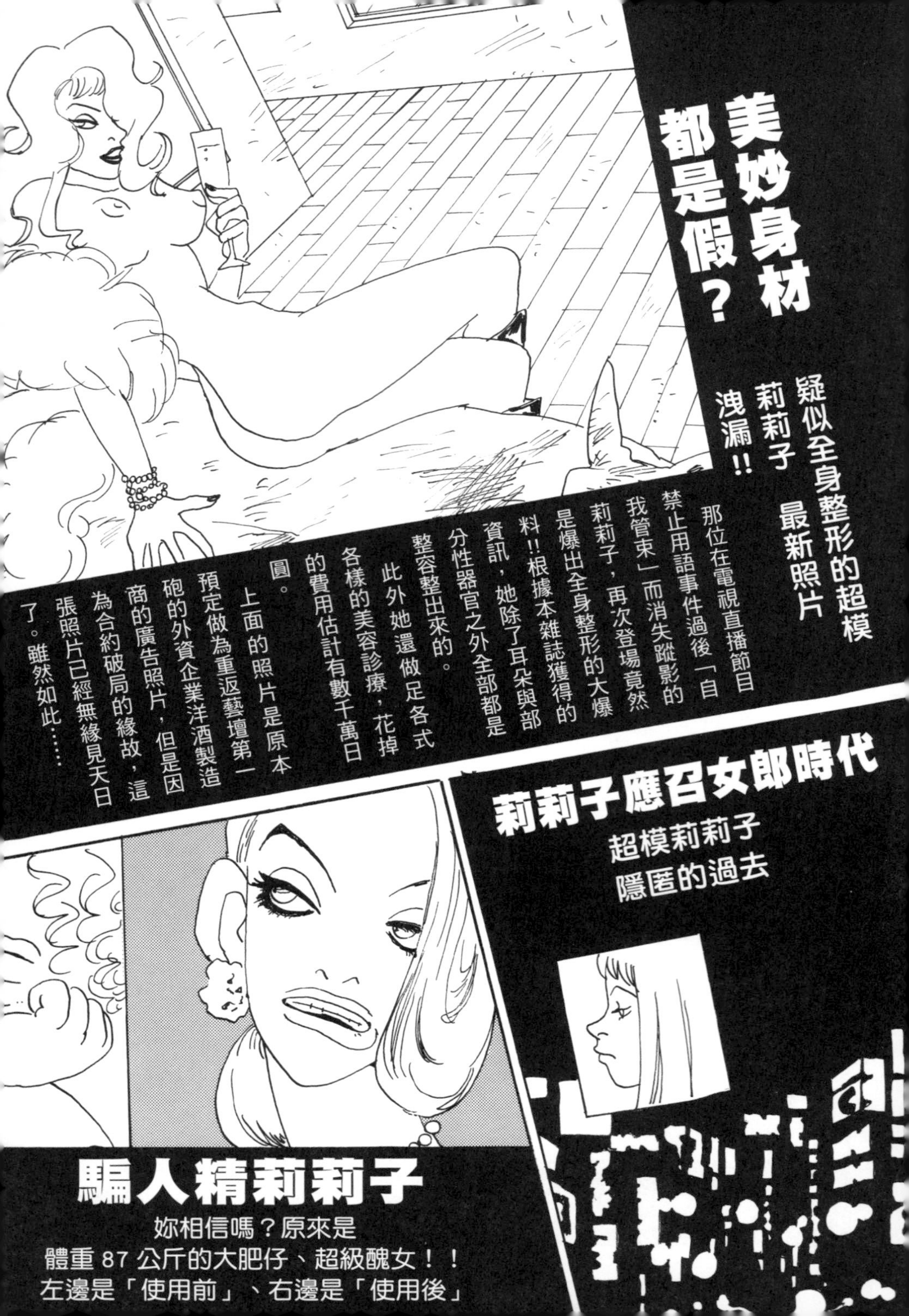

美妙身材都是假？
疑似全身整形的超模
莉莉子 最新照片
洩漏!!
那位在電視直播節目禁止用語事件過後「自我管束」而消失蹤影的莉莉子，再次登場竟然是爆出全身整形的大爆料!!根據本雜誌獲得的資訊，她除了耳朵與部分性器官之外全部都是整容整出來的。
此外她還做足各式各樣的美容診療，花掉的費用估計有數千萬日圓。
上面的照片是原本預定做為重返藝壇第一砲的外資企業洋酒製造商的廣告照片，但是因為合約破局的緣故，這張照片已經無緣見天日了。雖然如此……
莉莉子應召女郎時代
超模莉莉子
隱匿的過去
騙人精莉莉子
妳相信嗎？原來是
體重 87 公斤的大肥仔、超級醜女！！
左邊是「使用前」、右邊是「使用後」

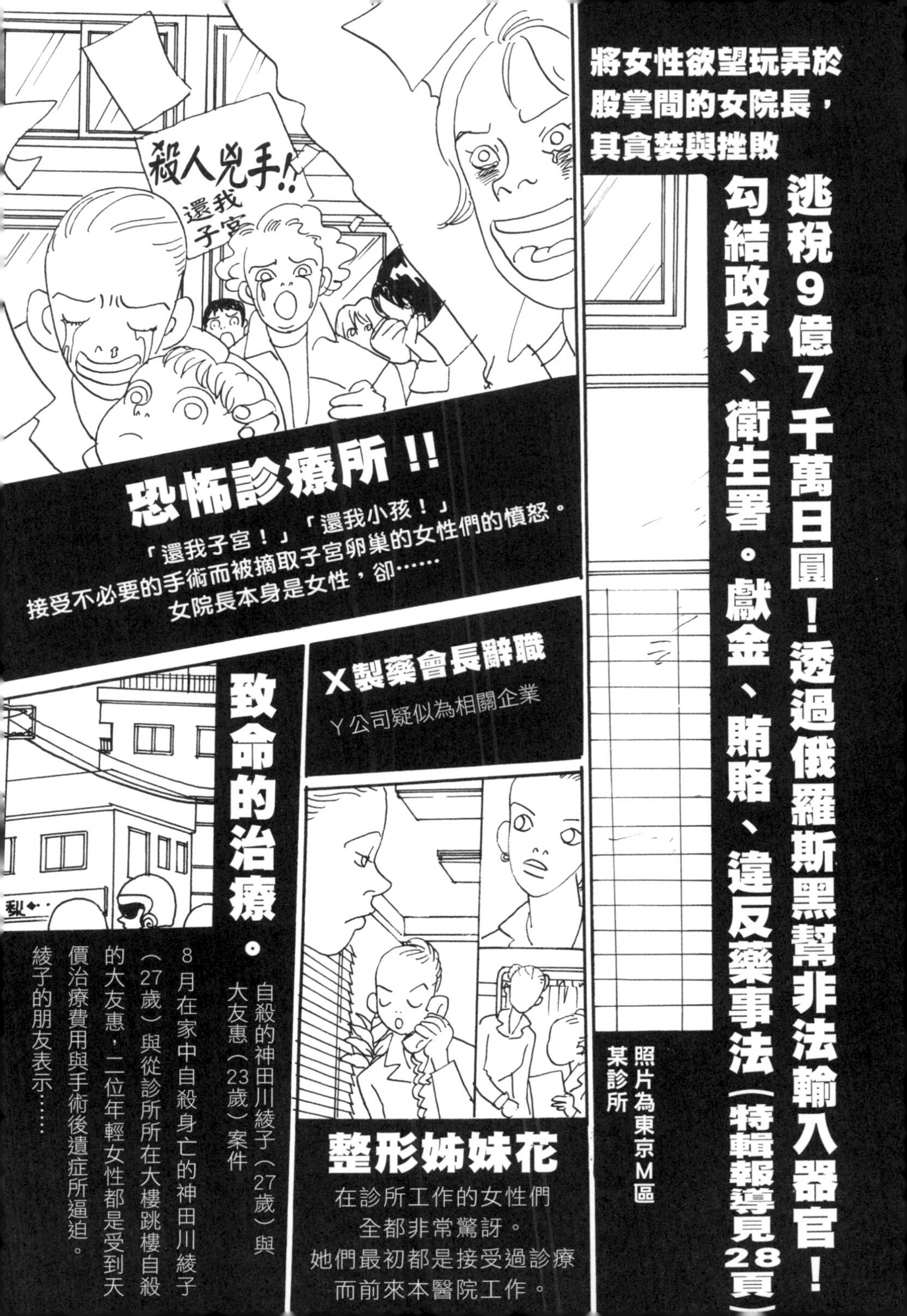
將女性欲望玩弄於
股掌間的女院長，
其貪婪與挫敗
逃稅9億7千萬日圓！透過俄羅斯黑幫非法輸入器官！
勾結政界、衛生署。獻金、賄賂、違反藥事法（特輯報導見28頁）
照片為東京M區某診所
殺人兇手!!
還我子宮
恐怖診療所!!
「還我子宮！」「還我小孩！」
接受不必要的手術而被摘取子宮卵巢的女性們的憤怒。
女院長本身是女性，卻……
X製藥會長辭職
Y公司疑似為相關企業
致命的治療。
自殺的神田川綾子（27歲）與大友惠（23歲）案件
8月在家中自殺身亡的神田川綾子（27歲）與從診所所在大樓跳樓自殺的大友惠，二位年輕女性都是受到天價治療費用與手術後遺症所逼迫。綾子的朋友表示……
整形姊妹花
在診所工作的女性們全都非常驚訝。
她們最初都是接受過診療而前來本醫院工作。

大家十分享受這些新聞。
欸欸欸～～
莉莉子好嚇人呀!!
連私處都整了!!
超級人造人!!
根本世界怪人大驚奇～～～
嗚哇！醜斃了!!
這竟然是莉莉子～～
大家都被這新聞逗樂了，
因為這才是大家最愛看的。
莉莉子以前是泡泡浴小姐？
不是啦!!酒店小姐!!
M田S子跟A野Y子都有去那間診所耶。
真的?!
好恐怖唷～她們是把鹼潑在身體、臉孔上，把皮膚溶掉吧。
應該是不知道什麼酸吧～～？
還有胎兒的萃取物!!
恐怖額～～～

莉莉子好好笑喔~~~
真好玩~~~
她還有在喝處女血勒~~
啊~好想知道更多莉莉子的祕辛!!
FOLCOS
96.2.20
莉莉子再次獲得了世人的寵愛。
以一位話題人物的身分，
以一位醜聞與八卦女王的身分。
呼呼。
呵呵呵。
啊哈哈哈哈。
想不到啊。

這下子，
我呀我，
還是必須來娛樂大家嘍。
唉～呀。

咳!咳!
嘔—
唰—
轟隆轟隆
喀噹

那個，妳託我買的東西買來了。
緊張緊張
謝謝妳～♡
欸，過來嘛。
妳還杵在那邊幹嘛？
沒事就快滾回去吧。
啊，是，
那個……
可是，
如果莉莉子有需要我做什麼的話
妳閉嘴!!
啊——煩!!
喀吭ー!!
聽到妳講話我頭就痛!!

那個……
喀鏘!!
滾!!
混帳東西
讓妳舔個屄
就騎到我頭上來啊!!
變態女!!
氣死我了!!
頭有夠痛!!
啊——!!

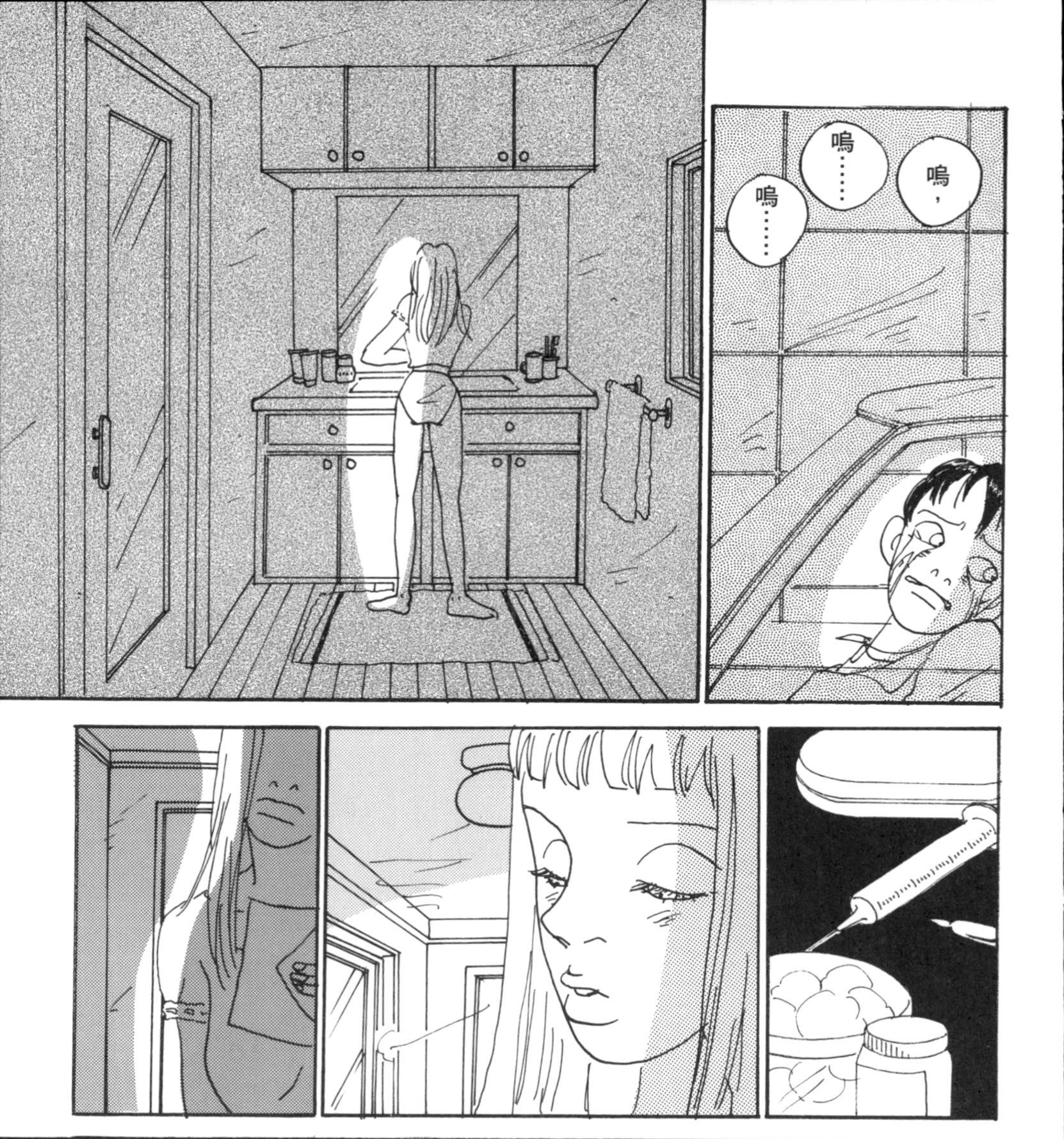

「姊姊：最近好嗎？
先前我校外教學到了東京。
雖然被人制止，但是到了東京，
我就非常想要見妳一面。
但我不知道要到哪裡找妳，
就跑到粉絲俱樂部的地址去。
姊姊當然不在那邊
（工作一定很忙吧），
但社長請我吃了一餐
（還給我很多紀念品唷）。

但是她不告訴我
妳的住處地址與電話。

這個地址是我趁社長不在時
從筆記本偷偷抄下來的
（我真是壞小孩呀）。

要保重身體唷，
媽媽也很擔心。

姊姊，方便的話寫封信回來吧。
雖然妳應該很忙啦。
我們班有女生是姊姊的粉絲
（當然，妳是我姊姊這事
我會保守祕密唷）。
千加子敬上」

為什麼媽媽桑不跟我說
千加子的事呢？

為什麼？

媽媽桑總是對我
隱瞞著些什麼……

總是……
一直……

3

helter-skelter

helter-skelter

9

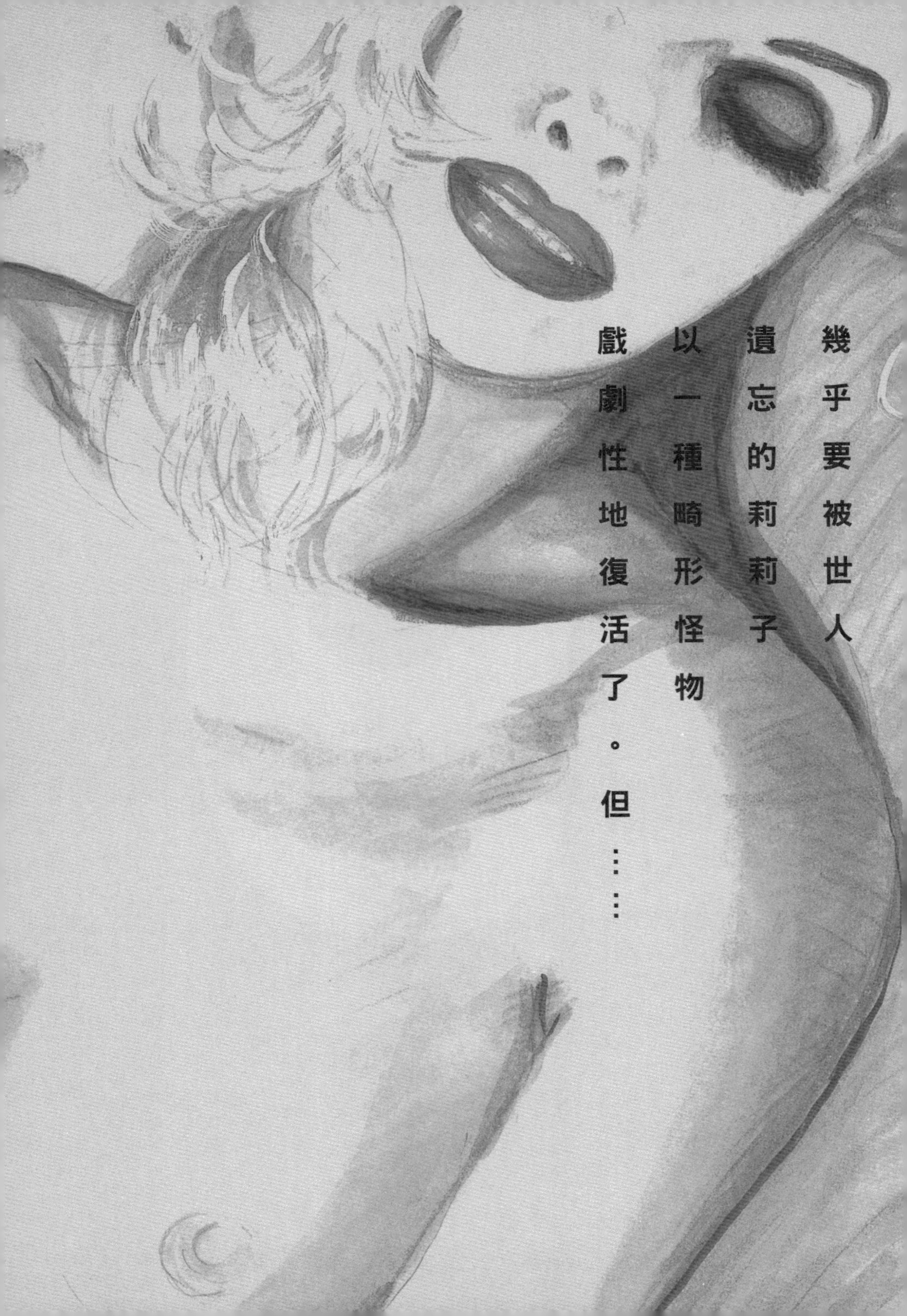
幾乎要被世人
遺忘的莉莉子
以一種畸形怪物
戲劇性地復活了。但……

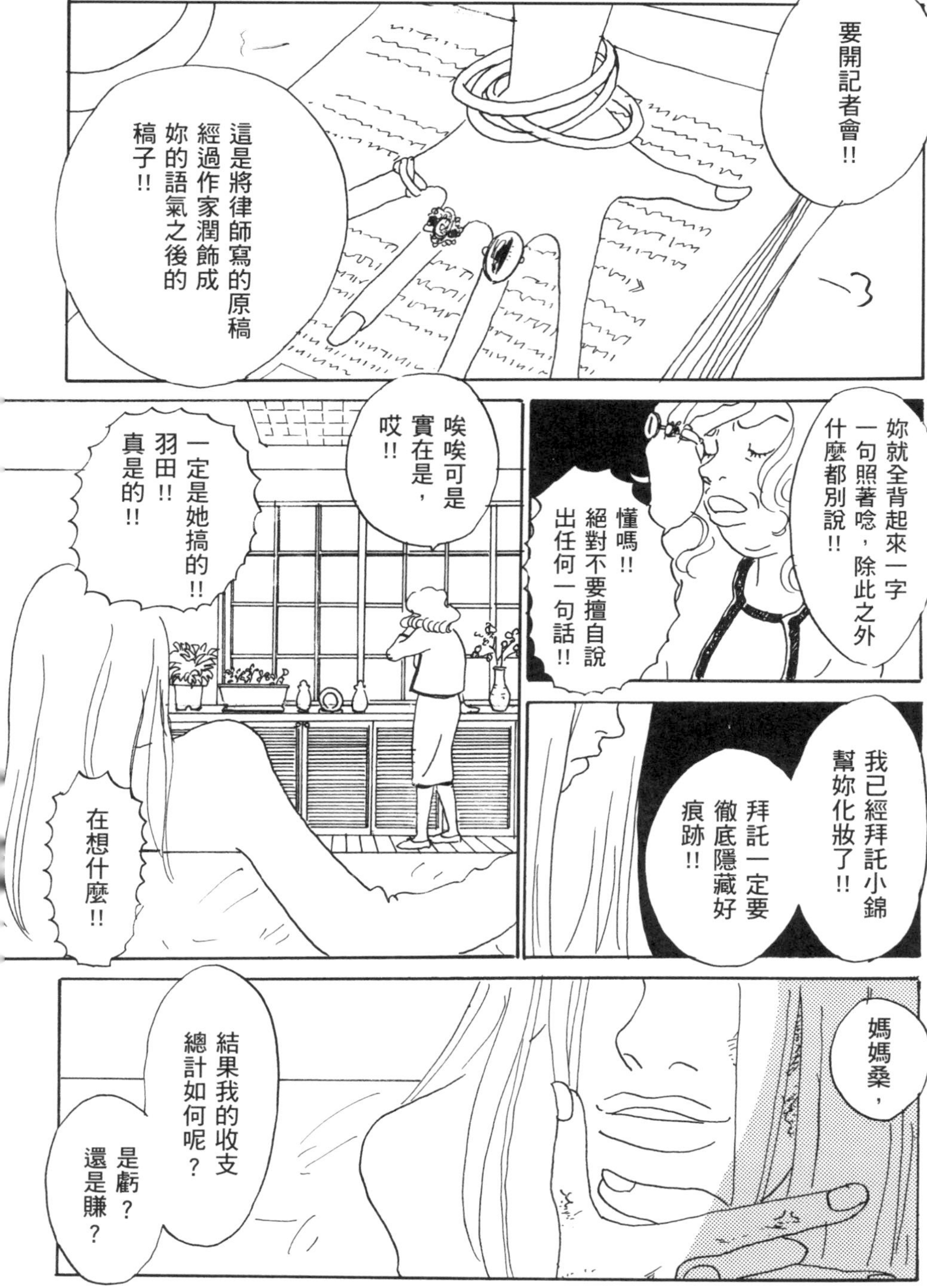
要開記者會!!
這是將律師寫的原稿經過作家潤飾成妳的語氣之後的稿子!!
妳就全背起來一字一句照著唸，除此之外什麼都別說!!
懂嗎!!絕對不要擅自說出任何一句話!!
唉唉可是實在是，哎!!
一定是她搞的!!羽田!!真是的!!
在想什麼!!
我已經拜託小錦幫妳化妝了!!
拜託一定要徹底隱藏好痕跡!!
媽媽桑，
結果我的收支總計如何呢？
是虧？還是賺？

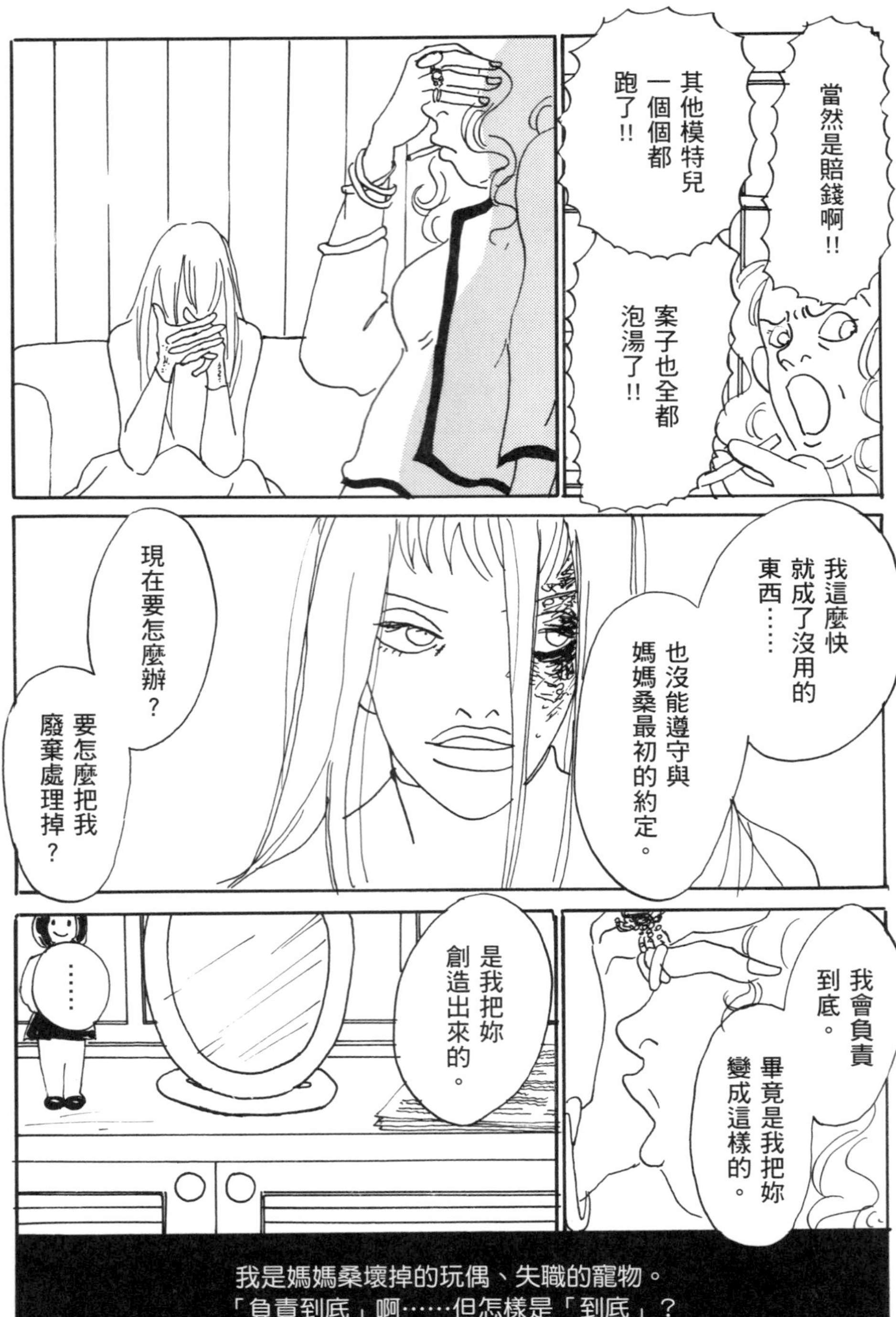
當然是賠錢啊!!
其他模特兒一個個都跑了!!
案子也全都泡湯了!!
我這麼快就成了沒用的東西……
也沒能遵守與媽媽桑最初的約定。
現在要怎麼辦?
要怎麼把我廢棄處理掉?
我會負責到底。
畢竟是我把妳變成這樣的。
是我把妳創造出來的。
……
我是媽媽桑壞掉的玩偶、失職的寵物。
「負責到底」啊……但怎樣是「到底」?

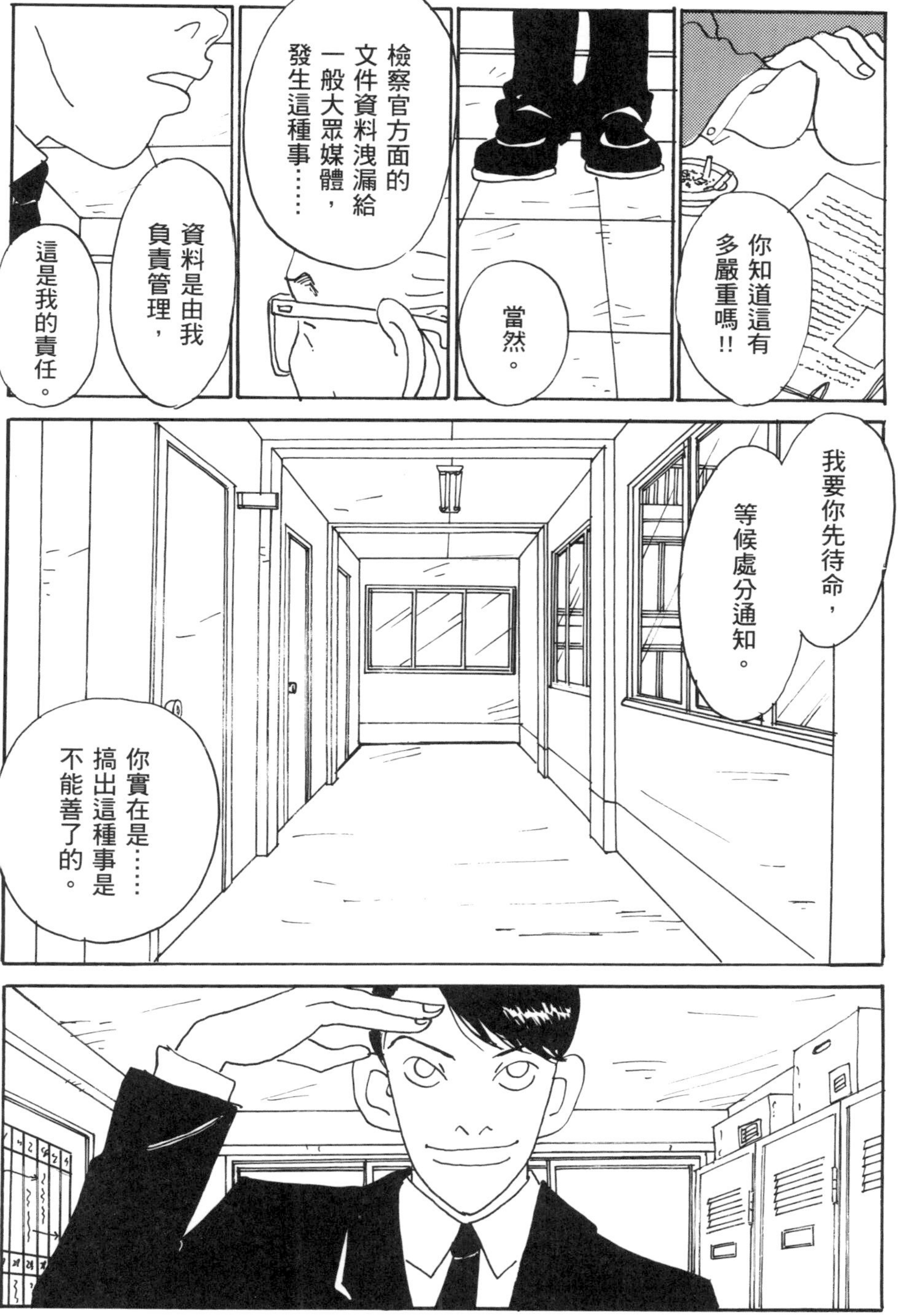
你知道這有多嚴重嗎!!
當然。
檢察官方面的文件資料洩漏給一般大眾媒體，發生這種事……
資料是由我負責管理，
這是我的責任。
我要你先待命，等候處分通知。
你實在是……搞出這種事是不能善了的。

我獲得一段長假了。
增加大家的工作量真是不好意思，
雖然還滿希望可以讓我去釣魚，
但我這陣子就在家待命了。
這不像麻田先生呀，
您可是把「減少風險、慎重行事」當行動準則的。
牌已經攤出來了。
我受罰其實都是小事。
法律不過是人類建構的規則罷了。
當劇烈程度增加時，無論善惡都會輕易超過法律界線。
這種事總是在十字路口發生。
如今我們就是站在這十字路口。
這次我們面對的是厚生省，也就是說必須以國家做為對手。
這是長期抗戰。
會延續很久。

鬼牌用過一次
就不能再用第二次，
用掉的牌
就必須
丟棄了吧。
是說
莉莉子吧。
抱歉，
我用這種說法。
但是……
我……還
是覺得……
一直以來……
一直以來……
我與她一直
扮演著同樣的
角色唷。

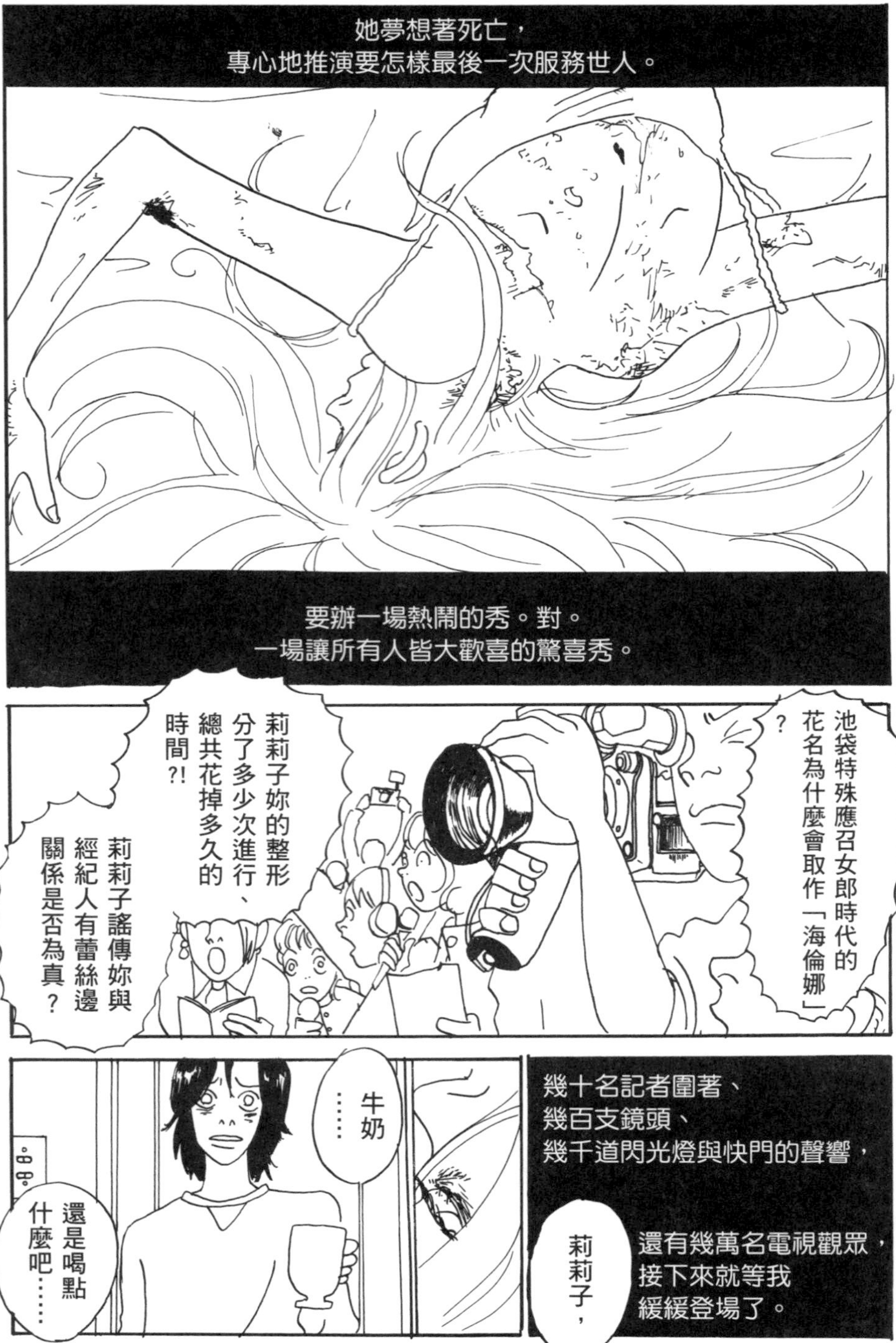
她夢想著死亡，
專心地推演要怎樣最後一次服務世人。
要辦一場熱鬧的秀。對。
一場讓所有人皆大歡喜的驚喜秀。
池袋特殊應召女郎時代的花名為什麼會取作「海倫娜」？
莉莉子妳的整形分了多少次進行、總共花掉多久的時間?!
莉莉子謠傳妳與經紀人有蕾絲邊關係是否為真？
幾十名記者圍著、
幾百支鏡頭、
幾千道閃光燈與快門的聲響，
還有幾萬名電視觀眾，
接下來就等我
緩緩登場了。
莉莉子，
牛奶……
還是喝點什麼吧……

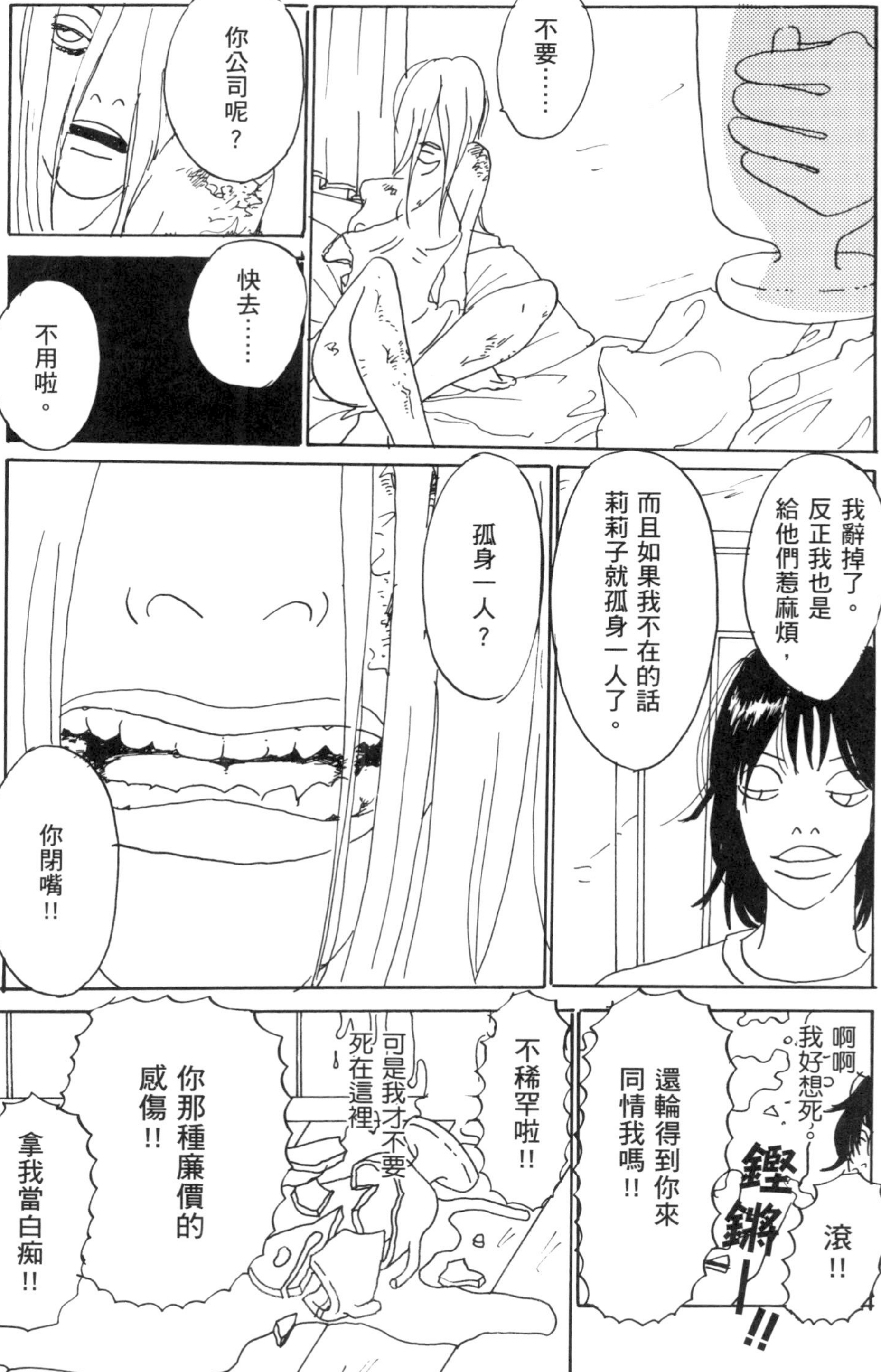
不要……
你公司呢？
快去……
不用啦。
我辭掉了。反正我也是給他們惹麻煩，
而且如果我不在的話莉莉子就孤身一人了。
孤身一人？
你閉嘴!!
啊啊我好想死。
鏗鏘!!
滾!!
還輪得到你來同情我嗎!!
不稀罕啦!!
可是我才不要死在這裡
你那種廉價的感傷!!
拿我當白痴!!

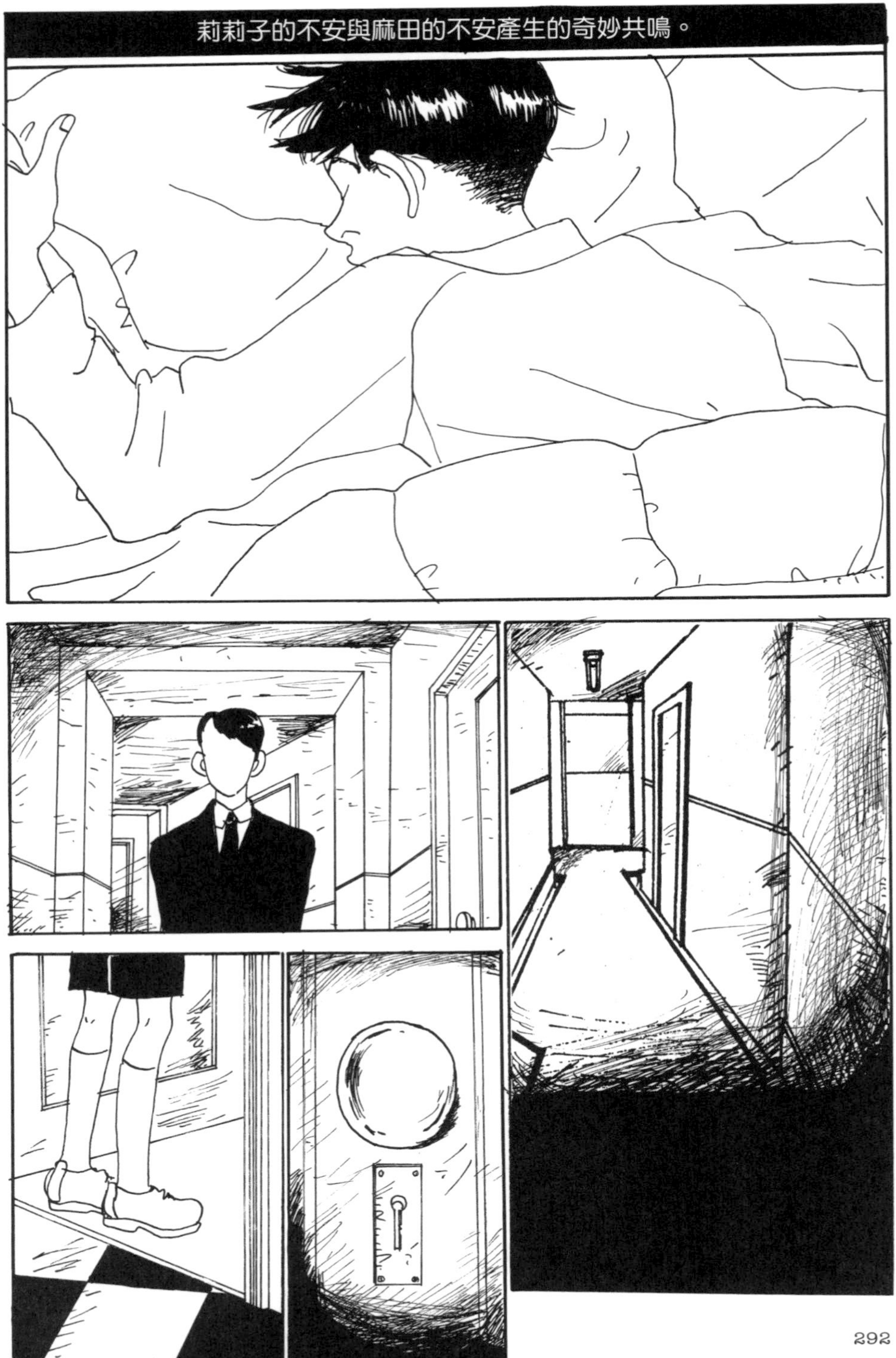
莉莉子的不安與麻田的不安產生的奇妙共鳴。

爸、媽。
你的周遭總是血流成河。
你自己不曾受傷，卻一直帶來災難。
你看……
就連我……

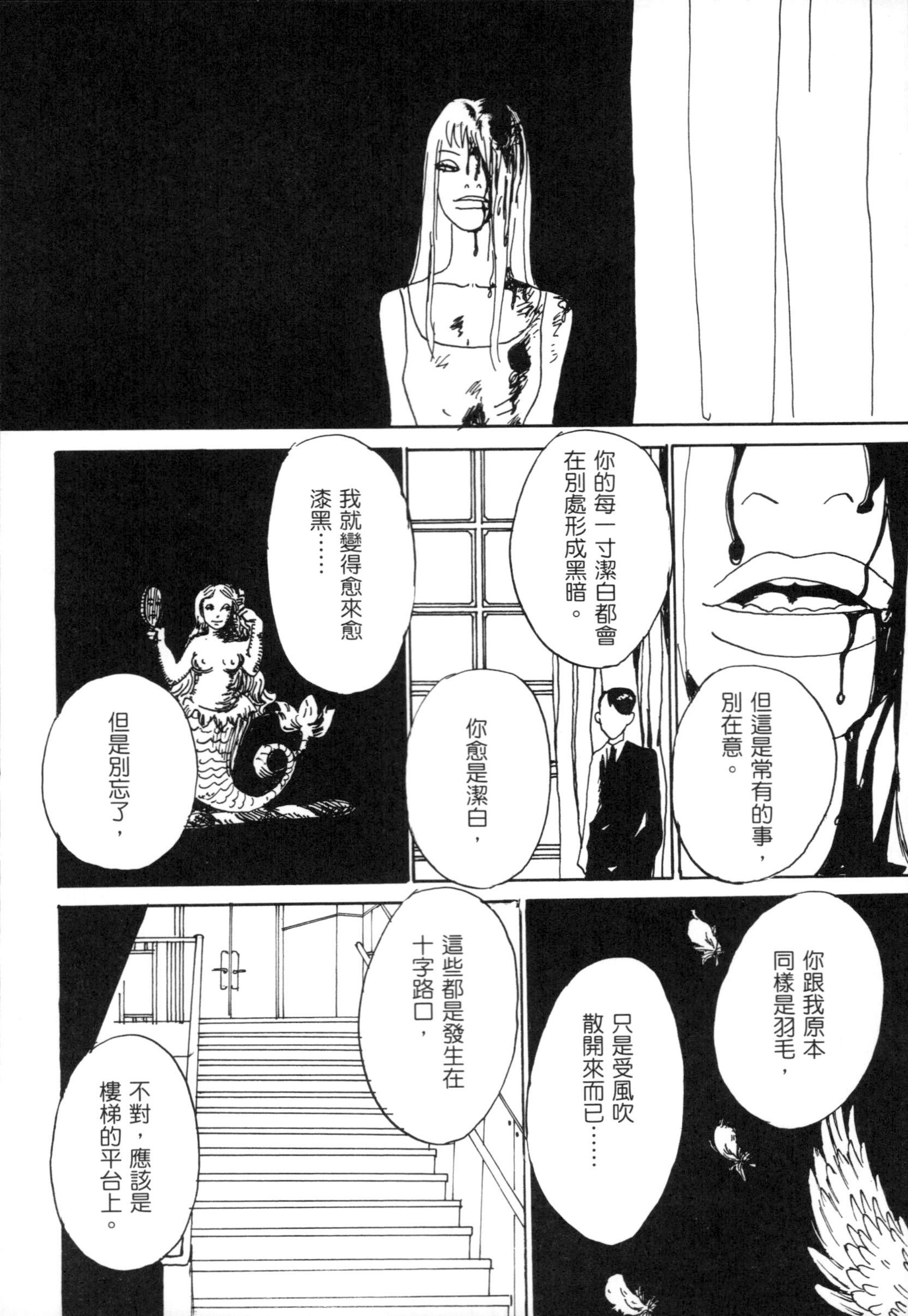
你的每一寸潔白都會在別處形成黑暗。
但這是常有的事，別在意。
你愈是潔白，
我就變得愈來愈漆黑……
但是別忘了，
你跟我原本同樣是羽毛，
只是受風吹散開來而已……
這些都是發生在十字路口，
不對，應該是樓梯的平台上。

如果不去問
生著痣的雙胞胎
就不會懂。
是呀。
不過，
燃燒的火焰
終究會聚集烏雲
而下起雨，
土地知道這道理。
薔薇總是從
灰燼中綻放，
而風一吹，
羽毛又要
消失了……
我們愈是接近，
就離得愈遠。
只有藍色的蜂鳥
知道那段日子。
哥。
妹呀。

……
接個電話吧？
……
嗯。
喂？
嗨～
是你的小貓咪
莉莉子～
我要拜託
達令
一件事。
聽我說，
是我最後的
請求
妳別再說了!!
妳的人生跟我的人生
一點瓜葛也沒有!!
完全!!沒有!!
不要再來!!
惡整別人的人生了!!
求求妳!!
鈴鈴鈴鈴
鈴鈴鈴
鈴鈴鈴

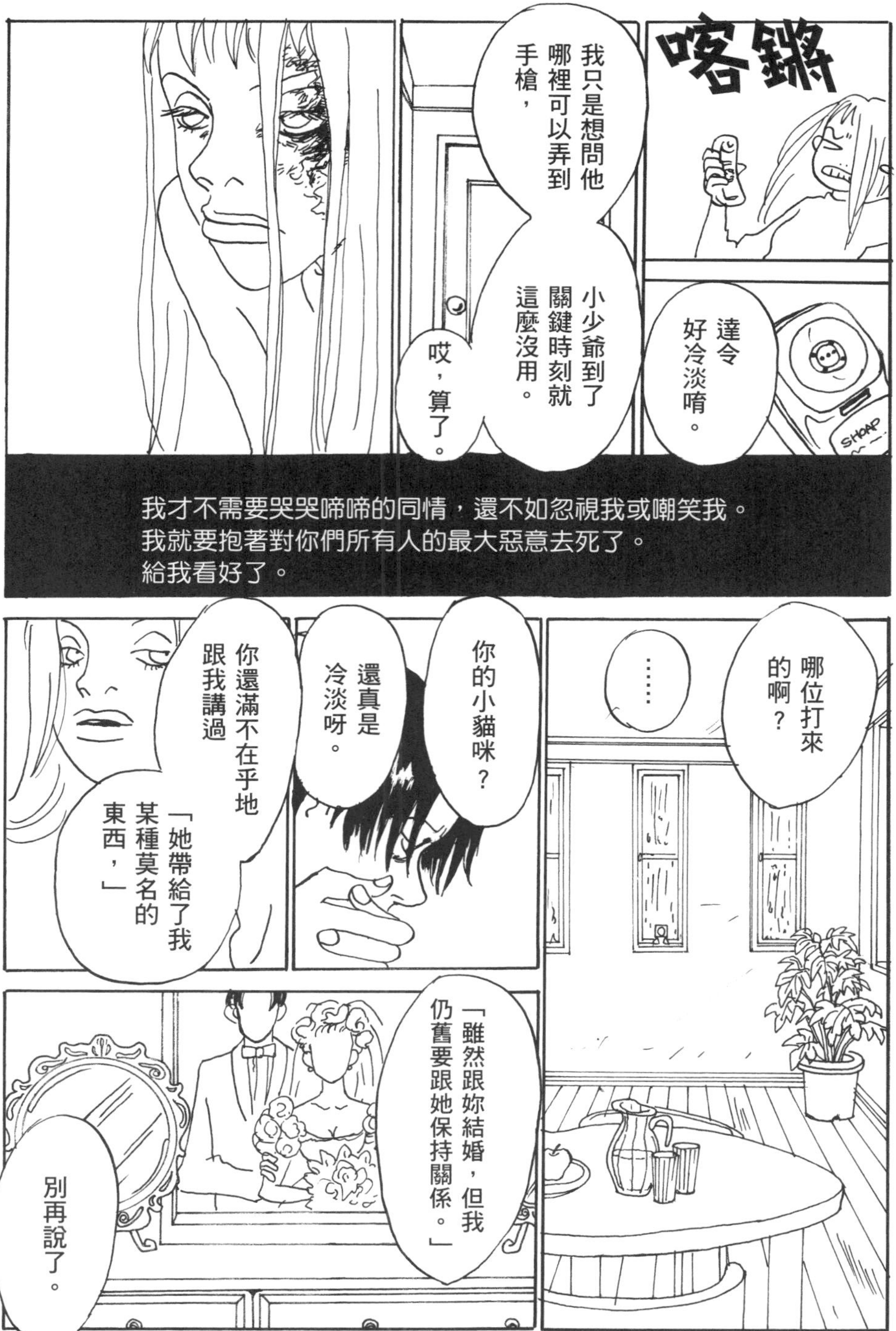
喀鏘
達令好冷淡唷。
我只是想問他哪裡可以弄到手槍，
小少爺到了關鍵時刻就這麼沒用。
哎，算了。
我才不需要哭哭啼啼的同情，還不如忽視我或嘲笑我。
我就要抱著對你們所有人的最大惡意去死了。
給我看好了。
哪位打來的啊？
……
你的小貓咪？
還真是冷淡呀。
你還滿不在乎地跟我講過
「她帶給了我某種莫名的東西，」
「雖然跟妳結婚，但我仍舊要跟她保持關係。」
別再說了。

我可是一直忌妒著那隻野貓唷。
結果真相大白，原來是隻妖怪。
別再說了!!
你要負責。
就因為你愛著那種女生，
我才……
我該怎麼辦？
醫院也倒了、藥品與治療都沒了……
唰
實在是……
我真是太蠢了。
就因為不想輸給那個女的……
欸，你說我該怎麼辦？

全國有幾十、幾百位女性也懷抱著同樣的恐懼。
這些坦然追求美貌青春而用錢去買的女人們……
我只是以最大的誠意與技術，按照這些顧客的期望去努力而已。
沒在問妳廣告詞!!
開達法天價搞這種詐騙治療!!
這句話不對，治療確實有效果。
理論上只要能定期用藥與治療，就能……
問題就在藥物的副作用嘛!!
價格也是按照對設備的投資成本所訂立。
她想要成為一位鍊金術師，追求不存在於世間的事物。
她想將女性的欲望化為形體。
她並不在乎金錢。莉莉子的診療相當順利，但最終還是失敗了。
（她自己除了小時候被中國人的母親開的耳洞之外，
身體幾乎沒有做過任何整形，
也從來不化妝、甚至不染髮。）

記者會前最後一次為莉莉子上妝的
澤鍋錦二的陳述。
小錦抱歉耶，
我感覺好像變成一部B級恐怖片，
簡直是在特效化妝了？
那我豈不是顛倒過來的嘯狂喬治*？
記者會當天，我邊化妝邊跟她閒聊，
你拿我的照片去找麥可·傑克森，有機會變成他的專屬化妝師唷。
哎唷，說不定還能幫伊莉莎白·泰勒化妝呢？
我的手一直抖、抖個不停。想說，那麼美麗的女孩竟然變成這樣……實在是……唉……莉莉子也是十分難受吧。
可以的話我真想叫出聲逃出去。
她跟我都經歷了好幾次像這樣的瞬間。
花費了好幾個小時。
嘿!! 莉莉子!! 完成了!!
這是我生涯當中最大、最了不起的工作。

* Screaming Mad George，本名谷讓治，日本歌手、特殊化妝師，以畸怪血腥的電影特殊化妝聞名。

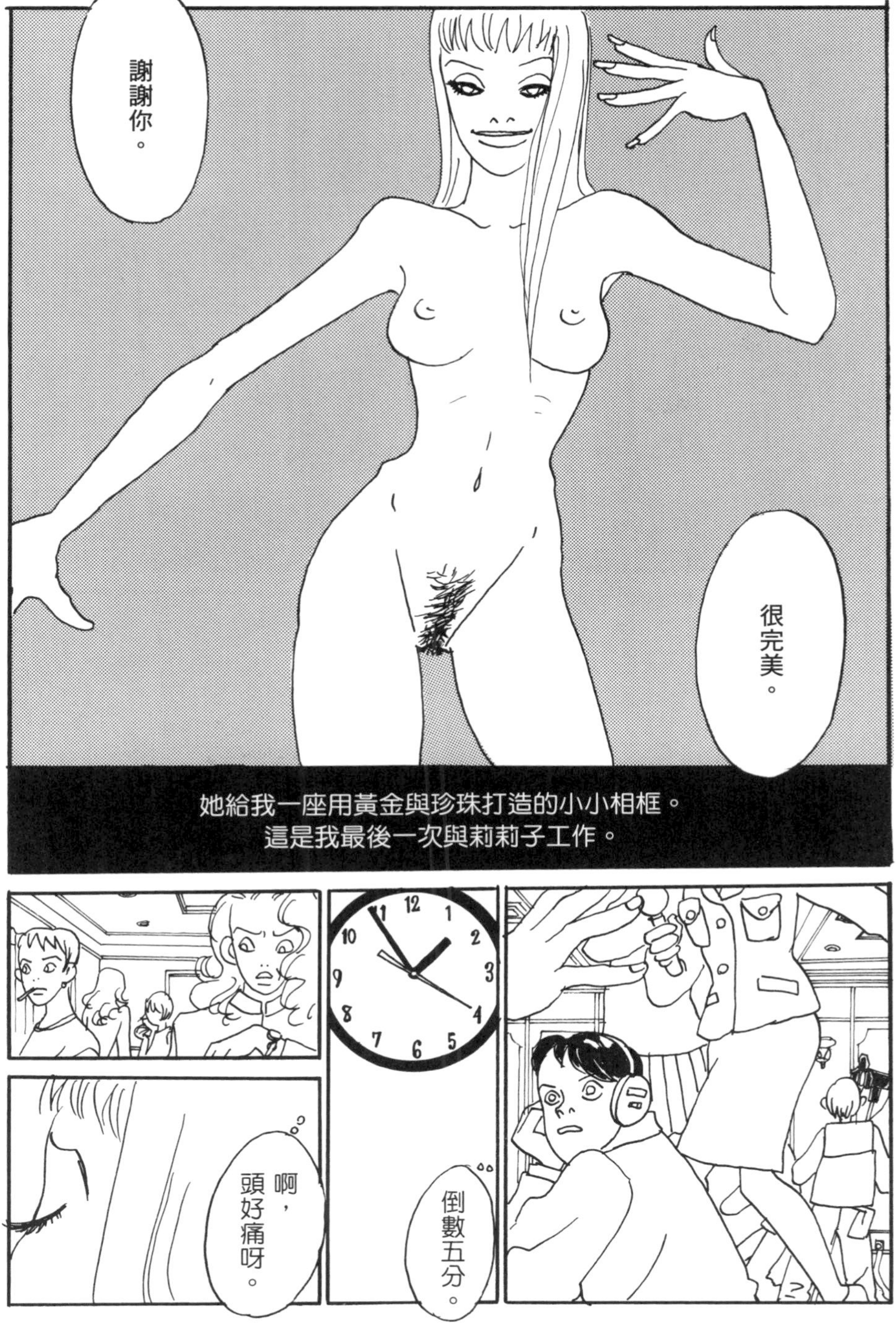
很完美。
謝謝你。
她給我一座用黃金與珍珠打造的小小相框。
這是我最後一次與莉莉子工作。
倒數五分。
啊，頭好痛呀。

再過五分鐘就是我的最後一場秀了。
不能摸臉，會把妝抹掉……
啊啊，頭簡直要裂開了……
我一定要撐過去。在大家面前
演出最棒的一場秀、最後一次的服務。

啊啊頭好痛，
快要發狂了。
痛到想把頭打爆，
好痛好痛好痛，
快點快點快點。

老虎莉莉，即使妳做出這些也終究是一場空。
人只會為自己所愛的事物的死亡感到傷痛，
就算對大家如此獻身也沒有用。
過了十五分鐘大家就忘記了。
人們才不會輕易地愛上電視與雜誌裡面出現的人呢。
沒錯，沒有任何人愛我!!
所以我痛恨每一個人!!
妳要是不在了，我會感到寂寞唷。
他們也是。
我頭好痛，
快死了。
我想到了，只要給我另外一種痛……

我就是愛妳的暴烈……
妳的暴烈終有一天會將自己燃燒殆盡。
但不是此時，也不是此刻。
再見了，老虎莉莉。
有緣再相會。

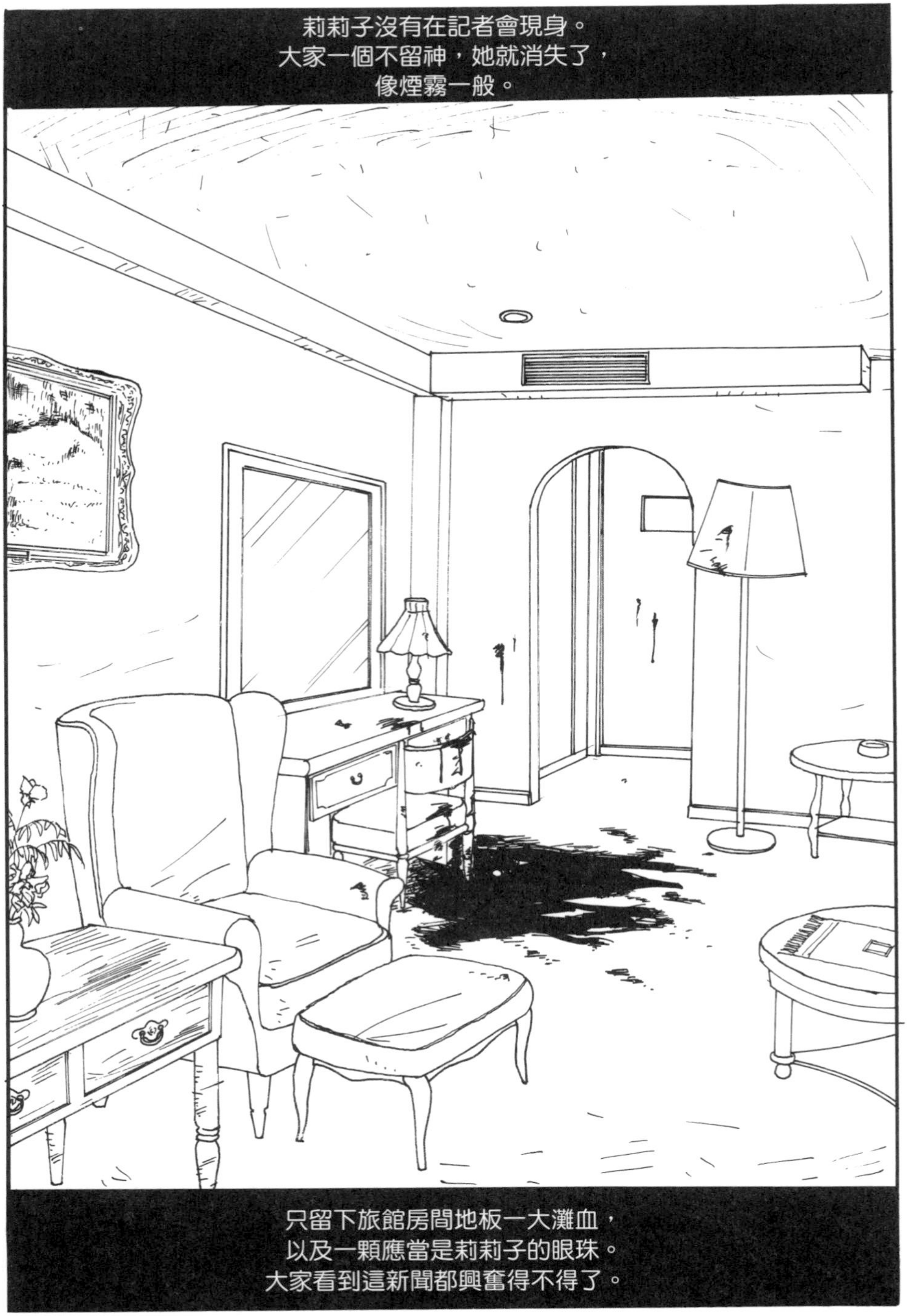
莉莉子沒有在記者會現身。
大家一個不留神，她就消失了，
像煙霧一般。
只留下旅館房間地板一大灘血，
以及一顆應當是莉莉子的眼珠。
大家看到這新聞都興奮得不得了。

消失無蹤的莉莉子，終於守住了與媽媽桑的「最後約定」，
完成媽媽桑的未竟之志，成為「神話與傳說」。
好厲害——!!
超嚇人~~~!!
超級恐怖唷~~~!!
莉莉子真是太厲害了~~~
是不是很壯烈？
NEW MANU
莉莉子神秘失蹤好厲害!!
減肥血型
其實莉莉子從一開始就根本不存在~~~
咦~怎麼說~~~
就是說呀~~~她是幽靈~~~早死掉了~~~卻現身在大家面前唷。
真假的~~~那不就是妖怪~~~
好恐怖——!!

人們編出各式各樣的傳言，
以各種各樣的版本恣意傳播。
莉莉子其實是美的天使～
如果在床的北邊擺著她的照片，能保佑妳的腳變瘦唷。
真的假的～～
妳這樣做的話會中詛咒，渾身會長痣唷。
咦～～我聽到的說法是說呀～～
但是這些傳言很快就被所有人忘光。
其實也沒有任何人有能力記得什麼事。
最近ROMIX不錯唷～～
正流行～～
我也想像ROMIX一樣～～
好想要Air Max～
咦～那款已經過時了啦～
這樣啊～
因為大家都在穿了嘛。
LAFORET
GUCCI的早春系列呀～
不，如今當紅的還是只有Prada啦。

（不看不說 要打扮）

想減肥～
好想變萬人迷～
好想變漂亮～
好想變有錢爽爽過日子～
欸欸，我這次很中意那個唷～～
那個好棒唷～～
咦～～好想要那個唷～～
那個超可愛的耶～～
那個超貴的說～～
所有人把一切都忘記了，
只有欲望不會改變、始終如一，
只是名字改變而已。

——5年後　東京——
麻田先生？
麻田先生!!
咦？
啊!!
好久不見～～
是我!!我啊!!
之前那位!!
後來發生很多事……
我本來一直希望與你相見……
嘿～
啊，來了。
抱歉，我……
啊，現在我在這裡。

方便的話歡迎來找我。
先這樣，掰嘍。
哪位？
嗯。
莉莉子的妹妹。
妳不覺得很相像嗎？
是迷你老虎莉莉呢。
這城市裡有著許許多多的小老虎莉莉。
雖然沒有像她那麼頑強的老虎就是。
哇……變真多……
走吧，
這次算起來是第十六次公審了。
156位前患者對診所發起訴訟，實際看診而保持沉默的人數想必還有好幾倍。受副作用而苦以至自殺的人在五年內就有九位，其中有四位是診所的工作人員。
啊，

怎麼了？
沒什麼。
是羽毛。
鴿子的？麻雀的？烏鴉的？
是什麼的羽毛呢？

——同樣是5年後　墨西哥——
好～OK！
全部拍攝完畢。
吉川梢在五年之後依然是當紅模特兒。
目前還沒有人把她忘記。
沒辦法，她不會做其他事，所以不能轉行。
呼。啊～好想喝啤酒～
小梢辛苦了～
慶功宴，慶功宴！
啊，對了，聽節目統籌說，
這裡有間俱樂部可以欣賞奇怪的秀唷。

喔～
好像是畸形人大會串，很有看頭的樣子。
我想去看看耶。
不要啦，看那種東西!!
這裡有間店的龍蝦很好吃，還是去吃吧!!
反正啤酒是一定要有啦!!
LA CABANA
Hi，Mr. Oku、Mrs. Hada，準備ＯＫ？
No——再等一下唷。

可以嗎？身體動得了嗎？時間到嘍。
嗚……
嗯……
要吃藥嗎？要我端水過來嗎？
嗯……
莉莉子可以嗎？
欸，
莉莉子還好嗎？
嗯——
不知道是怎樣的秀耶。
啊，是〈Helter Skelter〉。
我愛死這首歌了。
啊，開始嘍。

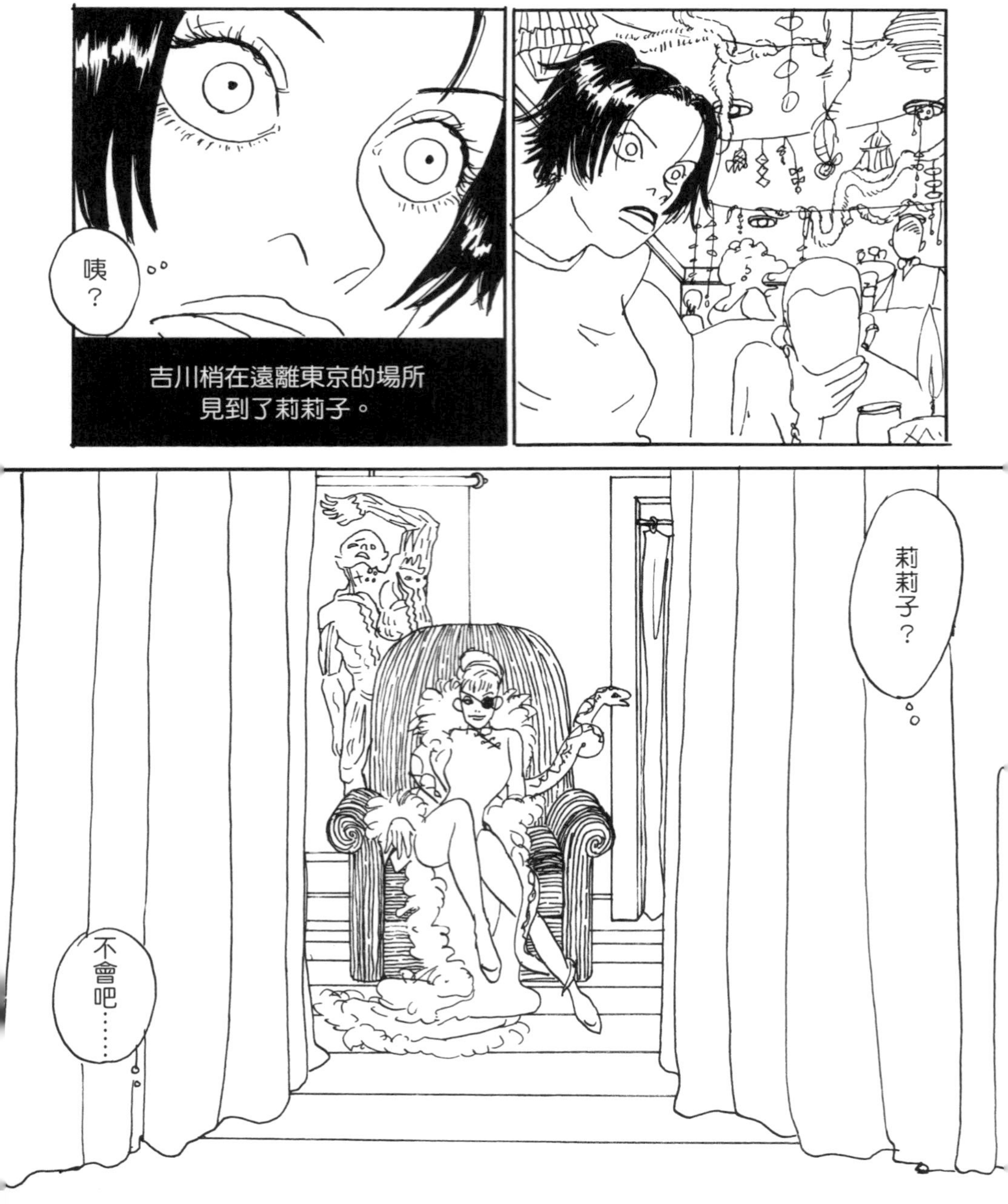
咦？
吉川梢在遠離東京的場所
見到了莉莉子。
莉莉子？
不會吧……

原始出處：於〈FEEL YOUNG〉（祥傳社）1995 年 7 月號～ 1996 年 4 月號刊載

本書連載結束後的96年5月，岡崎老師遭到酒駕車輛撞擊，現在仍在復健中。原本在集結單行本時都會有大量的修正補筆，本次出版只有在經過岡崎老師的確認之下進行部分修正。我們期盼未來待老師逐步恢復之後，能夠推出完成度更高的版本。

在此感謝安野夢洋子女士等相關人士盡力協助出版，更要對老師的家人們致上最深的謝意與衷心的敬意。

（祥傳社編輯部）

Paper Film FC2067

Helter Skelter **惡女羅曼死**（蜷川實花同名電影改編原著）
ヘルタースケルター

2021年11月　一版一刷

作　　者／岡崎京子
譯　　者／謝仲其
責任編輯／陳雨柔
封面設計／馮議徹
排　　版／傅婉琪
行銷企劃／陳彩玉、楊凱雯、陳紫晴

發 行 人／凃玉雲
總 經 理／陳逸瑛
編輯總監／劉麗真
出　　版／臉譜出版
城邦文化事業股份有限公司
台北市民生東路二段141號5樓
電話：886-2-25007696　傳真：886-2-25001952

發　　行／英屬蓋曼群島商家庭傳媒股份有限公司城邦分公司
台北市中山區民生東路二段141號11樓
客服專線：02-25007718；25007719
24小時傳真專線：02-25001990；25001991
服務時間：週一至週五上午09:30-12:00；下午13:30-17:00
劃撥帳號：19863813　戶名：書虫股份有限公司
讀者服務信箱：service@readingclub.com.tw
城邦網址：http://www.cite.com.tw
香港發行所／城邦（香港）出版集團有限公司
香港灣仔駱克道193號東超商業中心1樓
電話：852-25086231　傳真：852-25789337
馬新發行所／城邦（新、馬）出版集團
Cite（M）Sdn. Bhd.（458372U）
41-3, Jalan Radin Anum, Bandar Baru Sri Petaling,
57000 Kuala Lumpur, Malaysia.
電話：603-90563833　傳真：603-90576622
電子信箱：services@cite.my

ISBN 978-626-315-029-4

售價：399 元